相遇一只棕熊

（上册）

新疆作家协会 编

新美佳作丛书

新疆美术摄影出版社
新疆电子音像出版社

图书在版编目(CIP)数据

相遇一只棕熊 / 新疆作家协会编. — 乌鲁木齐:新疆美术摄影
出版社:新疆电子音像出版社,2013.11 (2015 年 4 月重印)
(新美佳作丛书)
ISBN 978-7-5469-4444-9

Ⅰ.①相… Ⅱ.①新… Ⅲ.①散文集 – 中国 – 当代
Ⅳ.①I267

中国版本图书馆 CIP 数据核字(2013)第 244640 号

新美佳作丛书
相遇一只棕熊

责任编辑	高雪梅	
装帧设计	王 芬 轩 辕	
出 版	新疆美术摄影出版社	
	新疆电子音像出版社	
社 址	乌鲁木齐市经济技术开发区科技园路 5 号(邮编:830026)	
电 话	0991-3773930	
发 行	新华书店	
印 刷	三河市燕春印务有限公司	
开 本	787 mm × 1 092 mm 1/16	
印 张	22	
字 数	160 千字	
版 次	2015 年 4 月第 2 版	
印 次	2015 年 4 月第 1 次印刷	
书 号	ISBN 978-7-5469-4444-9	
定 价	59.60 元(上下册)	

目　录

新疆之疆

韩子勇

一、文明的地理

被大漠、关山重重遮挡的新疆,给人留下的印象是感性的。

绚丽歌舞、瓜果美食、民族风情——这三样,像古代传讯的鸣镝,只能发出内容明确简单的信号。而缺乏耐心的当代人,不耐烦"在很久、很久以前"这样的开头,于是我们很难说清稍微复杂一点的事物。不要说维吾尔木卡姆艺术这样庞大、久远、陌生的音乐遗产,就是面对新疆当代生活,也时常有见多识广、受过相当教育的"口里人",在饭桌上问:"你是维族吗?你们骑骆驼上班吗?你们住毡房吗?新疆有多大……"整个一个十万个为什么!

新疆是一个让人无限好奇而又使人显得十分幼稚的地方。面对过于复杂的深处,人们放弃复杂,直取表象。一个躲在西方名校的洋教授,依据仅存的一点点可怜的木简纸帛,可以就某一小片绿洲上已经消失了的语言,研究终身,写十本书。而我们面对历史烟云和今天的雪山大漠,又常常语焉不详,不知从何说起,脑子里一片空白。

1

空间拉长时间,时间扩展空间。

在我们这样一个历史久远、疆域辽阔、民族众多、文化异常丰富的伟大国度,需要更长一些的耐心和踽踽独行,才能走完真相与爱的旅程。对新疆的了解,需要像当年玄奘西行那样,穿越西域的深处。也许,那时,蓦然回首——灯火阑珊地方,会有她隐隐一线芳踪。

那么,开始吧!我们上路——

二、新疆的"疆"

直到今天,人类的主要活动仍然是在地球上,而且大部分人的活动范围十分有限,不能够"全球化"地飞来飞去。一个在中国沿海城市打工的乡下妹子,手中缝制的贴牌服装可能穿在英国绅士的身上,而她存身的地方,可能就是嘈杂的工厂与拥挤的宿舍——梦中回到清苦的乡下,醒来在缝纫机前飞针走线。

世界越是连成一体,故乡在一个人精神文化的版图上就越是醒目和突出。

在内地和国外,异域的生活影像,瀑布般从车窗源源不断地划过。恍惚之中,我似乎看到一些似曾相识的景物,飘散着只有故乡才能散发出的模糊记忆的气息,我神情一振,马上又下意识地压制住——就像黎明时分从旧梦中初醒,贪恋那份中年人对虚假往事的依依不舍,生怕惊飞了栖息一树的时光之鸟——但是马上,就被一个明亮而尖锐的理性所刺痛:那是别处,是别处的生活,是完全陌生的田园。是啊,这一小片可怜的、被误置在异域的田园,如同戈壁上的蜃景,诱惑疲惫的身心。

渐渐变老的事物,都是相近而相似的,他们在向一个地点、一片区域集中。有时候,大街上毫无规律的人流中,我会突然盯住一个背影,是我的父亲或母亲?赶紧走几步……他们怎么会出现在这里?他们好像完全不认识我了,看到我丝毫没有反应。所有的老人都那么相似,好像互相成为对方的替身。一种今生来世的熟悉与陌生，让我震惊，让我难过许久，我会立刻决定去父母那儿看看，看看他们在不在。

渐渐变老的事物，神秘地变得模糊而相似，他们在向同一个地点、同一片区域集中。总有一天，一切都回归大地，只是在最后消溶的时光里，我们要竭力记住，记住他们风化前、消失前的样子。我想，在另一个世界，在另一个更加遥远的世界，天是那样的暗，地是那样的静，没有风，影像重重，我看不清，熟悉的和陌生的，都变成了一个样子，我想问问，问问那些只有亲人才知道的私密细节，以此找出我的亲人。但声音从嘴里出来，就消失的无影无踪，我喊，嘴里像是塞满虚无的沙子，喊不出。也许，这就是幽冥的世界吧，亲人不得见，一切陌生到极致，孤苦伶仃，一无所有。

故乡是我们心灵的圣地，如同沉陷中的记忆，偏僻而隐匿，黑暗而甜蜜。这令人惆怅、忧伤、难舍难分的故乡母亲，是我们血气蒸腾的内心，是我们岁月的风向标，是艰难燃烧的风中之烛，照亮返乡的小路。

作为自然之子，自然地理仍然是决定我们的物质世界与心灵世界的一个重要因素。生产方式决定社会生活，从而决定我们的历史。而自然地理影响到生产方式，自然地理是我们最重要的物质世界和客观基础——越是上溯久远，就越是如此。2004 年，在云南大理召开的全国民族民间文化保护工作会议上，我的发言，以对新疆的"疆"字的"说文解字"，来叙述故乡的自然地理。

"疆"字仿佛专为说明新疆而设。

这个字左右结构，对应在地图上就是左西右东：危险来自西方，"疆"中之"弓"，一次次向西张开。它弯弯曲曲的"弓"字边，就像新疆5600 多公里的漫长边境，而那片"弓"外之"土"，提示我们在近代被一系列不平等条约割让的土地，面积之大，足可立国。

2004 年我去一个中亚国家。火车向西，一过阿拉山口，自然景况大变，林高草密，湖泊成串，气象壮阔，雄浑深厚，好一派中亚大草原原始风光,让人不禁感慨万端。沙俄划走的土地,决不光是面积之巨,更在质量,犹胜我今天的故乡。

"弓"字告诉我们,我们这个国家,失败在火器盛行的工业时代。汉唐开疆扩土,不输于漠北的马镫和弯弓,但到了清代,形势大变,一败再败于西方的"来复枪"。

"弓"字还告诉我们,中央王朝在新疆有漫长的屯田史。自西汉开始的屯垦戍边,绵延几千年,从政治、军事而言,代表历史上的有效管制;从文化、文明而言,源源不断地为西域注入儒家的文明。直到今天,绝无仅有的新疆生产建设兵团的大部分团场,仍然由北至南,分布在边境一线。兵团是我的血地,我在团场生活了十八年。

"疆"字的右边分别是"三横两田"。

"三横"由上至下排列,分别代表三条山脉:阿尔泰山脉、天山山脉和昆仑山脉。

但这是多么大的"三横"呀!

在新疆行走,不管是走上几天、几个月,茫茫天宇之下,漫漫旅途之中,"天似穹庐,笼盖四野"——在你周身合拢成圆弧的地平线上,至少有一脉大山远远相随。山顶雪线,如银蛇颤动,逶迤天际,似乎为了看得远些、再远些,努力地眯缝着眼睛,静静地俯视脚下辽阔大地,俯视大地上的苍桑变幻和踽踽行旅——你始终躲不开她的目光,你始终在她的寓言般的视线里。

"三山夹两盆",上"田"为北,是准噶尔盆地;下"田"为南,是塔里木盆地。天山,果断地把新疆一分为二,北面是"北疆",南面是"南疆"。

就这样,新疆自然地理的骨架:166万平方公里的土地,写出的一个大大的"疆"字。

三、游牧阿尔泰

让我们继续拆解,先说说阿尔泰山脉。

阿尔泰山脉的大部分在境外,中国境内的阿尔泰山,是她伸向东方的脑袋。

在中央电视台每天"新闻联播"后播出的天气预报中,这个高高翘起的"鸡尾巴",就是阿尔泰山。

她的羽毛被来自乌拉尔山和西伯利亚的强劲水气,吹成一朵盛开的屁股花。夏雨阵阵,冬雪纷纷,这里是新疆降水最多、植被最好的地方,也是新疆最重要的牧场和"肉库"。

中国唯一流入北冰洋的水系——额尔齐斯河,就发源于这里。这条穿行于白桦林和碎石铺成的河床之上、清澈见底的蓝水晶之流,可以说是中国最美的河。

阿尔泰山也是一座文化之山。

历史上,它是驰骋于亚欧大陆北方游牧带的骑马民族国家的一个重要的纠结点,一个远离农业文明和强大中央帝国的藏匿点,一个供无数的游牧部族舔抚伤口、休养喘息、收拢部众、积攒厮杀力量的肥地沃土和理想之国。

阿尔泰山自古以来盛产黄金。古代突厥人称之为 Altun tara,在蒙古、哈萨克语中则音变为 Altai,意皆为"金",我国古代汉文典籍将之意译为"金微山"或"金山"。现存的细石器表明,远在八、九千年以前,这里就有人类活动。公元前 7 世纪中叶,中亚草原游牧群体开始进入历史的舞台,阿尔泰山脉位于亚欧大草原中部,自然成为各种游牧力量活动的枢纽。

最早记录这个地方的,是游历了中亚的古希腊人阿利斯铁阿斯,著有叙事诗《独目人》。古希腊史料所述的"看守黄金的格里芬人",似乎就是阿尔泰山的古部落。林梅村先生认为,先秦典籍中记载的"秃发国"和"一目人",与古希腊文献中的"秃头阿尔吉帕人"、"独目阿里马斯普人",有着隐约而珍贵的呼应和对接。"独目人的族名 Arimaspu 确为塞语名称。前一部分 arima(一)相当于阗塞语的 arma(孤独的),后

5

一成分spu(目)则相当于阗塞语的spasa(观察者),那么斯基泰人对独目人的称谓意为'孤独的守望者'"。

之后,汉代的匈奴呼衍王出入"金微山",而后柔然又把"金山"作为主要活动区域。突厥崛兴,"金山"也是其重要的发祥之地,由柔然的"锻奴"起而立国,并由此东征西战,创建赫赫突厥汗国。突厥汗国分裂后,臣属于西突厥的"葛逻禄"主要活动于"金山"西南,之后又归于蒙元时期的窝阔台、察合台统辖。11世纪在黄河以北败于金国的辽国契丹从北京出逃,在"金山"的额尔齐斯河流域重整旗鼓,建立包括中亚和天山南北的西辽王朝——喀喇契丹。

随后,喀喇契丹与伊斯兰联军在阿富汗会战并大胜,使西亚诸国"谈契丹色变",并造成历史性误会,中亚之人和俄罗斯,至今以普遍用"契丹"的各种音译来称呼中国。

维吾尔族最重要的典籍之一、玉素甫·哈斯·哈吉甫于1069—1079年在喀什噶尔完成的哲理性诗剧《福乐智慧》,就是"奉献给东方的君主桃花石·布格拉汗"的,书中有"褐色大地披上了绿色丝绸,契丹商队又将桃花石锦缎铺陈"的句子。长春真人丘处机来西域会见成吉思汗,仍听见"桃花石诸事皆巧。桃花石,汉人也"的赞赏。而"桃花石"一词,据中外学者的意见,就是"拓拔氏"的音译,"拓拔"正是鲜卑宇文部后裔。甚至连隋文帝独孤皇后、唐高祖母独孤氏,都是汉化的鲜卑后裔,隋、唐皇族一脉,都是标准混血儿。

成吉思汗曾六度"金山",旌旗翻飞,铁骑成云,率领蒙古大军远征欧洲,开山劈路,四十匹神骏拖着华丽的宫帐大车,隆隆驰过阿尔泰的成吉思汗大道。一个世界历史上绝无仅有的、横跨欧亚大陆的帝国,就这样被游牧的铁蹄、箭镞、雄心、热血耕耘出来。明代"瓦剌"(卫拉特蒙古)代兴,这里又被划入准噶尔汗国的势力范围。今天,此处则是哈萨克、蒙古、汉、回等民族的生息地。总之,这里一直游牧民族的"安乐窝"和"洞天福地"。

历史上,战争是游牧生活的重要内容。

很难想象,那些分散于旷野长风之中,孤独地哼着忧伤的长调,成天尾随于牛马羊群之后,过着简单困苦的生活,善良、可怜、待人热情的牧人,怎么就呼风唤雨、摧枯拉朽,把一个个古老而强大的文明打趴在地、满地找牙。

在人类漫长的冷兵器时代,马镫和弓剑组成的军旅,代表机动、速度和力量之王,是"上帝的鞭子",如同今天的特种部队。无论多么庞大精良的农人的武装,在这样原始而生猛的骑兵面前,都显得不堪一击。农业政权是龟缩在高大城墙里的政权,不可一世的秦始皇,据王国维先生的观点,其祖先也是游牧的羌人,一统江山之后,甚至要把城墙修到草原的边缘,为的是阻挡匈奴的进攻。

反复上演、剧本如出一辙、残酷血腥而又无聊乏味的连续剧就这样开始了。如同冬天凛冽的西北季风,一个又一个骑马民族周期性地从欧亚大草原挥鞭南下,无情地冲击着中原的中央王朝、恒河流域的文明和古罗马的层层关隘。

"星天旋转

诸国争战

连上床铺睡觉的功夫也没有

互相抢夺、掳掠"

不知疲倦的蒙古大军席卷亚欧,所到之处,富庶的城镇顷刻变为废墟,宏丽的庙宇瞬间化为火海。一个弃城而逃的不花喇人惊魂未定地这样说:"他们到来,他们破坏,他们焚烧,他们杀戮,他们抢劫,然后他们离去"。在这场蒙古旋风之中,先后有40多个国家、700多个民族归顺蒙古帝国。

不管是匈奴还是蒙古,无论游牧者统治的疆域消长盈缩,她总有几个不变的"原点"、"老巢"或"根据地":顺利时从这里出发征服世界,瓦解时又归缩此处。这样的"原点"星罗棋布,在欧亚大陆的北方游牧带连成一线。比如鲜卑人从大兴安岭北段的"嘎仙洞"石室出发,而黄河河套地区曾经是匈奴的历史摇篮,著名的蒙古高原,几乎就是众多北方游牧民族的"老窝子",是其最重要的历史舞台和牢固的大后方。

一些冗长拗口、写法不一、难懂难记的地名、山名、河名、族名、人名,连同相关的习俗文化,如花花绿绿的补丁,打满了汉文典籍。称雄于蒙古高原的游牧民族,得意时狼烟突起,从这里南下、西进,搅得鸡飞狗跳、周天寒彻,落败时退缩漠北深处,消失的无影无踪。幸亏守着一个与之打打停停的中央王朝,高度发达培育的历史意识,留下了文字的记述。否则,这些来如风、去无影的牧人,真要被"长生天"和草原母亲春绿秋黄的宽广袍衫掩盖的严严实实,成为悄无声息的巨大谜团。

一个有趣的现象是,在历史大时光的消磨中,游牧线不断地往北退缩,这样的"原点"也不断北移。越是深居漠北的,更原始、更新鲜、也更有战斗力的部族,也越是有着更大的机会:这些"披发左衽、穹庐毡帐、食肉饮酪"的后起之秀们,瞄准日益成熟的农业社会的果子,扶摇直下,直到把自己消融在农民世界的稠人广众之中——"征服者被征服",进入农耕区的游牧统治者,很快汉化,融入农业文明,一般是在50年之后,就谙熟农耕之道,成为儒家文化的坚定的维护者,据关守隘,或凭借城池之险,徒劳地抵御着他们的后继者——新的游牧力量的进攻。几千年过去,牧人数量变化不大,少见城郭和地面上的变化,到今天依然地广人稀,而农民的世界却人满为患,市井如沸。

这些"原点"、"老巢"和"根据地",多是山高、林茂、水丰、草密之地,而其中以阿尔泰山为典型。古代金山,居于亚欧北方草原带之十字路口,东进、西攻、南下、北上,自由挥洒的空间比较大,而距其它大的势力范围又较远。众多游牧势力麇集于此、养精蓄锐,成为共同的祖源地,就不足为奇了。

公元91年,东汉大破北匈奴于"金微山",失去了阿尔泰山的北匈奴西进东欧。就是这批欧洲人称之为"匈人"的匈奴,公元451年又在首领匈奴王阿提亚率领下攻入高卢,与西罗马军团对决于巴黎东南的特尔瓦。这一切连串反应,像多米诺骨牌,匈奴人的西迁,加速罗马帝国的灭亡和整个欧洲的民族大迁徙。

按照语言学的分类,我国北方潮水般消长激荡的游牧民族,几乎统属于阿尔泰语系。匈奴、突厥、回鹘、黠戛斯、哈萨克等,属于阿尔泰语系的突厥语族;而鲜卑、柔然、室韦、契丹等则属于阿尔泰语系的蒙古语族。

在卫拉特蒙古的英雄史诗《江格尔》中,也多次提到阿尔泰山,而且似乎"江格尔可汗"的理想国——"宝木巴国"的核心区域,就是阿尔泰——至少,"江格尔"的勇士们要为他们的圣主"江格尔"建造的宫殿是在阿尔泰。

"美如开屏孔雀的阿尔泰山西侧,

生长着万年的旃檀。

在万年旃檀的中间,

杂生着珍珠宝石树,起舞婆娑

紧靠着五百株万年旃檀

为圣主江格尔建造一座

举世无双的十层九彩金殿"

于是,勇士们用黄金、珊瑚、象牙、珍珠和宝石,为"江格尔"建造了一座"离天上的白云还差三指"的宫殿。在今天阿尔泰山脉的崇山密林和山间草地上,找不到"江格尔奇"们用空前的想象、巨大的愿望和最华丽的词藻建造的"宫殿"。

我不相信建立了煌煌帝国的游牧统治者,没有永垂不朽、青史留名的意愿。

"风流总被风吹雨打去",用不着风吹雨打,他们就是"风吹雨打"——他们对待历史的方式,如同他们自身存在的方式,是否仍在大时光的上游飘忽不定、"逐水草而居"? 是否在用另一种我们所不熟悉

9

的方式传递千古之谜？

《参考消息》的一则有趣的信息是，欧洲一个研究机构的研究结果，根据 DNA 测定，从血缘上看，成吉思汗的蒙古在全世界留下了最多的遗传基因。

目前，这里留下的是岩画、鹿石、青铜器、铁器、草原石人、石棺墓和大型石堆墓。阿勒泰地区青河县三海子附近有 30 多座石堆墓，其中最大的当属什巴库勒石堆墓。该墓直径 60 多米，高 20 米，用石量当在两万多立方米，这是个浩大的工程，外围还附以多层石圈，并有十字形石道相连。这个巨石构成的金字塔，从上空俯视如同巨大的车轮平放在草原上，景象壮观。在中亚草原，这个石堆墓，是此种文化类型中最大的一座，简直就是由无数黑石块堆垒而成的小山。

不过，这些人工的大石堆，是不是墓，还得两说。联想到广泛流布的岩画上的众多车轮图案，和后来这一带高车人的频繁活动，说它是平放的车轮形象，也不是没道理。

高车是广泛活动于阿尔泰、漠北、河西走廊和青海的游牧民族。

"高车"这个部族名，直接源于草原上游牧民族的高大的、车辐众多的木制车轮。青海诗人、新诗的杰出代表——昌耀先生有一首 1957 年创作的诗歌，专写此物：

"从地平线渐次隆起者

是青海的高车。

从北斗星宫之侧悄然轧过者

是青海的高车。

而从岁月间摇撼着远去者

仍还是青海的高车呀。

高车的青海于我是威武的巨人。

青海的高车于我是巨人之轶事。"

关于这座石堆墓，近年来多有媒体炒作，一些时髦的说法甚至附会到了"世界征服者成吉思汗"的身上。林梅村先生认为,这个"巨石冢"可能是"独目人"部族酋长的墓,而林学堂、吕恩国先生则认为,这是当时草原上盛行的萨满教的祭祀圣地——太阳神殿。

据和田人、毛拉·艾斯木吐拉所著《乐师史》记载,阿尔泰也是伊斯兰文化中最伟大学者法拉比的出生地。《乐师史》这样说:"阿尔泰巴拉沙衮是艾甫纳斯尔·法拉比的出生地",而日本学者岸边成雄在其《音乐的西流》、前苏联学者巴尔托里德在其《中亚突厥史十二讲》中都认为,法拉比是突厥人,而西突厥活动的范围正是以阿尔泰山为核心区域。

法拉比(公元870—950)是伊斯兰文化历史中最伟大的、百科全书式的学者,"精通教义学、教律学、经义、圣训,也精通医学、哲学、修辞学、诗棋、国际象棋和音乐。在音乐学科方面,他造诣很深,不但亲手创造了卡龙,自己能够制弦弹奏,并且将此乐传给了其他乐师和自己的学生。他创作了'拉克'、'乌夏克'及其间奏曲,并在世界上加以传播…他著有《乐师书》。书中写到:'乐曲没有明言的共鸣声音,则是在人们的灵魂里点燃精神之火的因素。当诗词、民谣一旦与此融为一体,乐曲的秘密就会变得明晰起来','100年来,以祈祷都未能得到的乐趣,将从我的钢丝上得到'"。

法拉比继承发展了阿拉伯文化、突厥民族的文化和古希腊、罗马的文化,西文文艺复兴是从阿拉伯文献那里,找到久违的地中海的文明。法拉比的音乐体系对今天影响很大,他创造了用阿拉伯语名称图形谱记录的规则,对各个国家和地区的木卡姆艺术,有复杂、深刻的影响。

法拉比,也称艾甫纳斯尔·法拉比,全名是穆罕默德·依本·艾甫纳斯尔·艾勒·法拉比,西方学者认为他是阿拉伯的哲学家、音乐理论家,我国《辞海》条目也这样解释。这样说主要因为他用阿拉伯文著述,但不能说用阿拉伯文著述就一定是阿拉伯人,穆罕默德·喀什噶里的《突厥语大辞典》,也是用阿拉伯文所写,但他出生在喀什阿帕尔村,晚年也生活在那样，其"麻扎"是当地人的朝拜圣地。阿拉伯的"五弦乌德琴"是法拉比加了一根弦，"五弦"是龟兹人发明的乐器，法拉比能为阿拉伯的四弦加一弦，说明他熟悉龟兹五弦。

关于法拉比的身世、族属，众说纷纭，争论不休。许多国家、地区和民族的学者都在为自己的民族和国家"拉郎配"，成为热闹的景观。也许，这是很难彻底说清、也很难统一认识的历史之谜了。这种"拉郎配"，与历史上潮起潮落的游牧力量，总是比较短命、文化变迁或者断裂、缺乏历史记述有关。

四、喀纳斯魅影

阿尔泰的深山之中，有太多的历史秘密和千奇百怪，如同大海微微颤动的渊面，光天之下，天地旋转，魅影重重。

游牧力量的大时光，潮水般退去。

祥和、平静、如深山美人般不为人知的阿尔泰，正在被小康社会日渐兴胜的游客所围观。封闭了漫长岁月的阿尔泰，如一坛刚刚开封的老酒，凛洌清纯，醇香四溢，醉人心脾。成吉思汗西征时留下的蒙古人后裔——图瓦人和他们的木头房子，一到旅游旺季塞满了天南地北的游客，景区内的一小盘清炖羊肉，敢要你三百多块，而且不能有意见，因为能吃到嘴里已经是不错的了，许多人还站在旁边翘首以待呢——尽管这几乎是一只肥羊的价钱。

不要忘记，为了最美的风景，这的确不算什么。

人类净土喀纳斯，如同思想政治工作的高手，如同高效的安慰剂，会化解你所有的怨气。忘掉消费主义时代斤斤计较、脑满肠肥的沉重肉身吧，就像歌里唱的："亲爱的，你慢慢飞，飞到前面去看小溪水"——喀纳斯湖在等着你呢。同时，还应该想到，布尔津县的许多领导，由于整整一个夏季不得不待在山上应付南来北往客，已经被山风吹成黑人，他们和家属两地分居，"翠花们"很生气，后果很严重。

在阿勒泰地区博物馆中，有一具原始的滑雪板，讲解员声称这是人类最早的滑雪板。

滑雪板上蒙有一层马小腿的皮毛，油滑粗硬的毛顺向时，减少磨擦阻力，加快了速度，猛一转身、马毛逆向时，可以起到刹车的作用。

遥望历史，冬季的阿尔泰，雪深一、两米，万山岑寂，林间谷地，闪动一个个操阿尔泰语系的古老族群，好一派雪原景致。日本和前苏联的滑雪教科书认为，阿尔泰是人类滑雪活动的起源地，这里的岩画中也有早期人类滑雪的图案。

除了滑雪板，在布尔津县的一家餐厅里，还可以看近两米长的大红鱼标本。这几年借助媒体，传得最凶的就是喀纳斯湖的湖怪，中央电视台专门拍摄了大型记录片《深湖魅影》，结论不了了之。这两年，又有人要带潜水设备，一探这隐秘世界。

面对大好湖水，多有内地之泳士，到此欲畅游一番，但被接近冰点之寒水所吓退。曾有一个内地广播战线之泳士，来此参加全国广播学会的一个会议，不听当地人劝阻，游了一个来回，一年后此人殁。肉后酒足，心火之苗炽盛，毫无防备，当胸浇以千年冰水，寒气渗入骨髓，阳寿尽矣。

关于"湖怪"，当地传说久矣。曾有湖边饮水的牛羊被"湖怪"吞噬。这个中国最深、湖光变幻莫测的喀纳斯，曾引来大量科学工作者前来踏勘。一个差强人意的解释是："湖怪"是学名叫"哲罗鲑"的大红鱼。倒是我的一个曾经在阿勒泰地区生活了30多年的老上级，说过的一个名山轶事倒是真的：在反修防修、意气奋发、斗志正酣的年代，一架苏修直升机，油尽灯枯之后，荒不择路，只好落在山上。当地哈萨克牧民挥舞马鞭，围斗不止，生擒苏修飞行员。传来传去，传成这直升机是被牧民用套马杆套下来的。

如果你来阿尔泰，建议你在10月中、下旬来。

13

阿尔泰山最好的风景,只有大雪封山前的十几天时间。

"长生天"命令所有的树木开始燃烧起来,天地骚动,轰轰烈烈,仿佛有一只巨手从天空快速泼下辉煌繁荣的色彩,一颗颗白桦树爆炸般喷射出绚烂疯狂的光焰,似乎之前的季节只是用来成长和积累她的力量,好在瞬间挥霍掉全部的青春生命。

向美而亡,激情如飞蛾扑火。

这,让我想到一个词:牺牲。

三重门户巴克图

王有才

我曾经问一个孩子,边界是一个国家的边,那么边界外面是什么?孩子用他的想象力回答我说,边界的外面是大海,要么是万丈深渊,如果不是,那就是黑夜。

我又启发他,如果国家是一个大院子,边界就是一个国家的围墙,那么边界外面是什么?孩子收回想象力,用他有限的经验告诉我,边界的外面是野外。

孩子的回答很精彩,这就是一个孩子的国家意识,或者说是国家意识在一个孩子的心田萌发出的幼芽。

塔城人对于国家,对于边界的透彻认识几乎是与生俱来的,包括孩子,因为他们就生活在国家的院子边,围墙下。

院子里的人总要进出,外面的人也会进出,进进出出总不能翻越围墙,那就得有个门,口岸就是围墙上开的门,是国家的一扇门,进出的人多货多,就算是国家的一道大门。

塔城的巴克图口岸就是国家的一道西大门。

所以,巴克图有个显赫的官名叫"国门"。

这种大门,通常依托的都是地理意义上的大门,两边有屏障,中间是豁口,巴克图就是一处典型的大门地理,北边雄峙着一扇门为阿勒泰山系,南边耸立着另一扇门为阿拉套山系,巴克图则是两扇大门之间的通道,只要敞开巴克图,就可直驱新疆北部的准噶尔盆地,若封闭巴克图,则是给大门上了一把铁锁。

所以巴克图又有个鼎鼎大名,叫"准噶尔之门"。

不仅如此,巴克图在大地理之中还套着一个小地理,大门之中还套着一个小门,从小地理入小门到达的是一个小盆地,上有塔尔巴哈台山脉,作为右扇门,下有巴尔鲁克山脉,当左扇门,巴克图仍是两门之锁钥,开锁可进塔(城)额(敏)盆地,上锁则被封闭于小盆地之中。

所以,巴克图还有一个本地人才上口的小名"塔额之门"。

官名,大名,小名,三个名字唤出了三重门。

三重门可进入三重天地:塔额盆地,准噶尔盆地,全新疆乃至大中国。

三重门有三重对应的形态:国家门与地理门,具象门与抽象门,大门与小门。

三重门就是三道超重量级的大门:地理门,政治门,经济门。

三重门并非寻常之门,巴克图亦非寻常之地。

巴克图,蒙语地名,意即"水草繁茂之地",而巴克图因其三重门,还生长着比自然水草更加繁茂的历史,所以,巴克图也可以称作"历史的水草地"。

一座城池后移引出的后果

巴克图成为祖国的西大门也就是百多年前的事,翻检此前的历史,我们国家的边界要往西推进至少 200 公里,因为这 200 公里宽的地盘我们自己没看好没守好,让我们的那个强盗邻居给抢跑了。如果不抢走,西大门应该开在 200 公里外邻国的什么地方。

由巴克图往西100公里有一个地方，我们叫它雅尔，后来沙皇俄国把它叫乌尔扎尔，据说翻译过来大意是"马贼窝子"，因为那里狗多，沟多，盗马贼多，所以人家连名字都没给起个正经的，顺手从地上拾起一个就安上了。18世纪50年代，清朝相继平定了准噶尔贵族的达瓦齐、阿睦尔撒纳叛乱，并于乾隆29年(1764)派出600名绿营官兵，前往雅尔一带驻防，并筑起了一座肇丰城，设置了塔尔巴哈台参赞大臣，以管辖这片地广人稀的疆土。但两年以后，新任塔尔巴哈台参赞大臣阿桂却给皇帝上了个奏折，要求放弃此城，其理由有二：一是雅尔地方冬季风雪太大，气候严寒无比，"军民不堪其苦"；二是雅尔地亩太少，"不敷五百兵丁耕种"。他建议后撤到100公里外"田土膏腴，水亦充足"的名为"楚呼楚"的地方另筑新城。"楚呼楚"是蒙语，"木碗"的意思，就是今天的塔城、额敏一带。

　　还有一个理由阿桂没说。原来那年夏天，绿营官兵一到雅尔，就被当地的一种虫子给了个下马威。这是一种白色苍蝇，俗名白蝇，学名叫羊眶蝇。白蝇不仅叮咬人畜，而且叮咬的方式也很奇特。它从你面前快速地掠过，很像战斗机飞行时的俯冲扫射，对着你的脸，身子一侧就打出一个点射，就这么一下，已经将它的卵准确地注入到你眼眶里了。遭此攻击后，开始是痒痛无比，接着就肿烂、瞎眼。因为蝇卵在人畜眼睛里摄取营养，发育成蛆，长大成蝇，整个繁殖过程都在人畜的眼睛里完成，人畜眼睛完全变成了它的餐桌和产床。驻防军队一遭此祸便丧失战斗力，战马更是因此变成疯马，又跑又颠又踢又咬，像是发了神经。这就极大地动摇了军心。

　　酷寒、地少，加之虫袭，就成了阿桂给皇帝上折子的理由。乾隆阅折即恼，这不是放弃领土遗留后患的大忌吗？一座城池岂能说建就建，说迁就迁，你们这些官员当初干什么去了？当然是怒骂一顿，下令究办。但阿桂毕竟是平叛有功的重臣，前不久才由正蓝旗抬入上三旗，并升任伊犁将军，皇帝也留三分情面，况且阿桂是随奏随迁，待圣旨到达，

17

迁城已成事实，乾隆就是龙威再盛，也只得迁就下来。

塔尔巴哈台由雅尔迁到楚呼楚，看起来仅仅后移了 100 公里，可就是这 100 公里的迁移，后来却引发了一个天大的后果。管辖广袤国土的政治军事中心肇丰城迁移到楚呼楚后约 60 余年，沙俄即吞并了哈萨克草原，随后便马不停蹄地在雅尔当面百十公里处我们地盘上的阿亚古斯建立了军事堡垒。20 年后又进一步向东，占领了雅尔，并在肇丰城旧址上建立了乌尔扎尔村和军事据点，同时把雅尔改名叫成了"马贼窝子"。如果俄人将这个"马贼窝子"再改动一个字，改成"盗贼窝子"就更名副其实了，因为又只过了十二三年，沙俄就以这个地方为盗窃中国领土的大本营，又将铁蹄再跨出一个 100 公里，直接就跨到了塔城的眼皮子底下了。之后的历史就是我们在 1864 年的《中俄勘分西北界约记》上签字画押，将塔城对面直至帕尔米这片 44 万平方公里的广阔国土拱手割让给了沙俄。当然，不管肇丰城迁不迁，沙俄的侵略扩张野心是不会变的，不过作为政治军事的中心，它肯定会像堡垒一样起到将一片领土尽可能牢固地钉在版图上的拱卫作用，至少不会轻易让强盗搬挪抢夺，就如参赞大臣治所由雅尔搬至塔城，沙俄的野心再怎么大，塔城不还是我们的塔城吗？

大片国土的沦丧和一座城池的迁移就这样构成了神秘的因果关系，虽然它肯定不是因果关系中的全部，甚至也不是决定性的起主导作用的因素，但这一举动的确是其中的重要诱因之一。

沙俄从"马贼窝子"出发，最初没有到达现在的巴克图口岸这个位置，而是先到了数公里开外的什么地方，因为那个丢领土的《中俄勘分西北界约记》只将我们的领土割让到此，如今口岸对面、北面的哈国巴克图镇、巴克图山，以及山后的苇塘子等地，也都还是我们的领土。镇上住着我们的居民，包括我们从内地屯垦或逃荒来到西部的汉民，苇塘子劳作着我们的农民，山上游牧着我们的牧民，山脚下则埋葬着这些同胞们的先人。

后来的哪一年,这些地方就悄没声息地丢了,以至现在问起塔城人几乎没人能说清楚了,因为蚕食是一个过程,相对缓慢也相对动静小,还因为经历过的人不是死了就是老得快说不出话了,只有塔城老安家、老杨家、老潘家、老袁家等老户人家五六十岁的后人们,能把从老辈人那里听来的还没有忘掉的三两句话学给旁人听,"舅老爷在巴克图山上放过羊","父亲的叔伯们在巴克图镇以西种过地","老太爷还埋在巴克图山下的祖坟里","从前牛羊转场走的路都在山那边"……

丢失了大片领土的腐朽的清朝灭亡了,上来的是军阀纷争、混乱不止的民国,在边界管理上丝毫不改颓势,仍旧是个有边无防的空架子。而俄国十月革命后,沙皇是倒台了,列宁也曾振聋发聩地宣布推翻沙俄强加给中国的一切不平等条约,归还侵占中国的所有领土,但也只是说说而已,不久列宁就去世了,苏联的后来者也就把列宁的宣告撂在一边了。不仅撂在一边,似乎沙俄强占别人领土的瘾头也还没戒除,惯性也还没煞住,对我们领土蚕吃桑叶式的细嚼慢咽仍在进行之中。总之,蚕食的手段也是兄弟俩的长相———一个模样,通常是"三步走",先找借口,再造事端,然后动手驱赶。领土就这样一小片一小片地被偷跑了,今天丢个巴克图山,明天丢个巴克图镇,后天再丢个苇塘子,最后把老祖坟都丢在人家那边了。

领土丢多了自然就搞乱了,再隔上两代人,后人自然也就说不清了。但这绝不是一笔乱账,历史不容篡改,对于其中的原委,有关文献记载得非常清楚。说起边界来,也总还要拿人家的三条边界线说事,标准的是《中俄勘分西北界约记》签约时形成的 1864 年线,参考的是苏联时期绘制的苏图线,实实在在落实到大地上的却是人家的实际控制线,而且一条线比一条线往我们这边靠。我们把边界线看得像围墙一样,边界线在人家那里倒像是手里攥着的跳绳,人家往我们这边甩一下绳子,我们承认不承认,领土已经踩在人家的脚底下了。

人家最后甩的那一下绳子,就甩到了我们现在巴克图口岸的位置,他想再往里甩都没地方了,因为边界线离塔城仅剩下 12 公里了,没有哪一个地区的军政首脑机构所在地距离边界这么近的,再近,一座城就连转个身的余地都没有了,一伸胳臂一蹬腿就得越界。一个地方驻扎上军政首脑机构的好处这时算是体现出来了,它的确至少把脚下这片土地,把塔城这座城钉牢在中国版图上了,如果从雅尔迁城时越过塔城还向国土纵深迁,那塔城市和巴克图口岸后来会不会被人家也一绳子甩过来,变成人家的领土,我们的野外?

所以,在中国西线长达百余年的领土争夺战中,塔城和巴克图是我们退无可退的底线,也是我们最后抵抗的前沿。直到 20 世纪六七十年代中苏对抗时,这里仍还被叫作反修前线、反修前哨。

到了这个底线和前沿,我们边界的围墙才算是个围墙了,轻易推不倒,挪不了了,围墙上的口岸也才像是个立得住的大门了,不是围墙上随处开个豁口就当门,因为大门依托的是围墙,围墙牢靠了,大门也才谈得上开关闭合,强盗才不致随意闯进溜出了。虽然这围墙给塔城围起的院子太小,伸展不开,相当于过了围墙就是房屋,一进院门就是屋门,连个养花种草搭鸡窝的余地都没有,但在围墙里不受侵扰地过自己的日子,打开门或迎客或送客,或串门或回家的自由自在自主自便,毕竟成为了可能,也算不枉塔城人百年渴盼。只可惜付出的代价太过于重,何时思之何时心口绞痛,何时隔墙眺望何时无声长叹:墙外苍茫山水,那本是我们的院子啊!

国家的这块脸面

如果你和一个七八十岁的新疆老爷子话旧,他的话语里总能蹦出一些老物件的旧名称,如洋火、洋烟、洋布、洋线、洋油、洋车、洋瓷盆子、洋铁炉子,再扩大一下,洋楼、洋房、洋货、洋马、洋人,甚至洋毛子、洋婆子。可以想见,几十年后的今天,这些词汇还不时出现在他的话题里,那么几十年前，它们肯定充斥在他的生活里，遍布或林立在他所处的时代里。

这个"洋"，在新疆主要指西边这个俄国，后来是苏联。而这一切洋玩意儿，是怎么从别国声势浩大地进入了中国，进入了新疆？很显然，这种进入不会是偷偷摸摸，小打小闹，而应该是大门大路，堂而皇之，否则闹不到这个地步。也许，这该提到两个地名，但巴克图无论如何是其中格外响亮格外震耳的一个。因为那时候，巴克图连带着它身后紧挨着的塔城，是一个大敞着的西国门，洋玩意可以肆无忌惮汹涌奔腾地涌进来。当然，我们的农畜土特产也可以像羊群一样向西蜂拥而去。

从一些早年间小心翼翼的史志记载中都可以感受到当年它们的红火热闹：

俄国商人在塔城熙来攘往，"填街溢巷，荟萃而成一聚落"。

"对俄贸易很旺，但商权操于俄人，市街也成俄化……"

塔城"其西北之俄国贸易租圈地，洋楼棋布，洋行林立，街道边宽平，惜灰土迷目，天晴则干燥异常，天雨则泥泞不堪。俄货进口者以布匹、铁器、瓷器、糖、纸为大宗，华货出口则以棉花、干果、皮毛为大宗，车马往来，络绎不绝……俄国铁器如盆如铲莫不尽有，铁皮薄而坚，极为耐用……民众灯火、工厂机器均以俄油为燃料"。

那时候，在俄国人眼里，中国市场就是一锅肉汤，热气腾腾、香气扑鼻，谁都想来舀上一碗，所以趋之者若鹜。到了清朝末年，塔城的俄国商户就已达291户，3840多人，并高高耸起声名远扬的天兴、仁忠信、德和、德盛、吉祥涌等八大洋行。他们向塔城输入以纺织品、铁制品、日用百货为主的210种货品，每岁货值达45万两白银，而由塔城购往俄国的货物仅16种农牧土特产，其中大宗货为每年牛羊皮百万余张，羊毛、驼毛110万余斤，马、牛各2000余匹(头)，羊7万余只，棉花同样数额极大，但具体数量记载不详。

但塔城仅仅只是俄商贸易这只大鸟的身子，大鸟很快伸出双翼，将

21

塔城两侧的额敏、裕民二县遮盖，形成广阔的三县一体的沿边"百里贸易区"。俄商凭借俄领事馆发给的免税通商执照，在这一带纵横捭阖，出境入境如履平地。大鸟展开翅膀，便是要飞翔的，它一振翅，就飞到了北疆重镇乌苏，让乌苏也成了俄货贸易的集散地。乌苏一地，80多家俄商，每年200万卢布的贸易量，让这只外贸大鸟由此化作鸟群，飞往天山南北各地，也飞往内地的广大地区。

塔城既不是这只外贸大鸟的鸟窝，也不是它的长久栖息之地，只是进入中国的落脚点，吃饱了就要高飞的起飞地。在相当长的一个时期，塔城已变成了南北疆各地俄国商品的转运站。

搭眼粗粗一望，塔城的商业繁华，中俄的贸易兴盛，新疆人对先进俄国商品的享用之乐，似乎怎么说都像是一件好事，一件大好事。但要说清楚究竟是好事还是坏事，在很多时候还是一件难事，好中有坏，坏中藏好，好坏难辨，好坏纠缠，实在是难以说清。但有时候，又没那么难，像塔城的中俄贸易，只要稍稍回顾一下它的历史渊源，捋一捋它的发展脉络，似乎就能说清言明，也许不言自明。

早在200多年前，塔城成了同哈萨克草原部落进行原始的以物换物的贸易中心，，换出去的主要是丝绸与茶叶，丝绸每年少则1500匹，多则5000匹，占新疆丝绸总贸易量四分之一，或对半、多半不等，而换回的主要是牛马羊，仅马一项，每年也有个几千匹。

这是一段面对草原游牧民族的平等交易，古老而敦厚，还有些散淡。到了19世纪20年代，情况骤然剧变，西面的哈萨克汗国被沙皇俄国吞并了，俄国人从辽阔的哈萨克草原那边一步就跳到了我们面前，脸对脸地成了我们的邻居。借着鸦片战争之后清朝的虚弱与惊恐，沙俄连诱带迫便与清政府签下了《伊犁塔尔巴哈台通商章程》。可别小看了这个关于做买卖的章程，它可是创下了记录，争得了第一的章程。它是有关中国西部边疆的第一个不平等条约，因为，《南京条约》让东南沿海开放了五个通商口岸后，陆路的中国西部大门终于被俄国敲开了。打开大门,可以迎接客人,也可以溜进来豺狼,闯进来强盗,此门将迎来何者?

其实,章程的主要条款都像是"霸王条款",如俄国可单方面在伊塔设领事,享有领事裁判权,如通商免税。素来做买卖就得交税,天经地义,更何况是在人家的土地上做买卖,单俄商免税一条,就是天大的特权。再如俄有权在伊塔两地建贸易圈,即买卖圈子,可盖房、存货、居住、放牧、设立坟地,这听上去哪像是只来做生意,既要盖活人的房,还要建死人的墓,同时,又养牛又放羊,完全是安家落户、生根开花的阵势嘛。

果然,俄人一入塔城,就把自己当成了这里的主人。见塔城西南有一座当地最大的雅尔噶图金矿,张口就说这是俄国境内的金矿,不许中国人开采。金矿工人一听就懵了,天下奇谈,岂有此理!挖自己的金子,让他胡扯去吧。但俄国人不光胡扯,还要胡干。俄驻塔城领事塔塔林诺夫率领200俄人窜至金矿直接动了武,先把一些矿工用烟熏死在矿洞里,而后又陆续枪杀的枪杀,绳子捆了扔河里的扔河里,几个月功夫,就有200多名金矿工人命亡雅尔噶图。矿工们怒火燃胸,示威反遭俄人殴打,遭清兵驱赶,胸中怒火直接化作烈火,矿工们用苇子点燃了俄国贸易圈,51间栈房及所有囤货焚烧殆尽,驻塔领事及圈内俄商仓惶逃走。

痛快淋漓的燎原大火最终演变为冰凉寒冷的结果。在处置这场大火的谈判中,俄国谈判代表带着400名俄兵来塔城会谈,刀枪与口水较量的结果,是签订了《中俄塔尔巴哈台赔偿条约》,条约的执行结果分明看得见刀光剑影:为首矿工代表许天尧、安玉贤"按例治罪",发配充军;中国重新为俄修建被烧毁的贸易圈,俄方则乘机将原有的51间房扩充至98间;中国同时向俄赔偿13.5万两白银。更让人扼腕叹息的是,俄国借口保护其商民,居然从清朝谈判官员那里获准在伊犁、塔城两地贸易圈内享有驻扎军队的权利。

这种谈判,堪称天下奇谈!

火烧贸易圈之后,俄商和俄货更加汹涌,因为中国市场大,通商免税,又是俄军保护,此种生意何处有?此等美事何处寻?俄商们自然闻风而动,争先恐后地扑向塔城。1865 年,重建的贸易圈又被塔城人民再次烧毁。但毁一次,形势平稳后就又再建一次,建一次,范围就又扩大一次,及至将贸易市场都划入了贸易圈内,使俄商反客为主,由行商变坐商,从而操控贸易,把持市场。至 19 世纪末,贸易圈面积已扩至原来的数倍之多,城中仅侨民居住区就达一里多宽,且扩张之势如汹涌的潮水。为防其势头无限膨胀,当政官员急忙在其前面某处建刘猛将军祠一座,借死将军的威名壮胆子,用固定的建筑作障碍,这等煞费苦心更显其百般无奈。

此时的贸易圈,哪里还是普通的买卖圈子,它干脆就是让清朝官员们闻之惊心,让中国百姓恨之入骨的豺狼虎豹,洪水猛兽。

这样的贸易圈,岂只在塔城、伊犁,在新疆,凡有俄国领事馆的地方,均如法炮制,它们和塔城的贸易圈一样,在商业功能上,既是俄货的零售市场、批发市场,也是俄货的中转集散地,同时还是各地廉价土特产的收购中心。

这样的贸易圈,还能进行寻常商业意义上的贸易吗?根本不能。试举几例塔城地区中俄商品的贸易比价来管中窥豹吧。俄货一尺布可换中国一张羊皮,三盒火柴能换一张羊皮,一个手电筒可换一群羊(15只),而中国牧民的一张旱獭皮,只能换回俄国的一头大蒜。在塔城牧区,俄商大方地将俄货赊贷给牧民,夏秋季以畜产品抵利息,每欠一两银利息,次年还二岁羊一只,而一只羊值银五两,利息是本金的四倍。如果赊贷随便一样工业玩意儿,来年还上的都肯定是一大群羊。

这种贸易还享受着出境入境全免关税的特殊待遇。于是,就滋生出一件怪事,南疆生产的土布廉价出口俄国之后,又倒流回塔城、伊犁,高价出售给北疆人。还有风行多年的"华茶倒灌"。中国是产茶大国,

24

俄商将中国南方茶叶进口后,用先进交通工具运至俄属中亚地区,再"出口"到中国的塔城、伊犁,而这种倒流的中国茶再卖给中国人,竟然也要卖到半块茶都要用一只羊来换取。

这还叫贸易吗?怎么听都像是掠夺,像是打劫,说得委婉点也是巧取豪夺,明抢暗夺。

而抢夺的如果只是在贸易、商业方面,那事情便简单得多,商贸如果是浮在水面的冰山,水下才是那个托着底的大头呢。

贸易权不是沙俄的首创,往前还有英法的租界,但它是沙俄精心生养出的一个怪胎,在某些方面显得似乎更有创意,更另辟蹊径。到十月革命前,贸易圈这个怪胎在新疆各地已发育得几臻完备,不仅贸易圈已建成坚固的据点,而且以此为中心向下面各处已撒遍他们的爪牙,即所谓商约、乡约,由此编织成一张覆盖当地,围绕中心,由俄领事握着纲的大网,它们完全独立于中国行政司法之外,是一座拥有政治、经济、军事特权的"国中之国"。

说得更透彻点,贸易圈根本就是沙俄投放在新疆的一个个由怪胎长成的小沙俄。沙俄的本性就是侵略,就是领土扩张,贸易圈自然继承了这样的遗传基因,它稍一发育,便凶相毕露,开始了对新疆肆意的掠夺与扩张,不断从政治和经济上控制新疆,直到时机成熟,便会举刀割占新疆。

对于新疆来说,这些贸易圈又是一个个毒瘤,一个个恶性肿瘤,只要不动手术根除,它就会疯狂地滋生蔓延,一俟癌细胞扩散到全身,那失去的就将是整个疆土,是一切。

过去的历史其实早已将未来的图景展示给了清政府,展示给了中国人。沙俄自从向东扩张成了中国的邻居后,中国从此便没有了消停的日子。它贪得无厌的胃口,对中国领土的觊觎,让中国人提心吊胆,不是蚕食就是鲸吞的掠夺,哪一种都让人防不胜防。你想,它住在你的隔壁,隔三差五地就顺手牵你一只鸡,抓你一只羊,你能咋办?而这不过是蚕食，是平日里的偷嘴偷食，逮着空，它还会索性找个借口就住到你家里来，趁机就霸占你一间房两间房的。这是鲸吞，是不管不顾的大口撕咬，狼吞虎咽，新疆有44万平方公里的领土就是这样让它一口咬走的。你肯定是不高兴，气得咬牙跺脚，但只能是干生气，因为它个子比你大，拳头比你硬，最终你还得咽下这口恶气，更加提心吊胆和颜悦色地和它相处，甚至徒劳无益地继续提防着，防备着它哪一天撕下脸皮，把你整个家包括院子连带一亩三分地都给霸占了。自它开始奉行领土扩张政策，多少他人的领土就是这样被它又啃又咬地抢夺走的，新疆不过是它东扩的又一片肥美疆域。

此时再回头看，当初签订的《伊犁塔尔巴哈台通商章程》都不过是沙俄的一个大阴谋，或者说干脆就是一个大阳谋，因为沙俄对伊塔，对新疆通商中所做的一切，都真真切切地发生在阳光充足的新疆大地上，光天化日之下，阴谋也早晾晒成了阳谋。

人类社会幸亏有历史，它以冷眼看世界，一般不动声色，但它又是一个主持大义、掌管大平衡的老人，将公平心藏得很深，不到火候不揭锅。你把事情做得太过头了，超出了他宽厚的限度，他就会伸出手来轻轻拨弄一下，这一拨，不论多么浩大的事物，都会发生剧变。沙俄的行径显然惊动了历史，它一出手，俄国就爆发了十月革命，十月革命不仅终止了沙皇的侵略扩张政策，连制定这政策的沙俄政府都被装到棺材里去了。

塔城，巴克图，就这样成为一个历史性的词汇，成为一段著名的历史。

我们应该把塔城、巴克图的这段历史当作一节发展史、光荣史对待，还是看作一节屈辱史、血泪史来承受？

仅从浅显处说，它确乎给这个地方带来了繁华，带来了热闹，给这里的民众带来了享用俄货的用物之便利，玩物之乐趣，也带来了当时先进的技术和商业文化，以及后人因此而笼统产生的故乡优于它方的自

26

豪感。但历史更分明地记载着、提示着,这是屈辱的繁华,丢脸的热闹,是拌和着血泪的享用,是打碎牙往肚里咽的便利与乐趣。因为如果我们把它仅仅只称作享用,那么我们同时享用的还有被侵略,被抢夺,甚至被强奸。

巴克图作为国家的一扇大门本该自豪,塔城作为国家的一块脸面本该让人荣耀,但这段屈辱的历史,却让这里头不是头,脸不是脸,让历史的脸面无颜无光。

如果做个归结,这一切发生在清朝后期,它也只能发生在这样的时代,因为一个气息奄奄的朝廷只顾得上苟延残喘,一个末路的朝廷当然是穷途末路,气数已尽,你还能指望它什么呢?

历史已成为过往,如今的塔城,如今的巴克图,正往国家这扇大门的脸面上贴金搽粉,正让它熠熠闪光。

塔城人正在为历史换回面子。

喀纳斯灵

刘亮程

一、风流石

景区康剑主任盯着这块石头看了好多年。他在这一带长大,小时候他看这块石头会害羞脸红,觉得那块像男人的石头爬在像女人的石头上,耍流氓。长大以后他觉得石头的姿势美极了,他是一位摄影家,拍了好多张石头的照片,最美的一张是黄昏时分,抱在一起的男女石头人,裸露身体,在霞光彩云的山坡上做着天底下最美的事儿。

康剑说,这个石头叫风流石,也有人叫情侣石。

我说,叫风流石好,风流自然。石头的模样本来就是风流动造化的,风是这里的老住户,山里的许多东西是风带来的。

康剑让我给风流石写篇美文。

我说,提两句诗吧。我想起陆游的诗句:花若解笑还多事,石不能言最可人。我把"可人"改成"风流",石不能言最风流。两句改写的古诗就这样轻易地刻在了景点的巨石上。这是我的字第一次刻上石头,心中的志忑与激动跟 30 年前我的诗第一次变成铅字发表时一样。

石头有了名字和题诗，它还需要一个传说。

我们在山谷里找两块石头的传说。这样绝妙造化的石头不可能没有传说。以前我在新疆其他地方，也干过类似的活儿。这里的游牧人，自古以来，用文字写诗歌，却很少用它去记时间历史。时间在这里是一笔糊涂账，有的只是模糊的传说。

传说有两种方式，口传和风传。

口传就是口头传说，从一张嘴传到另一张嘴。一个故事传几代几十代人，或者传走调，或者传丢掉。

传走调的变成另一个故事，继续往下传。传到今天的传说，经过多少嘴，走了几次样，都无法知道。有时一个传说在一条山谷的不同人嘴里，有不同说法。在另外的地方又有另外的说法。俗话说，嘴是两张皮，咋说咋有理。又说，话经三张嘴，长虫也长腿。长虫就是蛇，蛇经过三张嘴一传，就长出腿了。传到今天的传说，已经是长了无数腿的长虫。

风传是另一种隐秘古老的传递方式。口传丢的东西，风接着传。这里的一切都在靠风传。风传播种子，传扬尘土，传闲话神话。风从一个山沟到另一个山沟，风喜欢翻旧账，把陈年的东西翻出来，把新东西埋掉。风声是这里最古老的声音，所有消失的声音都在风声里。传说是那些消失的声音的声音。据说古代萨满能听懂风声。萨满把头伸进风里，跟那些久远的声音说话。

我也把头伸进风里。

这个山谷刮一种不明方向的风，我看天上的云朝东移，一股风却把我的头发往南吹。可能西风撞到前面的大山上，撞晕了头。我没在山里生活过，对山谷的风不摸底。我小时候住在能望见这座阿勒泰大山的一个小村庄，它在准噶尔盆地中央，从我家朝南的窗户能看见天山，向北的后窗望见阿勒泰山。都远远地蹲在天边，一动不动。我那时常常听见山在喊我，两边的山都在喊我。我一动不动，呆在那里长个子，长脑子。那个村庄小小的,人也少。我经常跟风说话。我认得一年四季的风。风说什么我能听懂。风里有远处大山的喊声,也有尘土树叶的低语。我说什么风不一定懂,但它收起来带走。多少年后,我听到自己的声音,它走遍世界被相反的一场风刮回来。

长大后我终于走到小时候远远望见的地方。再听不见山的呼唤。我自己走来了。

传说能对风说话的人,很早以前走失在风中。风成了孤独的语言,风自言自语。

在去景区半道的图瓦人村子,遇见一个人靠在羊圈栏杆上,仰头对天说话。我以为见到了和风说话的人。

翻译小刘说,他喝醉了。

一大早就喝醉了? 我说,你听听他说什么。

小刘过去站了一会儿。

小刘说,他在说头顶的云。他让它"过去"、"过去"。云把影子落在他家羊圈上,刚下过雨,他可能想让羊圈棚上的草快点晒干吧。

风流石的传说是我在另一个山谷听到的。我们翻过几座山,到谷底的嘉登裕时,风也翻山刮到那里。云没有过来,一大群云停在山顶,好像被山喊住说什么事情。我看见山表情严肃,它给云说什么呢。也听不清。

我把头伸进风里。

二、传说

牧主的儿子哈巴特风流成性,经常在附近牧场勾引少女,抱到山石上寻欢。牧民们认为哈巴特的行为败坏风俗,便从喀纳斯湖边请来一男一女两个萨满巫师,惩治哈巴特。男萨满目睹哈巴特的行为后,摇摇头走了。男巫师说,我能降妖除魔,但我降服不了人的情欲。

女萨满巫师留下来。女巫师装扮成美丽少女,在草场放牧,被哈巴特勾引去。正当哈巴特和少女寻欢时,女巫师现出原形。哈巴特看到刚才还水灵灵的美丽少女,转眼间又老又丑,惊恐不已。可是,这时哈巴特已经跑不掉了,他被女巫师牢牢抱住,就这样过了一千年又一千年,哈巴特还是没有从这个又老又丑的女巫师身上脱身。

民间传说女萨满巫师用一种"锁"的法术,把哈巴特的身体牢牢锁住。哈巴特所以能勾引那么多痴情少女,是因为哈巴特身上有一把闪闪发光的金钥匙,女人都很难经受金钥匙的诱惑,它轻易地打开少女的心灵和情欲之锁。可是,女巫师的锁不一般,它专门锁钥匙,钥匙插进去,锁就把钥匙锁住,再拔不出来。你们看,被牢牢锁住的哈巴特像青蛙一样爬在女巫师上面,他使多大劲都无法脱身。

哈巴特的父亲听说心爱的儿子被女巫师锁住,从喀纳斯湖边请来另一个萨满巫师,萨满目睹这一情景后说:我能救苦救难,但被女人锁住的男人,我救不了。

哈巴特和他身下的女人,就这样紧紧抱了千万年,双双变成石头。

变成石头的哈巴特,还是被牢牢锁住。早些年牧场的人嫌这两块男女石头抱在一起不雅观,把未成年的孩子都教坏了。几个成年人扛木头撬杠上来,想把两个石头分开。折腾了半天,累得满头大汗,石头丝毫未动。前几年修公路,工人想把上面那块石头搬下来垫路基,吊车开上去,钢丝绳绑在石头上,却怎么也吊不起来,上面的石头紧紧连在下面的石头上。听说还有人拿了一包炸药,放在两块石头中间,爆炸声把草场的牛羊都吓惊了,两块石头仍然紧抱在一起。

那以后再没有人敢动这块石头。它成了受人敬畏的神石。当地人都叫它们风流石。也有人叫它们情侣石。都没错。即使没有这个传说,两块石头这样抱几千年几万年,也早抱出感情了。你看爬在上面的哈巴特还是很动情的样子。

相传这块石头有一种神奇魔力,女人只要虔诚地盯着它看三分钟,就能获得一种锁住男人的魅力,让男人永生永世对自己不离不弃。当地的女人,发现男人有外遇就来看这块石头。眼睛一眨不眨地看三分钟,看完回去后,男人的心和身体都回来了。渐渐地,石头的魔力被外面人知道,好多家庭不和情感不顺的女人,都来看这块石头。有的还带着自己的丈夫或男友来看。据说男人看过这块石头,都吓得不敢风流了。

三、湖怪

湖怪俯在水底,我们不知道它是什么。它也不知道我们是什么。它偶尔探出水面,望望湖上的游艇和岸边晃动的人和牛马。它的视力不好,可能啥都看不清。可它还是隔一段时间就探出来望一望。它望外面时,自己也被人望见了。人的视力也不好,看见它也模模糊糊。我们走访几个看见湖怪的人,都描述着一个模糊的湖怪样子。这个模糊样子并不能说明湖怪是什么。

在喀纳斯,看见湖怪的人全成了名人。好多人奔喀纳斯湖怪而来,他们访问看见湖怪的人。没看见湖怪的人默默无闻,站在一旁听看见湖怪的人说湖怪。

牧民耶尔肯就没看见过湖怪,他几乎天天在湖边放牧,从十几岁,放到五十几岁,湖怪是啥样子他没见过。他的邻居巴特尔见过水怪,经常有电视台记者到巴特尔家拍照采访,让他说湖怪的事。每当这个时候,没看见湖怪的耶尔肯就站在一旁愣愣地听。听完了原到湖边去放牧。他时常痴呆地望着喀纳斯湖面。他用一只羊的价钱买了一架望远镜,还随身带着用两只羊的身价买的数码照相机。他经常忘掉身边的羊群,眼睛盯着湖面。可是,他还是没有看见湖怪。湖怪怪得很,就是不让他看见。比耶尔肯小十几岁的巴特儿,在湖边待的时间也短,他都看见好多次湖怪了,耶尔肯却一次也看不到。

水文观察员很久前看见湖怪探出水面,他太激动了,四处给人说。有一天,当他把看见湖怪的事说给湖边一个图瓦老牧民时,牧民盯着他看了好一阵,然后说,"你这个人怪得很,看见就看见了,到处说什么。"水文观察员后来就不说了,别人问起时直摇头,说自己没看见水怪,胡说的。

但图瓦老牧民的话被人抓住不放。这句话里本身似乎藏着什么玄机。图瓦老人为什么不让人乱说湖怪的事。湖怪跟图瓦人有什么关系?湖怪传说的背后,似乎隐藏着一个更大的怪。这个怪是什么呢?

我们去找那个不让别人说湖怪的图瓦老人。只是想看看他。没打算从他嘴里知道有关湖怪的事。一个不让别人说湖怪、生怕别人弄清楚湖怪的人,他的脑子里藏着什么怪秘密?

可惜没找到。家里人说他放羊去了。

"那些说自己看见湖怪的人,一个比一个怪。不知道他们以前怪不怪,他比别人多看见了一个东西。这个东西是多少人想看见但看不见,他也许没想看见但一抬头看见了。看见了究竟是个什么?又描述不出来。只说很大。离得远。有多远?没多远。就是看不清。有人说自己看清楚了,但说不清楚。"康主任说。

康主任领导着这些看见湖怪和没看见湖怪的人。他当这里的头时间也不短了,湖怪就是没让他看见过。

我们坐游艇在湖面转了一圈,一直到湖的入口处,停船上岸。那是一个枯木堆积的长堤。喀纳斯湖入口的水不大也不深。湖就从这里开始,湖怪也应该是从这里进来的吧。如果是,它进来时一定不大,湖的入口进不来大东西。而喀纳斯湖的出口,也是水流清浅。湖怪从出口进来时也不会太大。那它从哪来的呢,那么巨大的一个怪物,总得有个来处。要么是从下游游来,在湖里长大。要么从山上下来,潜进水里。以前,神话传说中的巨怪都在深山密林中。现在山都变浅林木变疏,怪藏不住,都下到水里。

33

潜在湖底的怪好像很寂寞,它时常探出头来,不知道想看什么。它的视力不好。人的视力肯定比它好,但水面反光,人不容易看清楚。游艇驾驶员金刚看见湖怪的次数最多,在喀纳斯他也最有名,他的名字经常在媒体上和湖怪连在一起。他也经常带着外地来的记者或湖怪爱好者去寻找湖怪,但是没有一次找到过。尽管这样,下一批来找湖怪的人还是先找到金刚,让他当向导。金刚现在架子大得很,遇到小报记者问湖怪的事,都不想回答,让人家看报纸去,金刚和湖怪的事都登在报纸上。

我们返回时湖面起风了,一群浪在后面追,喀纳斯湖确实不大,一眼望到四个边。这么小的湖,会有多大的怪呢?快靠岸时,康剑很遗憾地说,看来这次看不到湖怪了。康主任希望湖怪能被我们看见。他认为让作家看见了可能不一样。作家也是人里面的一种怪人。作家的脑子是一片深不见底的大湖,湖底全是怪。作家每写一篇东西,就从湖底放出一个怪。我们这个世界,还有那么多人对作家的头脑充满好奇,像期待湖怪出水一样期待作家的下一个作品。他们也很怪,盯住一个作家的头脑里的事情看,看一遍又一遍,直到作家的头脑里再没怪东西冒出来。天底下的怪和怪,应该相互认识。康主任想看看作家看见湖怪啥样子,喊还是叫,还是见怪不怪。可能他认为怪让作家看见,算是真被看见了。作家可以写出来。其它看见湖怪的人,只能说出来。而且一次跟一次说的不一样。好像那个怪在看见他的人脑子里长。那些亲眼看见湖怪的人,对别人说一百次,最后说的自己都不相信了。好像是说神话和传说一样。

我是相信有湖怪的,我没看见是因为湖怪没出来看我。它架子大的很。它不知道我是什么东西。我的名字还没有传到水里。我脑子里的怪想法也吓不了湖里的鱼。但我知道它。如果我在湖边多待些日子,我会和它见一面。我感觉它也知道我来了。它要磨蹭两天再出来。可我等不急。我离开的那个中午,它在湖底轻轻叹了口气,接着我看见

34

变天了。

回来后我写了一首《湖怪歌》

湖怪藏在水底下

人都不知道它是啥

它也不知道人是啥

有一天,湖怪出来啦

湖怪出来啦

……

就几句,套进二毛整理的图瓦歌曲里,反复地唱。这是唱给湖怪的歌。也是湖怪唱的歌:它不知道人是啥。

四、灵

我闻到萨满的气味。在风中水里,在草木虫鸟和土中。这里的一切被萨满改变过。萨满把头伸进风里,跟一棵草说话,和一滴水对视,看见草叶和水珠上的灵。那时候,灵聚满山谷和湖面。萨满走在灵中间。萨满的灵召集众灵开会。萨满的灵能跟天上地上地下三个层面的灵交往,也能跟生前死后来世的灵对话。

树长在山坡,树的灵出游到湖边,又到另外的山谷。灵回来时树长了一截子。灵不长。灵一直那样,它附在树身上,树不长时灵日夜站在树梢呼唤,树长太快了它又回到根部。灵怕树长太高太快。长过头,就没灵了。有的动物就把灵跑丢,回到湖边来找。动物知道,灵在曾经呆过的地方。灵没有速度,迟缓,不急着去哪。鸟知道自己的灵慢,飞一阵,落到树上叫,鸟在叫自己的灵,叫来了一起飞。灵不飞。灵一个念头就到了远处,另一个念头里回到家。有人病了,请萨满去,萨满也叫,像鸟一样,兽一样叫。病人的灵被喊回来,就好了。有的灵喊不回来,萨满就问病人都去过哪。在哪呆过。丢掉的灵得去找。一路喊着找。

当年蒙古人去西方打仗的时候,灵就守望在出发的地方。蒙古人跑得太快,灵跟不上。但蒙古人带着会召集灵的萨满。横扫西方的蒙古大军其实是两支队伍,一支是成吉思汗统领的骑兵,一支是萨满招引的灵。这支灵的部队一直左右着蒙古骑兵。西方人没看见蒙古人的灵,灵太慢了,跟不上飞奔的马蹄。蒙古人在西方打了两年仗了,灵的部队才迟迟翻过阿勒泰山,走到额尔齐斯河谷的喀纳斯湖。

灵走到这里就再不往前走。蒙古人最终能打到哪里是灵决定的。那些跑太远的蒙古骑兵感到自己没魂了,没打完的仗扔下赶紧往回走。回来的路跟出去的一样漫长。

喀纳斯是灵居住的地方。好多年前,灵聚在的风里水里。看见灵的萨满坐在湖边,萨满的灵也在风里水里。萨满把灵叫"腾"。打仗回来的蒙古人带着他们的"腾"走了,过额尔齐斯河回到他们的老家蒙古草原。没回来的人"腾"留在这里。灵也有岁数。灵老了以后就闭住眼睛睡觉。好多灵就这样睡过去了。看见灵的眼睛不在了。召唤灵的声音不在了。没有灵的山谷叫空谷。喀纳斯山谷不空。灵沉睡在风里水里,已经好多年,灵睡不醒。

来山谷的人越来越多,人的脚步噪杂唤不醒灵。灵不会这样醒来。灵睡过去,草长成草的样子,树长成树的样子,羊和马,长成羊马的样子。人看喀纳斯花草好看,看树林好看,看水也好。一群一群人来看。灵感到人是空的,来的人都是身体,灵被他们丢在哪里了。灵害怕没有灵的人。没有灵的人啥都不怕。啥都不怕的人最可怕,他们脚踩在草上时不会听到草的灵在叫,砍伐树木时看不见树的灵在颤抖。

一只只的羊被人宰了吃掉。灵不会被人宰了吃掉。灵会消失,让人看不见。

灵在世界不占地方。人的心给灵一个地方,灵会进来居住。不给灵就在风里。人得自己有灵,才能跟万物的灵往来。萨满跟草说话,靠在树干上和树的灵一起做梦。灵有时候不灵,尘土一样,唤不醒的灵跟土一样。

神是人造的，人看出每样东西都有神，人把神造出来。人造不出灵。灵是空的。空的灵把世俗的一切摆脱干净，呈现出完全精神的样子。灵是神的精神。人造神，神生灵，灵的显象是魂。灵以魂的状态出现，让人感知。人感知到魂的时候，灵在天上，看着魂。人感知的魂只是灵的影子，灵是空的，没有影子。灵在高处，引领精神。人仰望时，神在人的仰望里，而灵，在神的仰望里。通灵先通神。过神这一关。也有直接通灵的。把神撇在一边。萨满都是通神的。最好的萨满可通灵。

五、树

萨满想让一个人死，他不动手。他会让一些坏事情，发生在他认为的坏人身上。

萨满知道湖边一棵大树要倒，今天不倒明天倒，今年不倒明年倒。那个他想让他死的人，经常在湖边走。萨满头伸进风里，眼睛闭住，像在算一道复杂的算术题，最后，他会算到这一刻：那个人刚好从树下经过的时候，树倒了。这中间萨满做了什么手脚我们不知道。那个人一千次地从树下走过，树没倒。树倒的时候没到，还差蚂蚁咬一口，那窝蚂蚁在树上，每时每刻都在咬树。还差风推一把，风也时常在刮。这些事情都准备好，该那个人走来了，咋样让那个人就在蚂蚁咬最后一口，风推最后一把的时候，正好从树下走过呢。这中间萨满做了什么没人知道。人们只知道那人被树压死了。

早年，萨满说一个牧民会被树压死。牧民不敢在山里待了，跑到山外草原上放牧，那里没有一棵树，有树的地方牧人躲开不去。牧人这样生活了好些年，有一天，一匹马拉着一根木头从山上下来，牧人看上了它，就用一只羊换了来。木头粗粗短短的，牧人也没想到它有啥用，反正毡房边放一根木头，总不会多余。再说，躺在地上的木头，总不会压人吧。

可是有一天,牧人躺在离木头不远的地方打盹,木头突然滚动起来,开始很慢,接着越滚越快,直接从牧人身上压过去,牧人当即死了。

木头为啥会滚动。牧民的毡房在一个斜坡上,木头买来后,牧人特意在木头一边垫了一堆土,把木头堰住。挖土时挖到了蚂蚁窝,蚂蚁生气了。蚂蚁全体出洞,用几个月时间,把牧民堰在木头下面的土掏空,原搬到以前的地方。蚂蚁干这些事情时牧民并不知道。山里的萨满肯定知道。堰木头的土掏空了,木头还是不会自己动。木头需要一点点外力,让自己滚一下,然后木头就会滚起来,越滚越快,一直滚到大坡下面,再借势滚到对面的半坡上,木头盯着那个地方望了很久了,木头知道自己的下一站是那面坡上的一丛青草中,它将在那里腐朽掉。

木头在等这个外力。牧人有两个孩子,每天在木头上爬上爬下,有时站在一边推,两个孩子想把木头推动。可是,木头被土堰住,两个孩子也小小的没有力气。但孩子不甘心,每天推一下。两个孩子正长个子,长劲,相信有一天木头会被他们推动。牧人知道儿子在长个子长劲,木头也知道。木头在等。牧人不知道木头在等。山里的萨满肯定知道。

这一天,牧人躺在那里打盹的时候,木头被推动了,两个孩子吃惊地看见木头滚起来,越滚越快,很快从躺在草地的父亲身上滚过去。

喀纳斯最后一个萨满,在1982年死了。我们走访的几位老人,都还记得萨满的样子,萨满给人和牛羊看病,萨满在风里跳舞,召集山谷所有的灵过来说话。萨满让没有灵的人看见灵。萨满的灵与他们交流。萨满自言自语。

我感到萨满的灵还在山谷,他那时看到的灵,还附着在那些事物上,只是,萨满不在。我们顶多走到草地,走到牛羊和桦树身边。走到灵的路,要萨满引领。萨满不在,走向灵的路被他带走了。

我没见过真正的萨满。萨满活到今天,我应该和他认识。

六、山

在自然界中,山最不自然。从我进阿勒泰山那时起,就觉得山不自然。它的前山地带没一座好山,只是一堆堆山的废料。山造好了剩下的废料堆在山前。堆得不讲究。有些石头摆在别的石头上,也没摆稳,随时要坠下来的样子。有的山和山,挨得太近,有的又离得太远,空出一个大山谷。好在山和山没有纠纷,不打架。高山也不欺负矮山。山沟与山沟靠水联系。山没造好,水就乱流,到处是不认识的河谷。

有的山看上去没摆好姿势,斜歪着身子,不知道它要干啥。是起身出走,还是要倒头睡下。这些大山前面的小山,一点没样子。

而后面的大山又太大,地太小,山只能趴在那里。阿勒泰山就这样趴着,它站起来头和身子都没处放。坐下也不行,只有爬着。像山这么大的东西,可能爬下舒服一些。我从远处看阿勒泰山是趴着的,走进山里,山在头顶,仍然看见它是趴下的。它站起来头会顶到天外面去。可能天外面也没地方盛放它。我们人小,站起爬下都在它的怀抱里。

山的怀抱是黑夜。夜色使山和人亲近了。山黑黢黢地蹲在身旁,比白天高了一些,好像山抬了抬身体,蹲在那里。

在喀纳斯村吃晚饭时,我一抬头,看见对面的山探头过来,一个黑黢黢的巨大身影。天刚黑时我看山离得还远,坐下吃饭那会儿,看见山近了,旁边的两座山在向中间的那座靠拢,似乎听见山挤山,相互推搡的声音。前面的山黑黑地探过头,像在好奇地听我们说山的事情,听见了扭头给后面的山传话,后面的又往更后面传,一时间一种哗哗哗的声音响起来,一直响到我们听不见的悠远处,在那里,山缓慢停住,地辽阔而去,地上的田野、道路和房子悠然展开。

山这么巨大的东西,似乎也心存孩子般的好奇。我感到山很寂寞。我们凑成一桌喝酒唱歌,山坐在四周,山在干什么。如果山也在聚餐,我们就是它的小菜一碟。可能它已经在品尝我们的味道，它嫌我们味道不足，让我们多喝酒，酒是它添加给我们的佐料，酒让我们自己都觉得有味了。山把有酒味的人含在嘴里，细细尝尝，把没酒味的人一口吐出来。早晨起来，我看见昨晚凑在一起的山都分开了。昨晚狂醉在一起的人，一个瞪着一个，好像不认识似的。

七、月亮

月亮是一个人的脸，扒着山的肩膀探出头时，我正在禾木的尖顶木屋里，想象我的爱人在另一个山谷，她翻山越岭，提着月亮的灯笼来找我，轻敲木门。我忘了跟她的约会，我在梦里去找她，不知道她回来，我走到她住的山谷，忘了她住的木屋，忘了她的名字和长相。我挨个地敲门，一山谷的木门被我敲响，一山谷的开门声。我失望地回来时满天星星像红果一般在落。

就是在禾木的尖顶木屋里，睡到半夜我突然爬起来。

我听见月亮喊我，我起身出门，看见月亮在最近的山头，星星都在树梢和屋顶，一伸手就够着。我前走几步，感觉脚离开地飘起来，我从一个山头，跨到另一个山头，月亮把我向远处引，我顾不了很多，月亮在喊我。

我童年时，月亮在柴垛后面呼唤我，我追过去时它跑到大榆树后面，等我到那里，它又站在远远的麦田那边。我再没有追它。我童年时有好多事情要做，忙于长个子，长脑子，做没完没了的梦。现在我没事情了，有整夜的时间跟着月亮走，不用担心天亮前回不来。

此刻我高高远远地，蹲在那些星星中间，点一支烟，看我匆忙经过却未及细看的人世，那些屋顶和窗户，蛛网一样的路，我从哪条走来呢？看我爱过的人，在别人的屋檐下生活，这样的人世看久了，会是多么陌生，仿佛我从未来过，从我离开那一刻起，我就没有来过，以前以后，都没有来过。我会在那样的注视中睡去。我睡去时，满天的星星也不会知道它们中间的一颗灭了。我灭了以后，依旧黑黑地蹲在那些亮着的星星中间。

夜色把山谷的坎坷填平，我的脚从一座山头一迈，就到了另一座山头。太远的山谷间，有月光搭的桥，金黄色月光斜铺过来，宽展的桥面上只有我一个人。

我回来的时候月亮的桥还搭在那里，一路下坡。月亮在千山之上，我本来可以和月亮一起，坐在天上，我本来可以坐在月亮旁边的一朵云上，我本来可以走得更高更远。可是，我回头看见了禾木村的尖顶房子，看见零星的一点火光，那个半夜烧火做饭的人，是否看见走在千山之上的我，那样的行程，从那么遥远处回来，她会备一顿怎样的饭菜呢。

从月光里回来我一定是亮的，我看不见自己的亮。

我回来时床上睡着一个人，面如皓月。她是我的爱人。她睡着了。我在她的梦里翻山越岭去寻找她。她却在我身边熟睡着。

一个人的佛寺

冯永芳

　　傍晚的太阳失去了它的攻击力，用世间最柔和的浅金色给苏巴什佛寺镀上了一层炫目的色泽，苏巴什从来都不拒绝什么，无论是正午的炽烈，还是此刻的柔情，它愿意被炙烤，来积蓄能量，而温暖，适宜的温暖，能让它知道自己同样的悲悯之心。

　　它也从不完全接受什么，它一边接纳着光的拥抱，一边保留着自己的冷静。光和影，此刻最为鲜明地存在着，苏巴什的柔和和深沉一分为二，又合二为一。

　　多少年了，太阳只要不被云层阻隔，总会来看看苏巴什，看看它被自己、也被风雨和时光改变的模样。从龟兹到库车，这块土地换了多次名字？从鸠摩罗什到玄奘，这里又来了多少追随信仰的人们？太阳站在高处，什么都看到了，它看到了这里曾经的繁荣，也看到了后来的残垣断壁。

　　太阳和苏巴什，一个在高处，一个在低处。很多存在时间太短的建筑，太阳都忘记了，苏巴什让它忘不了，众多高僧曾在这里修行，用信仰和虔诚搭建着人类的精神图腾。千年时间长河中，这样盛大的一幕就足够了。对太阳来说，远远的那个地球是渺小而嘈杂的，从古至今，太多的事情是繁琐而没有意义的,不论当事人觉得它有多么重大。它后来就一直留意这里发生的事情。

直到现在,它还能听到很多被佛寺藏起来的声音,比如苏巴什里一直漂游的诵经声,它们彻夜不停。在有风的时候,风偶尔会把它们放一点出来,当千年前的声音到达游人,游人会感到很玄妙或受到惊扰。只活在短短时间刻度里的人类,无法洞悉千年佛寺的秘密,但他们还是在好奇心的驱使下,来看佛寺,看过的人,大都有些失望,说,什么都没看到,就是几个形状怪异的土坯。尤其是在烈日下,游人常常远远望几眼佛寺就离开了。他们不知道这么荒凉和光秃秃的地方,有什么好看的。

太阳在高处笑着,它用自己的炙热保护着佛寺。它知道,该来的人,总会来的。

王世忠不是游人中的一个。他本来和这座佛寺毫无关系,他只是河南一个偏僻农村的农民。他没有听说过千里之外的苏巴什佛寺,他的脚步最远就到达县城,他对除村子之外的地方无知无觉,那里怎么样,和他没有关系,他就想种好地,把贫乏的日子过得稍好些。

有人给他透露了一个消息,说苏巴什在找一个守护人,一个月能给几百块钱呢。那里很荒,有的人不敢去,有的人呆两天就跑了,呆不住。

他不怕,他的所有念头都是和现实世界有关的,柴米油盐就够他操心的了,要靠种地拉扯三个孩子也够他负重的了,他想的就是这些,实实在在的事情,实实在在的生活。除此之外,他不多想,他也想不多,他来了。那是1998年,他50岁。

苏巴什佛寺在离库车县20多公里的荒凉之地,旁边是阿格乡栏杆村,一个只有60多户维吾尔族人家的偏远山村。一个破旧的村庄,一个废弃的佛寺,都像是被时代抛到了后面的遗留物。毛驴车一颠一颠地在土路上慢慢走着。它不急,坐在木板车上的人也不急,在这么个和时代脱节的地方,最富足的就是时间,早一点,晚一点,都没什么关系。

早一点到了一个地方，也就是停下来，没有多少事情可做。

毛驴车把王世忠慢慢拉到了苏巴什佛寺，就离去了，留下他一个人。

苏巴什的荒凉一下在王世忠的眼前铺展开来。什么佛寺呀，他面前就是大大小小、高高低低几十个被白雪半盖着的土堆，好像他河南农村的土房子，该倒没倒，也没人去管它，就那么破破烂烂地站着，但那多少还有个房子的样，这里的房子，只剩下一堵瘫倒的墙，或被挤压在一起的已分不清是房顶还是墙壁的大土堆，被风吹了太久，被雨淋了太久，即便是轻薄的雪，也会成为它的不能承受之重，可能还被人乱挖过，自然和人共同把它变成了现在这副惨淡的模样。

这天是 11 月 13 日，一个冬天。苏巴什几乎完全被白雪覆盖着，只是一些难以被风雪深入的角落，还裸露着土的颜色。

他没太吃惊，他习惯了接受现实的一切，而不去想是为什么，对还是不对，需不需要改变。

他走进了自己的家。两间小小的土房子，房门是木板，风吹来，发出吱吱呀呀的声音。房子里很冷，很久没有人在这里住过了，有个煤炉。

他不会生煤炉，在老家，都是在烧柴火，一点就着了。他捣鼓了半天，也没把火生着。

饿了，啃口馕。馕是文物管理部门给他送来的，有厚厚一叠，够他吃好多天了。渴了，却找不到水喝，他出去挖雪，整整挖了两桶，只化了半桶水。

夜晚到来了，世界一下黑下来，小小的月亮升起来，孤零零地挂在无边无际的旷野里。

月光下的苏巴什完全是另一个模样。月光打到佛寺、僧房残骸的雪上，泛着幽幽的光，没有照到的地方，是一个没有底的黑洞，各种各样怪异的形状,像什么,王世忠没去细打量,他对外界没有多少好奇和探究之心。

这样的季节,也不会有什么人来佛寺,他不需太留意。他要睡了,他的睡眠一直很好。这里太安静了,他听不到一点声音,只有自己的呼吸声,他从没这么听过自己的呼吸声,那么陌生,不像跟随了自己几十年、来自体内的声音。

他被自己的呼吸声吵得睡不着,他心里好像有什么事,但能有什么事呢?他没有别人的那些牵牵挂挂,没有复杂的心思和多余的情感。但就是不对劲,睡不着,他起来,趴着窗户往外看。他的视线正对着高高的佛塔。他隐隐约约听到了什么声音,自己呼吸之外的声音。好像嘟嘟哝哝地有人说话,但没有什么人影,谁会在这么冷的天气,到苏巴什来呢?

后半夜,起风了,风呼呼地叫着,把木门吹得乱响。哐当一声,屋里的东西都在乱动,谁来了?他起身去看,原来是木门吹开了。是风来了,来看他,这个陌生人。可能很久,都没有陌生人在这里居住了,风闻到了生人的味道,就要来看看,它是苏巴什的隐形守护者,在门外转了几圈,探头探脑,但还是看不真切,就一使劲,进来了。

王世忠找了截粗木头,把门顶上,把风赶出去。

眼睛闭着,睡着了还是没睡着?他自己也不知道。

"咕咪——咕咪——"的叫声把他一下从似睡非睡中惊醒过来。这声音阴森恐怖,把他的心抓得难受,还没怕过什么的他,害怕这个声音,他不知道它是从哪里来的,那么虚无,只是个气流或声波,但却这么有穿透力和震慑力,这个看不到却听得到的声音,让他出了一身冷汗。

看看窗外,天快亮了。他要出去,把这个声音找出来。他踩着厚厚的雪,往声音的来源处走去,他的全部心思都在那个恐怖的声音上,走到了不远处的一个土坏下,看到上面有个洞,声音是从哪里传来的,还在叫,他毛骨悚然。

白天来了,他留意着这个洞,发现有黑色的大鸟飞出来,后来知道,是猫头鹰。

冬天的大地好像睡去了,睡得无知无觉,这片存在了千年的佛寺,也重新回到了自己的梦里,一个轮回的梦。除了猫头鹰的叫声,什么都没有。一切都睡着了,包括人。

十几天了,没有一个人来过,王世忠睁着眼,但恍恍惚惚像在梦中,一个自己前世的梦,单调,失语,像在找什么,但什么都找不着,想说些什么,但只是张张嘴,声音发不出来,或者觉得终于喊出来了,声音却被空气一下给吸走了,还是什么都没有。他蹲在太阳可以照到的地方,抽着旱烟,眯着眼睛,一只乌鸦从天上飞过,他一直盯着,直到变成了一个小黑点,什么都没有了,他又觉得乌鸦根本没有来过,天空没有翅膀划过的痕迹,可能又是一个梦吧。

他一日日坐在佛寺的土堆下,风已经熟悉了他的味道,也把他当作佛寺里的一物。风吹过,他身上会落下一层土,另一场风再把这层土刮掉,重新覆上另一层土。泥土,这个世界最基本的元素,隋唐最辉煌时的苏巴什和现在最落寞时的苏巴什,都是它的变形体。风把苏巴什佛塔上千年的尘土一层层吹到王世忠的身上,尘土钻到他的肌肤里,钻到他每一个细小的毛孔里去,它们把他从里到外地改变着、重塑着,王世忠无知无觉。

远远有个人影,从栏杆村出来,人影在雪地上很明显,经过了这么多天静止般的世界,雪地上就是来个野兔他也可以一眼认出来。身影很缓慢,这人可能也不知要到哪里去,就是走走。王世忠没有出声去招呼,等着他自己走过来,在这个寂静的佛寺冬天,他发出的声音可能会惊扰自己和佛寺的灵魂,也会把来人吓走。

真的一步步走来了,好像听到了王世忠心里发出的召唤。是卡德尔·巴克,后来的名人、感动中国年度人物、记了 39 年拥军日记的卡德尔·巴克。但那时,卡德尔还没有被外界发现,还是一个普普通通的维吾尔族老汉,会说一点点汉语,走在自己村庄的小路上。

他们说了些什么,风知道,雪知道,佛寺也知道。好久没有人的说话声了,它们都在竖着耳朵听。想多听些,把声音储存起来,留到安静得心发慌的时候把它融化了再好好听。它们肯定失望了,王世忠和卡德尔其实说不了几句话,卡德尔会按照本民族的礼节,抚胸,问好。王世忠可能会拉住卡德尔的手,也可能因为拘谨,手足无措。简单的问候后,他们就相互看着,一起在太阳下抽袋烟,没头没脑地冒些话出来,不管对方是不是听懂了,都呵呵地笑着,好像心领神会,感到彼此心心相印。

在苍茫大地中,还有自己的同类,就足够了。语言无足轻重。他们的心跳声彼此能听到。这是同类的天然好感,只有在人迹罕至的地方,这种好感才自然而强烈,在摩肩接踵的都市,反而变成了相互的排斥和警惕。

他们成了没多少话的朋友,其实,很多话都可以不说,很多话都是自己说给自己听,但人就不能自己对自己说话,这样有些怪异。很多的谈话中,其实没多少人在真正听别人说什么,谈话只是一种伪装,以正常交流的方式来自说自话。

隔些天,卡德尔如果不来佛寺,王世忠就会去看看他。看看他是不是家里有什么事,或身体怎么样。卡德尔家杏子熟了、麦子黄了,都会叫王世忠到家里去尝尝。有时还会从口袋里摸出几个洋芋,上面有着卡德尔·巴克的体温。

时间过去了多久?王世忠有些迷迷糊糊,昨天和今天一样,今天和明天也没有什么不同,在他眼里,只有晴天和雨天两天,冬季和夏季两季。他每天都会在佛寺里转转,看看这里,摸摸那里,嘴里喃喃地说些什么。他好像在梦游着,他又像一尊游走的佛。

也不知是哪一天，是个夏天，也是傍晚，炎热还没有消散，他静静地靠着墙根，孤独地吸着烟，只有渐渐拉长的影子和他作伴。成群成群的乌鸦飞过来，呱呱叫着，从他头上飞过去，像一片黑云遮住了天。它们密密麻麻地落到了佛寺的一座残骸上，齐刷刷停下来了，鼓噪的声音立刻就消失了，一片安静。王世忠想把它们赶走，他向乌鸦走去，可是，前面哪是什么乌鸦，明明就是一尊大佛呀，体格富态，慈眉善目，通体发光。他觉得自己出现了幻觉，或者还真是佛主显灵了？他揉揉眼看，哪有什么佛呀，还是那群乌鸦，只是，它们停到一起摆出的样子就像一尊佛，夕阳给它们染上了金光闪闪的色泽。他没再去惊动它们，他觉得它们就是佛的化身、佛的使者。

他是现世的人，他只活在当下。而佛的世界，是个虚幻的世界，那里再好再美，他也看不到。他不信任何虚幻的东西。但奇怪的是，佛的形象开始经常出现在他的眼前了。他看着佛寺里残存的建筑，熟悉的、夯土建筑好像会变换，昨天看这个洞就是一个洞，今天怎么看都像一尊佛，那个土堆又像一个菩萨。尤其是光影交错的时间，千年佛寺里似乎处处有佛的影像。刚下过雨积水的地面有湿气升腾起来，缓缓地，在斜阳下以曲线的方式移动，湿气的掩映和笼罩中，一座佛的轮廓渐渐清晰，王世忠惊诧地笑了，他向佛走去，他感到很亲切，他想听佛对他说点什么，走到了湿气中，却什么也没有了。他转着圈子，四处寻找，眼前又出现了众僧打坐的场面，他们身穿僧服，表情肃穆，双手合十，口中念念有词，僧乐冉冉而起。他不由自主地向他们走去，想悄悄坐到他们后面，但又什么都没有了，眼前又复原成一个个土堆和残骸。好像有什么看不到的东西进到了他的眼睛中，他看到的土堆不是没有生命和情感的土堆了，它们是盛世佛国的佛塔、僧房、佛殿、禅房。每一粒尘土上，都还依稀残存着五千僧人的体温。他踩在苏巴什的土地上，沙土和砾石的土地，脚步轻飘起来，在佛的王国里，他是唯一的守护者。只有他，

48

知道这里的秘密。

一个最本原的人，在渐渐向佛境走去，但他还无知无觉。

他的老婆和三个孩子都从河南来到了库车，孙子调皮，喜欢到佛塔上去玩，王世忠就紧紧跟着，他不是怕孙子摔倒了，而是怕孙子把佛塔上的土给蹭掉了。要小心呀，小心呀，他是在叮嘱孙子，更是在为佛塔担心。后来，他不让家人上佛塔了，只能在外面看。

他挡不住游人，人家大老远来，就是来看佛寺的。游人走后，他会马上到佛塔上去看看，看到塔上有了一条划痕、蹭掉了一点土，他会难过半天。这些从塔上掉下的泥土，就是佛身上的血肉呀，佛会疼的，他的心也跟着疼。他用粗糙的手指轻轻抚摸着佛的伤口，划痕抹不去了，再细心地缝合，疤痕也留下了。

有一次，半夜一点多了，他突然看到佛塔那里有光亮，不是一点点亮，是一片亮，透过塔缝隙传过来。会是什么，他的心一惊，他拿了个手电筒往那照，一点一点地照，看到塔还是原来的样子，没有倒下去，也没有少一个边，一个角，他放心了，塔还在。

他拿了把铁锹，往光亮处走去。有二百多米吧。他从容镇定地走去。无论那里有什么奇异或不祥的情况，都挡不住他的脚步。他担心有什么坏人，盗掘者总是偷偷摸摸想干些什么，他们连佛的地界都敢侵扰，什么都不相信的人，才是最可怕的。但他不怕，他相信佛会和他同在。

近了，亮光非但没有消失，反而更加亮了。再近一点，哎，原来是游客留下的蜡烛！一场虚惊。他悬着的心落下了。

这么多年了，他没有一晚离开过苏巴什佛寺。有次他上山，腿折了，必须住院，他没住，瘸着拐着还是回来了。他出去的太突然，没和苏巴什告别，他想，苏巴什可能会一直在等他，像牵挂一个夜深未归的亲人，就像他牵挂苏巴什一样。

他碰到了一只受伤的蜥蜴，有手臂那么粗。他想把它养起来，但不知给它喂什么吃。他对蜥蜴说，你走吧，走的远远的，别再让什么东西伤着了。

他看到一只鹰，被卡到石堆里了，他把它救出来，说，你逃个活命吧，多在天上飞，落地要小心。

那个猫头鹰窝一直还在，他知道它们有宝宝了，他能看到雏鹰探出小小的、没有羽毛的脑袋，他还是不喜欢它们的声音，但那里是它们的家，它们有住在那里的自由，就像他，住在自己的小土屋里，大风把门口的棚子掀翻了几次，风过后，他把棚子搭好，再接着住。风把他赶了好多次，赶不走，就不赶了。猫头鹰比他住的时间肯定要长，它们住了几代了，王世忠到来的第一个晚上，可能就是他的陌生气味和他翻来覆去睡不着的大动静惊扰了猫头鹰，它们才叫个不停。后来，它们再没有那样叫了。

家人团聚，他想宰只鸡吃，他抓住了鸡，当鸡不再挣扎，静静地看着他，等待最后的时刻时，他从鸡的眼里看到了自己拿的刀，看到了人的牙和胃，它们不比刀差到哪去，它们比刀还厉害，没有嚼不烂的东西，没有消化不了的食物。动物的肉，进到人柔软的胃里，慢慢就什么都找不到了，好像进到了一个无边无际的黑暗而强大的洞穴中，很快就消失了，无影无踪。他感觉刀落下去了，自己的脖子在流血，自己的肢体在疼痛，很疼很疼。他丢下刀，走了。从那以后，他再也不吃鸡了，也不再杀生。

他开始觉得任何东西都是有生命的，有感应的。七情六欲、生老病死不是人独有的，蜥蜴、猫头鹰，他看到了它们充满了哀怜、祈求或痛苦、深邃的眼神，那一刻，他的坚硬和麻木被击碎了，他似乎明白了，这个世界上，谁都无权小看谁、伤害谁，尤其是对弱小于人类的其它动物。他有些模模糊糊地想到轮回的问题了，鸡、蜥蜴、猫头鹰，它们前世是什么，后世又会变成什么？自己呢，前世会不会就是这佛寺的一只猫头鹰，天天住在佛寺的洞穴中，和佛寺渐生渐灭，此世，化为了人身，来继续和佛寺日夜厮守。

和佛相守了这么久，他想给佛说说自己的心事。他有三个孙女了，但就是没有孙子，现在儿媳妇怀上了，让他抱个孙子吧。他给佛烧上香，悄悄说。他还真有了一个孙子。他把感激记给了佛。

他的头发长了，乱糟糟的，和荒野中的杂草一样。他得到库车县城去理个发。

进了城，他就晕晕乎乎起来，恍恍惚惚觉得自己不是这个闹市里的一员，他来自远古和清静的他世。他的眼里装满了苏巴什的泥土和沙粒，装满了佛寺的安静和孤独，他的视觉、感觉和知觉都为苏巴什而存在。突然置身于嘈杂的闹市，突然到达眼中的花花绿绿、纷纷扰扰，让他无所适从。他被县城里的颜色刺坏了眼睛，他被嘈杂的人流弄坏了听觉，他和县城的繁华格格不入，他逃一样地回到苏巴什，灵魂这才又回到了自己的躯体中。在这里，他才感到安全和自在。苏巴什看到他回来了，用静穆来迎接他。

老婆说他变傻了，以前还挺聪明的一个人，怎么到这就变傻了呢，她想不明白。她不喜欢这里，她说还是老家农村好，那里人多。她一直想回去，做梦都想回去，她不知道老头子被什么给迷住了。以前动不动就发脾气，现在性格绵软得像一团空气，让她琢磨不透。

王世忠在佛寺里种了一排柳树，小小的枝干，很娇柔的样子。绿绿的叶片，佛寺里唯一活着的色彩。每个叶片都在夕阳下闪闪发光，每个叶片都在风中轻轻舞蹈，这里有多少棵树，每棵树上有多少枝条，王世忠都清清楚楚。他常常坐在小小的树下，享受它们给他的歌唱。他能从它们的歌声中听出，叶片是不是有些太挤了，他会给它们梳理梳理秀发，有些枝叶，该割舍的，就割舍吧。这样风才能进来，阳光才能进来。舍得舍得，有舍才会有得，他一边说着，一边给小树剪掉多余的枝叶。

佛寺里会来各种各样的人，什么都不知道，却好像对什么都好奇的游客最多,王世忠远远地看着他们,看他们热热闹闹地来,匆匆忙忙地去,他们把佛寺放到了照相机里,以为这就把佛寺带走了,其实他们什么也带不走,还会把自己丢在路上。

有时,会有穿着僧服的和尚、喇嘛来到这里,他们看他的目光很和善,不怎么说话,有些问话,他也听不懂,但他感觉他们好像是前世今生的弟兄。

也有半夜敲门的独行客,他会给他下碗面条,就着馕,让他吃得热热乎乎,天明再送客人上路。他也不知道这些孤单的人到底想找什么,找得那么辛苦,他就什么都不找,说来就来了,来了就不想走了,就呆在这个地方,慢慢地、静静地活着。他没想着找,但好像有什么倒自己找上来了,把他渐渐变成了另一个人。

喀吾图奇怪的银行（外一篇）

李　娟

喀吾图的乡政府是村子西边树林里的一排红屋顶小房子，那里一点儿都不严肃，到处都是麻雀和野鸽子。还有一群呱啦鸡整天在政府办公室窗外的树丛中"呼啦啦"地东窜西窜，啄木鸟"笃笃笃"地在高处啄着木头，乌鸦也到处乱飞。

喀吾图的邮政所则是一个更为精致的红砖房子，还有黄艳艳的木头屋顶和雪白的木头栅栏。可惜这么漂亮的邮电局从没开门营业过，听说邮政所所长很多年前在县城买了房子，举家搬走了，从此后再也没回过喀吾图，但说起来仍然还是喀吾图邮政所的所长，真是奇怪。

除了所长，邮政所还有一个工作人员。但平时是村里的泥瓦匠，谁家有活干就去帮着打打零工。偶尔——仿佛某天突然记起来似的——才挨家挨户送一次信。还有一次他挨家挨户上门征订杂志，我们就很高兴地订了两份，但是直到现在也没见着一本。不过在他那里还是能买上邮票和信封的，但却不是在邮政所那个童话般的红房子里，而是在他自己家里。那天我打听了半个村子才拐弯抹角找到他家，他把他家床上的毡子揭起一角，伸手进去摸了半天，终于摸出来一沓子哈文旧报纸。公家的邮票和信封就在里面夹着，居然和他老祖母剪的绣花毡的

53

花样子放在一起。

喀吾图的银行——其实是个小信用社而已，但我们都称之为银行——就在我家马路对面，比起乡政府和邮政所要朴实一些，也是红砖的平房，屋前的小院子围着整齐低矮的木头栅栏，沿着木头栅栏一溜儿栽着十来棵高大的柳树和杨树。院门低矮，栅栏边挂着信用社的小铜匾。一条碎石小路从院门直直地通向红房子台阶下，红房子屋檐上长满了青青碧草。院子里稀稀拉拉种着些月季和两三棵向日葵；院子一角有一眼井，井台又滑又亮。另一个角落的小木棚里堆满了煤——如果在院子里再系一条狗的话，就和一般人家的院子没什么区别了。

院子里那几棵大树之间牵了好几根绳子，估计是用来晾衣服的，而那一片也正是坦阔向阳的地方。于是我洗了衣服就端一大盆过去，花花绿绿地晾了几大排。晾不下的就东一块西一块地高高搭在树枝上。我还以为自己找到了好地方，结果可把他们的行长给气坏了。他拽下我晾着的大床单，一路挥舞着穿过马路跑到我家来，啊啊呀呀地，说半天也没说清楚——总之就是不能在那儿晾。

真是的，不让晾衣服的话，那牵几根绳子在那儿干啥？

后来再想想，又有趣，我居然在银行门口晾小背心和红花绿叶的床单。

这个银行这么小，这么不起眼，里面也肯定没什么钱的。而且，我几乎从来没见有人进去过。再而且，银行上班的那几个伙计每天看起来都一副醉醺醺的样子，到处赊账。银行的达吾列在我们家商店抵押的那顶皮帽子从上个冬天一直放到了这个冬天都没有来赎呢。他一定很矛盾吧——想要帽子的话，得还债；不赎吧，冬天得戴帽子呀，另外买帽子的话还是得花钱……反正怎么着都得花钱。

我们这里的小孩子到了夏天都喜欢光着屁股在银行院子里玩，因为经过银行院子的小水渠里有很多小鱼苗子游来游去。另外银行院子里的树也长得挺好，是那种恰好适合让人爬的——枝枝桠桠特别多，树干也长得曲里拐弯，随便一个鼓出来的树蔸上都能攀着站个人。于是，这些树上便总是人满为患，抬头冲那里喊一声，所有脑袋转过来，所有眼睛看过来——一般来说，喊的人当然是银行行长。于是，这棵栖满了孩子的树在下一秒钟内，像掉果子一样，扑扑通通，转眼间就一个也没了，只剩一地的树叶子。

一整个夏天，这个银行安安静静的。我想，在那里上班一定很惬意，大约什么也不用干，把房子守好就行了。而且那里树又多，肯定很凉快，而我们家店里热死了，周围一棵树也没有，光秃秃坦露在阳光下，坐在房子里挥汗如雨。我天天到银行院子里的那眼井里提水，看着向日葵一天一天高了，叶子越抽越密。唉，要是我们住在那里面就好了。我很喜欢院子里的那条小渠，水总是很清，水边长满开着黄花的蒲公英。

冬天的时候，银行的那几个职工几乎就不怎么上班了。不仅如此，喀吾图工商所的、地税所的、供销社的……统统都不上班。这些人真幸福呀。因此作为对街邻居，我们经常可以看到的情景是：银行院子里平整地铺着没膝厚的积雪。雪上深深地陷着一串脚印——偶尔回单位办点事的职工进去时都只踩着同一串脚印聪明地（其实是毫无办法地）进去。因此一整个冬天里银行门口就只有那一串脚印。

春天到了的时候，我妈开始准备随牧民进山了。凡是我们这里做生意的人，夏天大都会开流动的商店跟着羊群走，夏牧场上做生意利润很高的。我们也想那样做，但要准备足够的商品的话我们资金又不够。于是我妈把主意打到银行那里了，有一天她去贷款……

——天啦，她是怎么把款贷到手的！要知道我们这个小银行的贷款只有一种，就是春耕前的农业贷款。可是她不但不是农民，连本地人都算不上，我们才来喀吾图开店一年多时间。甚至连富蕴县人都算不上，虽然来到富蕴县十几年了，但仍然没有当地户口……反正她后来就是贷上了……

总不可能因为大家都是邻居,抬头不见低头见,不好意思不贷给我们吧?

对了,这家银行一年到头冷冷清清的,可是到了农业贷款发放那两天却热闹非凡。一大早还没上班人们就在门口等待排队了,几百公里以外的老乡也赶来了(喀吾图乡地形狭长,东西三十公里不到,南北却长达四百多公里),银行院子周围的木栅栏上系满了马。马路上也三三两两聚拢着人,热火朝天地谈论着有关贷款的话题。有趣的是,大概这种贷款在当地发放没两年的原因吧,当地人对"贷款"这一概念的认识模糊到——居然以为那就是国家发给大家随便用的钱,哪怕家里不缺钱也要想法子贷回家放着。起码我们了解到的是这样的……我妈问他们:"难道不想还了吗?"他就很奇怪地回答:"为什么不还?什么时候有了什么时候还嘛……"

这还不是最奇怪的,最奇怪的是我妈,她怎么贷上款的?

那天她去排了一上午的队,中午快吃饭时我去找她回家。穿过银行院子里热闹的人群,好容易挤进门去,一脚踏进去就傻了:黑压压一片人头……因为银行屋里的情形是陷在地里半米深的,一进门就是台阶,所以我所站的门口位置是最高处,但居高临下扫视了半天,也认不出我妈究竟是哪个后脑勺。里面闹哄哄的,喊了好几嗓子,才看到她回过头来,高举着一个信封,努力地想要离开柜台。

那是我第一次瞧见银行内部的情形。很小很小,焊了铁栏杆的柜台外不过十多个平方的空地,红砖铺的地板,天花板上蒙着金色的锡纸。木头窗台刷了绿漆。

就这样,钱贷到手了,虽然不过三千块钱,但是不好意思的是……一直到现在都没有还……据我妈的说法是:那个银行的行长调走了,实在是不知道该还给谁……也从来没人找上门来提这事,而且后来我们又搬了好几次家……

(2007补:前年夏天,那笔钱到底还是还掉了。因为那个银行的一

56

个工作人员到夏牧场走亲戚,在深山老林里迷了路,不小心竟撞进了我们家……)

坐爬犁去可可托海

这两天过寒流,刮了几天大风,大雪封路了。可我们面粉吃完了,蔬菜也早就断了好几天了,非得下山大采购一趟不可。我妈对两个来店里买东西的顾客说了这事,不到半天,整个桥头及附近几个村子都传遍了这个消息。傍晚的时候,有一个男人四处打听着找到我们家,他推门进来的时候,我们正在吃晚饭。

他个子瘦高单薄,面容黯淡,眼睛却又大又亮。可是这双漂亮的眼睛却一点儿不知道该往哪里看似的。我们和他说话,他上句话盯着天花板回答,下句话就盯着墙壁回答。还不停地吸抽着鼻子,很紧张的样子。

后来才问明白,原来他家有马拉的爬犁,可以送我们下山。我们很高兴,很快商量好了价钱,说好明天早上新疆时间七点左右出发,那样的话中午就可以赶到山下的可可托海镇了。

当时我们一家人正围着一张一尺多高的小矮桌吃晚饭,桌上只简单地摆着一道咸菜。灯光昏暗。所有的事宜都商量妥当了,可那人还在旁边呆着,好像还在等着什么似的,我们也不好意思在他的注视下继续吃饭。一个个各自端着各自的碗,筷子拿在手上——实在是很不舒服,就等着他走人。

我们的饭是汉餐,要不然的话就可以请他坐到一起吃。

后来我妈起身从柜子上拿了个皱皱巴巴的苹果给他,他连忙推辞了一下再接过来,往衣襟上擦一擦,却不吃,而是揣进了怀里。我们想他可能想带回家给孩子们吃。在桥头,冬天能吃到苹果是很不容易的事。于是我妈把剩下的一个苹果也拿给他,可是他又塞进怀里了。

我妈就让我去商店里多取一点出来,我穿上外套走进黑咕隆咚的夜色,摸到马路那边的商店打门,找了一只纸盒装了七八个苹果。回家后我把盒子递给他,他打开看了一眼,吓一跳的样子,立刻还给我们,说什么也不要,然后一边解释着什么,一边急急忙忙打开门走了。

　　第二天,那人准时来了。他还在爬犁上铺上了一条看起来很新的花毡。我和我妈穿得厚厚的、圆鼓鼓地出了门,但仍然不放心,就又带了一床棉被。我们两个人坐在爬犁上,并排着裹在被子里,紧紧地靠在一起,刀枪不入。那个赶马的人看了,只是笑了笑,说:"这样很好。"然后出发了。爬犁在雪地上稳稳地滑动,最开始的一瞬间有些旋晕。

　　早上没有什么风,天空晴朗新鲜,裹在棉被里真是暖和,真是舒服死了。但是,很快发现……一路上迎面来往了五六架爬犁,上面老老少少男男女女都有,但没见着一个裹着棉被上路的……而且,我们的被子又那么扎眼,还是大红方格的……这一路上真是要多丢人就有多丢人。

　　我只好把头也缩回被子,装作这个被窝里只有我妈一个人的样子。

　　爬犁只有三十公分高,我们简直是在紧贴着大地滑行,异常敏锐地感觉着雪路最最轻微的起伏。久了便有些头晕恶心。我一向晕汽车,晕船,晕秋千,想不到还会晕爬犁,真是命苦。

　　雪野无边无际,西面的群山在初升朝阳的照耀下闪闪发光。天空是深邃优美的蓝色,大地是浑然的白。没有一棵树木,除了河谷边突然窜起的一群乱纷纷的乌鸦和迎面匆匆而过的几个骑马人、几架马爬犁,世界里就再也没有其它的颜色了。打量这样的世界,久了,肯定会患上雪盲症的。打量过这样的世界,再低头看自己的衣服,衣服的颜色像捂了一层雾气似的,黯淡陈旧;又像放大镜下的事物,纤毫毕现。恍惚而清晰——这两种原本对立的感觉到了此刻却一点也不显矛盾。

　　昨夜风一定很大,路面很多地方都被刮来的雪埋住了。虽然路上本来就有雪,但那是压瓷了的,有爬犁辙印的。可风刚刮来的碎雪太厚了,不能过太重的爬犁,会陷进雪里拖不出来。遇到这样的路面,我们只好离开被窝徒步走过去。那积雪与新落的虚雪不同，很硬很紧，但却承不起人，一脚踩下去就是一个没膝深的大窟窿，拔都不好拔出来。马也不愿意走这样的路似的，赶马人不停地吆喝着，用长鞭抽打，才勉强前行。

从桥头到孜尔别克塔努儿村，也不过十公里路程，就花了四个多小时。但是一过孜尔别克塔努儿，路面上的积雪刚刚被村里的推土机挖开了，这才能加快速度前进。

被刮上路基的雪堆，有的地方高达一两米，推土机可没法把雪全部推净，只是在雪堆里掏了个通道，约两米多宽，只能通过一架爬犁。我们的爬犁驶入这条雪的通道，两面的雪壁高过人头，蓝天成了光滑明净的扁长一溜儿。

我们浑身暖洋洋的，蜷在爬犁上，经过一个又一个村庄，马蹄溅起的雪屑在头顶飞扬。赶马人早就脱去了外套，只着一件红色的毛衣，高扬着长鞭。

快到可可托海时，爬犁驶进一条长长的林荫道。两边全是高大的白杨，挂着厚厚的白雪。透过林带，田野平整，乡间小路白得闪光，远处的房屋也是白的，一团一团地分布着，唯有门窗是黑洞洞的。

这条美丽的林荫道似乎永远也到不了尽头。我躲在爬犁上，忍受着一阵一阵袭来的眩晕，开始歪在毡子上打瞌睡了。但这时爬犁向左拐了一个弯，连忙又爬起来往前看。过了一座很大的水泥桥后，路两边开始出现零零散散的房屋，不一会儿，又可以看到矮山脚下的楼房——可可托海到了！

路上遇到的人越来越多，路边店面也多了起来。爬犁放慢了速度，很多人好奇地朝我们看过来。我如坐针毡，羞惭欲死。在可可托海仅有的、也是最最热闹的十字路口，爬犁还没停稳当，我就忙不迭跳下来，远远地逃离那床大红的被子，装做不认识它的样子。

此时已经到了中午一点，我们还有些事情要办，还要采办蔬菜食品什么的,估计赶不回去了,决定在可可托海住一晚上。但是赶车的那个人却执意要回去,说是明天早上再来接我们。何必呢,真能折腾。但是我妈说他是舍不得花钱住宿,在这里,住一晚得十块钱呢。

其实可可托海并没有几家真正的旅馆,不管是谁家,只要家里多出一张床,也会在门口挂个"招待所"的牌子。要是家里已经住进了客人,没有床位了,就把牌子翻个面,没字的朝外挂。

我们很快就找到了住的地方。屋主人是一个六十出头的老太太,是老可可托海人,现在子女全在外地打工,老伴也不在了,就她一个人守着空房子。

在我们这一带,可可托海算得上是真正的城市,有楼房,有电,有电话,有银行,有医院,还有去乌鲁木齐的夜班车。虽然人口一年比一年少,建筑和街道一年比一年破旧。

在天黑之前(四点钟天色就很暗了),我们买齐了大部分东西,打好包寄放在买东西的店里。第二天一大早,我们就出去逛街,还吃了凉皮。大冷的天,能在热乎乎的房间里吃凉皮,真是幸福。

可可托海的蔬菜倒蛮新鲜丰富的,就是贵得要死,青椒一斤二十块,番茄也是二十块,连芹菜都要十块钱,真是不让人活了。

但再怎么也比桥头强,桥头根本没有卖新鲜菜的。只在晴朗的日子里,也许遇到几个附近的农民赶着马车来卖一些自家窖藏的冬菜,来来去去不外乎土豆白菜胡萝卜什么的。哪怕就这些,也并不是有运气能经常碰上。

在那个室内的菜市场转了一圈,居然还发现了豆腐和蘑菇。蘑菇大约没什么问题,豆腐到了家估计就给冻成千疮百孔的冻豆腐了。但还是买了一块。再转一圈,又看到了石榴,也高高兴兴买了一只。

可可托海的室内菜市场很奇怪,居然和新华书店、服装店、理发店、铁匠铺挤在一起,算是一个商贸中心吧!这个中心又那么小,顶多三百平米左右,真是热闹。

60

然后我们又打问了粮油店的位置,穿过林荫道向那边走去。

可可托海马路两边是六七层楼房那么高的大树,而房子普遍都很矮,最高的楼房也只有三四层,于是这个小镇像是坐落在树林中的小镇。因为从来没有清洁工扫雪,马路中间铺着厚厚的一层被往来汽车压得厚而瓷实的"雪壳",两边积着一米多高的雪墙。

上午街上没什么人,我们"嘎吱嘎吱"地走过空荡荡的雪白街道,尽头拐弯的地方有几幢俄式建筑,虽然是平房,但高大敞阔,外面都有带屋檐和扶手的门廊。

可可托河原先住的全是开矿的苏联专家,中苏关系恶化撤走后,就留下这些建筑和街道。想想看,就在几十年前,在那时每一个美好的周末和黄昏里,这些黄发碧眼、远离故乡的人们携家眷在这附近的树林间随意散步,在街道尽头的大树下拉着小提琴,在河边铺开餐布野餐……精致从容地生活着。可可托海真是一个浪漫的地方。

我们要去的粮油店就是那些俄式建筑中的一幢。房间里铺着高高架空的红松厚木地板,由于年代久远,木板之间已不能紧密嵌合,出现了很大的缝隙。下面黑幽幽的,大约是地窖。踩在上面有轻微的塌陷感,但又明白其实是极结实的。

店老板是一个年轻的女人,守着铁炉织毛衣。没开灯,房间阴森森的,只有一块正正方方的明亮从窗户投进来,刚好罩在她身上。问明来意后,她并不急着去扛面粉打清油,而是继续织手里的活。一直织到当前行的最后一针,才抽出竹签插在织物上,不慌不忙放下活计,起身推开身边的门走进另一个房间。等出来时,已经换上了一身粉迹斑斑的蓝色工作服,然后才干起活来。

我们付了账,同样也把面粉寄放在她那里,然后回旅店收拾东西,准备到街上去等我们的爬犁。快十一点钟的时候,还没等出门,就响起了敲门声。开门一看,居然就是给我们驾爬犁的人。连忙问他怎么知道我们在这儿,答曰:打听到的。可可托海真是小地方啊,头一天来了个生人,第二天就传遍全镇了……

这样就回去了,仿佛不甘心似的,趁我妈和那人赶着马爬犁去取寄存的东西的时候,我一个人在街上转了转,边转边剥石榴吃。当然了,仍然一无所获。

在我很小很小的时候,想象中的可可托海是个宝石的世界,连铺路的石头都是宝石,随处都可捡到水晶和石榴石。但现在……权当大雪封住了一切吧!

我小时候,班里有几个寄宿生就是可可托海的,他们每次从家里返校,都会揣一书包的树形水晶,柱形海蓝宝石什么的,还有很多鲜艳的半透明石头(大约是玛瑙吧),一一分给我们。

虽然富蕴县本来就盛产黄金宝石,县城珠宝公司家属院里的小路也是用漂亮的橙红色玛瑙石铺的,我们小时候玩抓石子游戏时用的小石头就是方粒的小玛瑙(磨制玛瑙珠子的胚料)和天然圆球形的红色石榴石。那时候,谁家客厅里不放一盏天然的水晶树啊?谁家五六岁的女孩子没有戴金耳环?但那时,总觉得这些宝石啊黄金啊,全是可可托海那边过来的,所以总认为可可托海是金山银山,遍地华萃。

我把吃了一半的石榴揣进外套口袋,站在路边等他们。不一会儿爬犁就过来了,但我妈又想起还有一件东西没买,就匆匆去了,留下我和赶马的人站在爬犁旁边等待。我们并排着站了一会儿,想半天也找不出一句话可说。于是掏出剩下的石榴递给他。他又礼貌性地拒绝,然后接过来,笔直地站在冰雪里,一粒一粒地捏出殷红的籽慢慢地吃。没吃几颗,又重新揣回口袋。看来还是想带回去给家人分享。

在桥头的冬天,能吃到水果真是太不容易了,比吃到蔬菜还不容易。而且那里大多数人所能知道的水果好像只有苹果橘子葡萄西瓜之类。有一次我妈从县城天遥地远带回了两箱子桃,谁也没见过,不敢买。我妈便免费给试尝了几个。后来一下子传开了,河对岸的两个村子陆续来人参观我们的桃子,不到半天时间,卖得一只不剩。

回去的路上，我妈用面粉袋子给我堆了个舒服的靠背，靠在上面，缩进被子，出发后不一会儿瞌睡劲就上来了。

爬犁轻快地下了小路，一边是树林，一边是无际的茫茫雪野。舒舒服服地躺着，天空万里无云，世界耀眼。我又拉回目光看自己的手指，觉得这手指这么丑，上面有细碎的皱纹，冻坏过的地方那么粗糙，手指甲色泽黯淡。而这个世界光滑精美，无可挑剔——虽然看似极单调地，只有蓝天和雪地。我出现在这里，是多么突兀、多么不协调啊……

睡眠的液体渐渐漫了上来，但身体也跟着上浮，无法沉进睡眠最深处。半睡半醒的状态难受极了，分明能清晰地感觉到身体的某部分在发冷，却怎么也醒不过来，连掖一下被子的动作都使不出来。只好就那样毫无办法地边睡边感觉着冷，感觉那冷像蛇一样一寸寸地在身体中延伸……后来忍不住呻吟了一下，我妈连忙帮我披了一下被子，立刻有密不透风的暖意围裹上来，总算踏实地睡着了。

但很久之后（也许其实没一会儿时间）又再次被寒冷攻破了，冻得难受不已——又瞌睡又冷，这种滋味实在煎熬人。

寒气是从身子下面升上来的，身下是硬毡子，毡子下面是木板，木板下就是雪地。那股冷气不是像风一样"嗖嗖嗖"地从什么缝隙处窜进，也不像液体的缓慢渗透。而是像固体一般，像柔软事物的逐渐凝固、僵硬，让身体一寸一寸地退守……不能再睡了！——突然间明白了为什么暴露在寒冷天气里入睡的人会更容易死去，因为入睡状态的人是最柔弱的、抵抗力最差的。所谓"睡眠"就是身体一部分功能停止了。

我翻身起来，猛地一睁开眼睛，眼泪一下子流了出来，连忙又闭上眼睛。世界的光扎得人睁不开眼睛。雪地灿烂，天空耀眼。

在这样的天光下闭上眼睛，感觉眼前鲜红一片，渐渐地，红有些透明了，开始发黄，并成为艳黄。我揉揉眼睛，重新又是一片鲜红。大约是眼皮里茂密的毛细血管中流淌的血液带来的感受。简直能看到这血液的流动，像是被自己深深掩进了内部。

一点一点地适应着如此强烈的自然光,眼泪流了又流,仍只能虚眯着眼睛打量眼前的事情,棉被和对面的妈妈身上闪着奇异的光,整个世界都在泪光朦胧中闪耀着。

爬犁开始进入一片丘陵地形,雪路凹凸起伏不定,但并不特别颠簸。在爬犁上,我们的身子也跟着一起一伏的,不一会儿就开始恶心,晕得厉害。于是赶紧又闭上了眼睛。

有时会眩晕地睁开眼几秒钟,看到雪野尽头的一棵树。

有时看到的是铺满冰雪的枯竭河床。

有时伸出手垂下爬犁,从路面上抓一把雪,再把它紧紧地揉成团,化成水从手心滴落。

爬犁行进的速度越来越慢,我又一次开始困倦,困倦的同时又开始头疼。这可好,一边头疼欲裂,一边瞌睡欲死。意识渐渐混沌,肉体的感知反而更加敏锐——爬犁的每一丝最轻微的震动和起伏,拐弯时弯度的大小和速度变化……仍然冷,手指生硬,想攥成拳头都攥不紧,想完全伸直了也得使把劲。膝盖和腰肢有些僵了,动也不想动,觉得每动弹一下都会多耗去一些热量。

恍惚间,有双腿在脸庞边走动,眼睛睁开一线,是赶马的人,他下了爬犁,跟在爬犁旁慢慢地走着。马也慢慢地走,爬犁缓缓移动。这是哪里?快到了还是仍然遥遥无边?马累了吗?……感觉中那人步行了好长好长的时间,我睡了又醒,醒了又睡,不知醒来几次,每次都看到他永远那样慢吞吞地走在脸庞边。我边睡边难受地想:这样慢的话什么时候才能到家啊?又迷迷糊糊问我妈:"停下来多久了?马跑不成吗?"……我妈回答的声音传进耳朵之后,又过了很久很久,那声音所代表的意义才进入意识。她说的是:"才停十几分钟啊,现在是上坡路……"我说:"我以为停了两三个小时了……"扭一下头继续睡,但终于开始渐渐清醒了。恶心得厉害,想吐,直冒酸水。脖子下枕的面粉袋子实在太硬了,脊背疼得像要折断一般。于是坐起身,用腰抵住那只袋子,拥紧了被子,这才好受一些。

我妈有一句没一句地和赶马的人说话,我有气无力地听着,一声不吭,哪怕听到了特别想插嘴的地方,也没有力气说出一个字来。

我妈问:"这天气有三十度(零下)吗?"

那人回答:"已经有三十多度了,到了晚上,恐怕还会降到四十度。"

可可托海靠近一个大海子,最冷的时候曾降到过零下五十一点五度。

仅有的力量似乎只够用来眨眼睛,便不停地眨着。上方那蔚蓝宽广的明亮天空,看久了,却又分明是阴暗昏沉的夜空,至少也应该是乌云密布的阴霾天空。但再定睛一看,天空明明是晴朗无云的。如此多看一会儿,感受到的仍是阴阴沉沉、风雨欲来……大概因为时间实在是太漫长了,长得让人突然模糊了明亮和深暗的区别。连此刻肉体上的痛苦,也突然搞不清到底是不是痛苦,到底是从来都一直如此痛苦着,还是只不过是一时的异样感知?分辨不出这感知与常态有什么不同……幸好还有太阳,太阳清清楚楚挂在天空一角,提醒我:这应该与以往经验认识中的任何一场白天一样。

太阳兀自发出锃亮的——但抵达不到大地的——光芒。没有一朵云彩。我半靠着面粉袋子,又一次入睡,这一次有了一个梦,梦里有什么事物反复出现,但捕捉不清它的形象。

突然被我妈推醒,开始翻最高的一座山了。由于多驮了几十公斤的蔬菜和近一百公斤的粮油,在坡度大的地方,我们得下来走路,要不然马拉不上去。

下了爬犁,脚一踩在稳稳当当的大地上,感觉立刻好了一些。原来自己并非感觉中的那样糟糕,起码还有力量能站稳,并且还能走好长一截上坡路。

我们拉着手慢慢地走在深而光滑的爬犁辙印里,下午开始起风了,我们头上都捂着厚厚的头巾,只露出眼睛,视野狭窄。马慢慢地走在前面,浑身是汗,热气腾腾。

我妈走着走着停了下来,抬头看了一下,突然大声喊道:"看!彩虹!"

我们抬头一看,天啦!果然是彩虹!

赤橙黄绿青蓝紫七种色彩出现在空中,那么清晰,绝不是梦。

太奇怪了!冬天怎么会有彩虹呢?而且又是这样一个刮着风的大晴天。我们以为只有下过雷阵雨的夏日才会有彩虹的。

而且,夏天看到的彩虹是桥状的,也就是半弧形,而这个彩虹却是环形,一整个圆圈,圆满地浮在西面的天空上。

我们边走边仰面看,啧啧称奇。我们问赶马人:"以前这里的冬天也出现过这个吗?"

他也不时抬头看,说:"从来没有呢,真是奇怪得很啊……"

大约半小时后,在那个环形彩虹的东侧,又整齐地出现了一段彩虹弯弧,后来这段弯弧沿其弯度逐渐延伸,沿着原先的那个圆彩虹为圆心,又套加了一个完美的环形彩虹。姿态优雅,不可思议。这段过程大约用了十几分钟。

想想看——在纯然平静的蓝色天空中,出现彩虹这般美好的事物,简直就是奇迹啊!它居然有那么多不同的颜色,而且还不是人工的。

那时我们早已又重新回到爬犁上了。我一动不动地注视那彩虹,天光已经没那么刺眼了,彩虹也开始慢慢褪色,外环的大彩虹出现了一个小豁口,豁口越来越大,接着内环的小彩虹也在同样的角度出现豁口,我们意识到两环彩虹正在慢慢收敛、消失。回过神来,已到傍晚,风越来越大。太阳悬在西面的群山上。当马跑上高处,我们就可看到不远处的桥头一大片浓密的树林。快到了,终于快到了。这时彩虹彻底消失。

另一架爬犁迎面而来,在近处停下,两个赶马人互相问好。对方又询问我们走过的路况如何。

"哦,好得很!"第一次看到他露出笑容:"昨天还被雪堵住了好几截,今天都打通了。"却没有说彩虹的事。

选自《阿勒泰角落》

葡萄:火洲翡翠

沈　苇

请用葡萄酒洗净我生命的躯壳,用葡萄叶裹我,葬我在花园边。

——欧玛尔·海亚姆:《柔巴依集》

一、吐峪沟葡萄园

峡谷中的村庄。山坡上是一片墓地

村庄一年年缩小,墓地一天天变大

村庄在低处,在浓荫中

墓地在高处,在烈日下

村民们在葡萄园中采摘、忙碌

当他们抬头时,就从死者那里

获得俯视自己的一个角度,一双眼睛

吐峪沟是吐鲁番火焰山中的一个峡谷。我称它是"两个圣地的圣地"。——左侧山坡上是有"东方小麦加"之称的艾斯哈布凯海夫麻扎("七个圣人和一条狗的麻扎"),往峡谷深处走,右边山坡上则是吐鲁番盆地规模最大、开凿最早的千佛洞,留下了蜂巢般的石窟遗址。村庄和

68

葡萄园就坐落在这样一个背景，伊斯兰和佛教的光芒在这里交相辉映。

在吐峪沟，生与死是一种相互打量。高处的烈日、麻扎（墓地）和低处的丰桩、葡萄园，互为镜子和视角，构成了一个独特的"垂直空间"。

大峡谷切开了火焰山，两边山体色彩斑斓，呈现火焰状的道道皱褶。山涧溪水奔流而下，养育了桑树、白杨和大片的葡萄园。村庄里的生土建筑群，数百年来保持了一种稳定而纯粹的风格，造型各异，重重叠叠，错落有致，大多带有葡萄晾房，犹如中世纪风貌的一次再现。这些建筑，保持了土地的原色，温暖，朴素，亲切，有一种世袭的家园感，好像是从大地深处随意生长出来的。

这座古老的村庄是如此宁静，山谷中传来布谷鸟的叫声，鸽子的哨音撒在家家户户的房顶。礼拜的召唤回荡在山谷中，偶尔传来牛哞、羊咩和孩子们的嬉闹声。当你在村里走动，村民们会主动邀请你一起分享几串葡萄、一只西瓜。夏季，白天气温高达四五十度，晚上仍炎热不散，人们睡在房顶上，星星又低又大。

阵阵热浪中，展开吐峪沟的葡萄园，展开了葡萄树的浓荫和果实的芬芳。站在山坡上，葡萄园就像卡在峡谷里的一块翡翠，又像涌动在村庄四周的绿色波澜。峡谷中的葡萄园是一种珍藏，如同日月的"后宫"，流淌着绿色的真、绿色的善，也流淌着肉欲的欢愉和感伤。它散发的气息近似女性身体的芬芳：从夏日少女的麝香到秋天成熟女性的馥郁。仿佛时间遗失的珍宝隐藏在那里，提醒它去孕育、发酵、酿造，从细小青果的羞怯，到突然间蜜汁四溅的放肆，整个葡萄园为之一亮，变得超凡脱俗、神圣高洁。

没错，吐峪沟葡萄园是被死者俯视和打量的葡萄园。秋天，当村民们在葡萄园中采摘、忙碌，抬头时，就从高处的麻扎群那里获得了一种审视自己的眼光。纠缠的藤蔓，密集的掌状绿叶，枝叶稀疏间漏下的阳光碎银，虫鸣与鸟鸣，一些扬起的尘埃……都是沉思默想的起源。光线又入串串葡萄，汲取秋天甘甜的汁液，它银叉般的颤栗传达了整座葡萄园的自足——一个身体的自足，一种浓荫的自足，也是迷宫般神秘的自足。而这一切，都得到了高处目光的审察与提升。

如同葡萄到葡萄酒的演变，从夏天到秋天，是葡萄园从肉身向精神的一次缓慢过渡。当葡萄变成了琼浆，变成了纯粹的精神饮品，葡萄园的世俗意义也在发生变化。有时你会觉得，深秋萧索的葡萄园，冬天葡萄树埋墩后的景象，似乎与精神化的吐峪沟背景更加匹配。安放在峡谷中的这块翡翠，只是圣地暂时的佩饰，生土与山峦的荒凉，却是事实上的无边无际。

在世俗的荒凉中，葡萄干和葡萄酒是葡萄的两种出路和未来。前者是岁月的"干尸"，后者是圣徒的"血"。

20世纪初，米德莱·凯伯（Mildred Cable，1878～1952）等三位法国修女在去向中国西部沙漠的旅行中，到过吐峪沟。她们在《戈壁沙漠》一书中写道："吐峪沟的葡萄园如同火焰山中的翡翠，一种幽幽的香气令人想起天上的事物。浅金色，或清朗的淡绿，吐峪沟葡萄干是黄金、琥珀和海绿色的玉粒。"

差不多同一时期，德国探险家冯·勒柯克在吐峪沟进行考古挖掘，称这里的无核白葡萄干是"世界上最好吃的葡萄干"。他还说："这种葡萄干在当时的北京也是一种非常奢侈的食品，价格很贵，因为从吐鲁番到北京要走115天。"（《新疆的地下文化宝藏》）两个吐鲁番就像吐峪沟的麻扎（墓地）和村庄一样，一直存在着两个吐鲁番：死去的吐鲁番和活着的吐鲁番。当你在这个火焰之洲旅行，意味着同时遇见并穿越这两个世界。

构成死去吐鲁番的是：著名废墟交河故城，高昌故城，阿斯塔那地下古墓，千佛洞和作为记忆残片的壁画，写在桑皮纸上的摩尼教残卷，红色灰烬般的火焰山，蛮荒的世界第二低地艾丁湖，博物馆里的木乃伊和巨犀化石……它们是时光慷慨的馈赠，散发着岁月和尘土的气息。它们是一种盛大的消亡，却近在咫尺，触手可及。死去的吐鲁番，是一种无处不在的弥漫。

那么活着的吐鲁番呢？它以葡萄的形式活着,只以葡萄的形式活着。正如在这个干旱少雨的"火焰之洲",除了地下运河坎儿井,水只以葡萄的形式存在一样。葡萄是点亮吐鲁番的翡翠之灯,呈现葡萄架下盛装的少女、欢快的那孜库姆舞、木卡姆聚会、通宵达旦的宴饮……这一切,以一种固执的享乐主义姿态抵御另一个世界的威逼和侵犯。站在远处倾听,有时你分不清若隐若现的鼓声究竟来自哪一个世界——是这一个吐鲁番,还是那一个吐鲁番?

这两个世界相互依存、融合,好像已天衣无缝。但仔细看去,这块火焰中的翡翠已出现裂缝,没有一双人类之手能缝合它们之间的分裂。死去的吐鲁番是一种自足的孤寂,是另一个世界的镜子,用来映照生存的虚幻和暧昧。它将废墟、坟墓、灰烬搬到天空,将死亡一寸寸推向晕眩的高度。而活着的吐鲁番,则像一位殷勤的仆从,正源源不断向那个世界提供热情、水土和养料。这使死去的吐鲁番变成一株生机勃勃的葡萄树,在死亡的大荒中继续成长,有着发达的根须和茂盛的枝叶。——一株野蛮的葡萄树!

葡萄树攀越天空/虬结的藤蔓,重叠的叶子/遮蔽了七月的面孔……/莫非它在尘土中、烈日下的挣扎/只是一种徒劳、一个虚妄? /莫非我们眼见的葡萄树/只是看不见的树的/一个替身?

死去的吐鲁番要大于活着的吐鲁番。在这个"世界上最大的露天考古博物馆(贡纳尔·雅林语)",死去的世界是盛大的,咄咄逼人的,几乎遮蔽了活着的吐鲁番。它将少女遣返到绢画上、母体内,让熟透的葡萄回到羞涩的嫩芽和细小的花蕾,它使一株现实的葡萄树柔弱而不能生育,在尘土中、烈日下徒劳地挣扎、枯萎。——莫非活着的吐鲁番仅仅是死去的吐鲁番的一个替身、一份遗言?

因此,在吐鲁番,死亡变得真实而超乎寻常的敏感,它是一种四处弥漫的可以用来呼吸的空气,是一块块坚不可摧的活化石。"上天所赋予她的生命是有限的,因为正如白驹过隙一样不会拖延;正如闪电一样,不能留驻。岁月已到了它的末端,生命也消耗尽。翡翠树干枯了。她永远离开了这些时日,永远冲破了这人间的苦难之网。(公元667年一位吐鲁番妇女的墓志铭,阿斯塔那出土)"

死去的吐鲁番是那么重,像一个巨大的石磨,从天空压下来,不断碾磨活着的吐鲁番,使它发出呻吟、歌声,从时光幽深处流出葡萄的果汁和美酒……

二、古墓里的葡萄

从死亡这边看/一只洋海的箜篌在弹奏/铜铃和吹风管凑着热闹/一只彩绘木桶上/山羊、麋鹿和野猪跳舞/一个泥塑玩偶眨巴眼睛/寻找丢失千年的美丽冠饰/一根枯萎的葡萄藤/沿墓壁,一点点向上攀援……

洋海古墓位于吐峪沟洋海夏村西北,面积5万多平方米,为公元前1000年至公元前后氏族社会大型墓葬。它是2000年"中国十大考古发现"之一。考古工作者在这座古墓里发现了2000多年前的葡萄藤。

新疆文物考古研究所和吐鲁番地区文物局的考古报告说,葡萄藤与其他木棍盖在281号墓的墓口上,藤截面为扁圆形,长115厘米,宽2至3厘米。洋海的考古发现有力地证明:相当于中国的春秋战国时期,吐鲁番盆地已种植葡萄了。

无独有偶。在新疆博物馆,我瞻仰过1600年前的几粒葡萄干,它们出土于吐鲁番阿斯塔那地下古墓。

阿斯塔那古墓群是高昌回鹘王朝的公共墓地,经过十多次的考古挖掘,已出土各种珍贵文物上万件。在这些文物中,发现了不少租种葡萄地、浇灌管理、买卖葡萄园的契约、书信、账册等文书,还有随葬的葡萄(葡萄干)、葡萄枝、种子等。高昌居民将一串串鲜葡萄奉供在死去亲人的墓室里，为的是让他们在幽冥世界里继续吃到生前喜爱的这种美味的水果。这在当时，是一种十分流行的风俗。

阿斯塔那墓葬壁画描绘的情景，也为吐鲁番大约在南北朝时期已是重要的葡萄种植业中心提供了有力的佐证。

在一幅壁画上，一对贵族模样的夫妇端坐在葡萄架下宴饮享乐，餐桌上是美味佳肴，侍女们忙着斟酒、上菜。出现最多的是女供养人手捧果盘的壁画，果盘里除了梨、甜瓜，还有葡萄。摩尼教徒的工笔画，也常常以葡萄等水果为主题。与此同时，葡萄纹样、图案开始装饰佛教洞窟和普通民居。

关于葡萄传入西域和中亚的时间和情况，历史学家也有自己的看法。有人认为，公元前4世纪，亚历山大东征，把希腊化文明带入中亚，同时把葡萄种植、葡萄酒酿造和酒神崇拜带到了这个地区。汉时"葡萄"二字的发音，直接源于希腊文"botrytis"。

两个世纪后，张骞"凿空"西域来到大宛（今费尔干纳），发现这里俨然已是中亚葡萄种植中心。"宛左右以蒲萄为酒，富人藏酒至万余石，久者积数岁不败。俗嗜酒，马嗜苜蓿。汉使取其实来，于是天子始种苜蓿葡萄肥饶地。（《史记·大宛列传》）"张骞从大宛带回了葡萄种子，但未获得葡萄酒酿造技术。

据此可以推测，新疆种植葡萄要晚于亚历山大东征，但不会晚于张骞出使西域。

公元后，葡萄种植在新疆已十分普及。384年，北凉将军吕光征龟兹（今库车），他报告说，这里有许多葡萄园，葡萄酒总是被大桶大桶地享用，人们在酒窖里日夜酩酊大醉，连守城的士兵也不例外。"胡人奢侈，厚于养身。"以吐火罗人为主的龟兹居民在信仰佛教的同时也不忘纵情享乐。

在伊斯兰教传入之前，西域民族嗜酒如命，收录在《突厥语大词典》中的民歌证实了这种豪饮："让我们吆喝着各饮三十杯。让我们欢乐蹦

73

跳，让我们如狮子一样吼叫，忧愁散去，让我们尽情欢笑。"他们喝的是西域最古老的葡萄酒——穆赛莱斯，也即唐诗"葡萄美酒夜光杯"中的美酒。

西晋张华所著《博物志》上说："西域有葡萄酒，积年不败。彼俗传云，可至十年。欲饮之，醉弥日乃解。"

隋末唐初，中原汉地已种植葡萄，但尚未掌握葡萄酒酿造技术，王公贵族和文人雅士对时常耳闻却不能品尝的"西域琼浆"心向神往。公元640年，唐太宗发兵破高昌，得到了马乳葡萄的种子，将它们种在皇家禁苑中，专门开辟了两座葡萄园。同时从回鹘人那里学到了酿酒技术，共酿出了八种"芳香酷烈，味兼醍醐"的葡萄酒。

唐王朝要求高昌以年贡的方式进贡不同品种的葡萄产品，除葡萄干外，自然还有葡萄酒。这一进贡制度一直延续到清代。康熙皇帝甚至说，让自己的臣民种植葡萄等果类，比给他们建造一百座瓷窑还要好。

从唐代开始，"吐鲁番"这个名字就与"葡萄"紧紧联系在一起了，这是地理与果实的唇齿相依、水乳交融。直到今天，当我们说出"吐鲁番"时，脑海里的第一反应便是"葡萄"。反之亦然。——不知是吐鲁番出产了葡萄，还是葡萄诞生了吐鲁番？

三、生命饮料之树

考古资料表明，最早栽培葡萄的是7000年前的南高加索地区。后来，葡萄栽培和酿酒技术从亚美尼亚传到地中海东岸的新月地带和古埃及。

5000年前埃及法老们的墓室壁画上，已出现葡萄采摘、酿酒、装船外运的情景。葡萄、葡萄酒，还有从尼罗河畔芦苇荡里打来的野鸭，成为埃及上流社会宴席上的珍馐佳肴。

希伯来人栽种葡萄和酿酒并不晚于埃及人。《圣经》中提及葡萄酒多达 500 余次,它是"基督之血"的象征。圣餐中的葡萄酒和面包是基督的血和肉,这是《圣经》中著名的比喻。基督告诉他的门徒:"我是葡萄树,你们是枝子。"大洪水时代的先祖挪亚种过葡萄,并酿造了也许是人类的第一杯葡萄酒。

从某种程度上来说,古希腊罗马文明是以地中海的三种植物为基础的,即小麦、橄榄树和葡萄。希腊人将葡萄从埃及引入欧洲,举行一年一度的酒神节。头戴常春藤冠、身穿兽皮、手执酒神杖的狄俄尼索斯,其实是一个葡萄酒神。

不仅仅是在古典的希腊,世界各地的酒窖里都住着一个狄俄尼索斯,他保证了人神同乐这一狂欢秘祭不至于在人间失传。在现代医学中,葡萄酒作用于人的血液、神经,对失眠和忧郁症有良好的治疗作用。正如阿拜利所说:"葡萄酒在宗教里是上帝的血的象征,它能给我们鼓舞,它是我们克服地球引力的精神力量,还能给我们的想象力插上翅膀……当梦中高脚杯的深红或金黄色的葡萄酒熠熠发光,人生就是非常有意义的。对于灵魂而言,葡萄酒带来的奇迹是神圣而富于活力的,它能使呆板单调的尘世生活插上翅膀,从而变得神圣。"

波斯人称葡萄为"生命饮料之树"、"月亮的圣树"。在波斯王宫中,司酒是一个很体面很重要的职务,享受大臣待遇。希罗多德说,波斯人习惯于在陶醉状态中讨论重大事情,认为喝醉酒通过的决定要比清醒时作出的更加可靠。在促进波斯诗歌、音乐、舞蹈的繁荣方面,葡萄酒的确发挥了很大作用。鲁达基、欧玛尔·海亚姆等人的诗歌中,葡萄酒和美人是最常出现的意象,在酒杯的辉映中,情人面颊上的红晕是一个仙境。

在枝干粗壮的树下,一卷诗抄
一大杯葡萄美酒,加上一个面包——
你也在我身旁,在荒野中歌唱——

啊,在荒野中,这天堂已够美好!

(欧玛尔·海亚姆:《柔巴依集》)

阿拉伯人种植过一种果实大如鸡蛋的葡萄,树干有两人合抱那么粗,一串串的葡萄有两尺长。他们继承了波斯人善饮的传统。人们想象葡萄树是一只酒杯,死后要葬在葡萄树下,就有永远也喝不完的葡萄美酒。

贡纳尔·雅林在《重返喀什噶尔》一书中引用过一则维吾尔族的古老传说:魔鬼先后用一只狐狸的血、一只老虎的血、一只野猪的血来浇灌葡萄树,因此人喝了葡萄酿的酒,就变得像狐狸一样聪敏、老虎一样凶猛、猪一样肮脏。这则传说可能是中世纪《罗马人的事迹》中一个故事的翻版:"挪亚发现野葡萄树被称为'田地或道路的疆界'。当他发觉葡萄酒是酸的,便找来狮子、羔羊、猪和猿四种动物的血,在血里加上泥土,于是做成一种肥料,他便给葡萄树施了这种肥。就这样,血使葡萄酒变甜了……"

葡萄、石榴、无花果并称为"丝路三大名果",它们是西方通过丝绸之路向东方输出的三种最著名的水果。无疑,也是三种绿色文化。

植物小志

葡萄(Grape,Vitisvinifera),落叶藤本植物,是世界最古老的植物之一,原产南高加索地区,有近 7000 年的历史。别名蒲桃、草龙珠、山葫芦、李桃等。

葡萄是目前世界上栽培最多、产量最大的水果。可鲜食、制葡萄干,但主要用于酿酒。目前,全世界葡萄酒的年产量是 3000 万吨,能装满两个半西湖。

吐鲁番是中国最著名的葡萄产地,有 600 多个葡萄品种,其中 156 个已列 A 品种资源保护。最有特色的品种是无核白葡萄、马乳葡萄和琐琐葡萄。近年,又从美国等国引进了全球红、白羽、淑女红、英人指等葡萄新品种。

无核白葡萄种植面积占到 90％，主要用于晾制葡萄干。被誉为是世界上最甜的葡萄。它无核，肉厚，皮薄，味胜刺蜜。中国古籍中称它为"兔睛"。"大逾蚕豆，滴溜珠圆，色在碧白绿之间，宝光晶莹，与玉无辨。(清·萧雄)"，因此它又有"中国绿珍珠"的美誉。

　　马乳葡萄又称马奶子葡萄，就是唐太宗派人将它引种到长安皇家园林的那种。这是一种浑长硕大的紫色葡萄，"马乳"这一名称表明了它细长的特征。用马乳葡萄能酿造质量上乘的葡萄酒。

　　李时珍在《本草纲目拾遗》中详细论述了产自吐鲁番的琐琐葡萄的药用价值，说它大若五味子，形如胡椒，小儿食之，能解痘毒。时至今日，它仍是吐鲁番维吾尔族人用来治疗小儿麻疹的首选良药。从前，琐琐葡萄的价值比驼皮和獭皮还要高。

　　吐鲁番拥有 41.3 万亩葡萄园，葡萄种植面积占全国的 6.6％，全疆的 30％，产量却占到全国的 11％和全疆的 53％。吐鲁番盆地属温带内陆沙漠气候，光热资源十分丰富，无霜期长达 225 天，葡萄生长期内平均气温 18 度以上。春季气温回升快，夏季炎热，干燥少雨，日照充分，秋季降温迅速，入冬晚，无霜期长。这些，为葡萄生长提供了独特的生态环境和独一无二的气候条件。

北塔山的记忆

叶尔克西·胡尔曼别克（哈萨克族）

事隔二十八年、三十四年后，我两次回到我出生的这个叫做北塔山的地方，两次都带着我儿子。

两次回家，都是为了寻找我的童年，为了告诉儿子我的童年，也为了看到现在生活在那里的孩子们的童年！

我曾一直以为，我的童年有过并不算贫穷的经历，亲眼看见过身边的悲欢离合。但先后两次回去，我却一次比一次更强烈地意识到我的童年的无知。因为，我只看到了悲欢，却没有看到悲壮——从我的父母到我的邻居；从我的同学到我的老师；从我的学校到我们的场部；从场部到边境，到内地，到国外，从历史到现实……我的北塔山就好像阿拉丁神灯，在一个僻静的山洞里演绎自己的故事。到 1974 年，我离开时，已经 13 岁，本该对我身边世界发生的事，有最起码的认知，以储备更多的能力面对我的未来。但我却一无所知地离开了这里。尽管这些年，我确实一直在写北塔山，但我发现，我的书写，竟然与她隔海相望，没有渡船。写完了，也就山穷水尽了，我的无知到了极点！

2002 年，我去北塔山时，曾拜访过一位名叫再尼勒的老牧人。他提到了一件关于阿同敖包的往事，说的是 20 世纪 60 年代初，中蒙两国完成最后勘界之后,在边境上举办过的一次盛大联欢活动。

听再尼勒老人说,那次联欢会举行了赛马比赛。我方一匹叫黑马的马获得了第一,就有一位名叫赛提甫的蒙方团职军官一眼看上了它。这个马背出生的汉子,爱马如命,向我方提出希望馈赠的请求。但没有实现。他抱着几分缺憾回国。回去的路上,他的吉普车在离现在的乌拉斯台口岸我方一侧不远的地方,倾覆了。他和他尊贵的夫人被困在车厢里边,我方边民把他和他夫人还有他的副官从倾覆的车里救出来,然后,时任场长马尚志派人去帮他把车修好,安全送他们过了边境,回到了他的祖国。那以后,人们就再也没有见过他。这件事很长一段时间里,成为北塔山哈萨克牧人们茶余饭后的话题。

我对这个话题很感兴趣,问老人那个令人欢欣鼓舞的活动在什么地方举行。老人好像回答说是在阿同敖包——我童年时代以为天下最高峰的地方。

这件关于联欢会的往事,发生在我幼年时,到三十年后才引起我强烈的好奇。边境争端以争斗开始,以联欢结束,这期间有过怎样的故事?特别自上世纪初辛亥革命中国最后王朝破灭,前清设在科布多的参赞随着外蒙独立退出历史舞台,到新中国成立,到两国北塔山段勘界完成,再到我两次带我的孩子重返故里,中国历史竟也在这个不为人知的地方,以它自己的方式书写着一张张书页,默默无闻,朴实得就像在北塔山上放牧了一辈子的老人。

1986年,我刚走出校门不久就写了一篇小说,题目叫做《夏至》,写的是一位老牧人死在北塔山上的故事。我在故事中把老人虚构成一位一生没有婚娶的人,名叫卓玛尔特。在他意识到自己的生命终将完结的一天,他亲自演绎了一场自己的死亡。他想知道,像他这样一个膝下无子的老人,生命终结之后,会得到后世怎样的礼遇。结果是,他看见了令他安心的一幕。他的亲人为他举行了真诚的悼念。一年后,一个夏至的早晨,当太阳从东方冉冉升起的时候,人们发现老人已经走完了他的一生，平静地坐在阿同敖包的顶上，目光向着初升的太阳。

2003 年，我又写了一篇散文，叫《父亲的堂兄》，写了一位对生命有着神奇感知力的老人，在我父亲下北塔山牧业队工作时，去向我父亲——他自己认定的外婆家的人告别，说他已经用完了自己在这个世界上所有的时光，将去另一个世界，他要感谢这个世界曾给予他的一切，他要向亲友们告别，向生养过他的山水告别，平静得好像一个要出远门的人。果然，几天之后，老牧人就走了。我父亲甚至没能到家去送送他。

千万别误以为，这两个老人选择的是自我毁灭之路。恰恰相反，他们离去的时候，对这个生命的世界怀着深深的感恩。

两位老牧人的原型都来自北塔山——我的童年记忆。前者名叫胡尔曼汗，后者叫司拉音。现如今，他们的儿女都已经长大，成了壮年人，甚至还有了孙子。我们可以从他身上发现，这些朴实的边民，一代一代地守着我们的国土，怀着对故土的一片感恩。

今年八月，我回到北塔山一个明确的目标之一，就是想看看当年两国勘界人员、两国边民、两国军人举行过联欢会的那个地方。我想感受一下当年那种盛大的联欢场面，那曾经的马赛，曾经的杂技表演。我还清楚地记得，再尼勒老人说过，那一次，我方杂技演员光着脚板表演上刀梯的时候，把全场的人们都震撼了。大家看得目瞪口呆。然后，一位耍魔术的演员借了赛提甫团长的瑞士怀表，在手里转了一圈，瑞士怀表不见了踪影。演员向赛提甫团长摇摇头，说自己手心手背都是肉，你的表不见了。赛提甫团长的脸上就有了一点难色。一分钟之后，演员却从怀里掏出那表还给了赛提甫团长。赛提甫团长就呵呵地笑起来。大家也笑了。再然后，两国举行蒙古式摔跤，我方队员输了……

我想让再尼勒老人带我去阿同敖包，或者，他可以让他的孩子们带我去。可是，到了北塔山的那天晚上，当我问起老人是否在场部的时候，人们却告诉我，老人早在几年前谢世，他的孩子们也已经离开北塔山,去外地谋生。这使我陷入无言的境地!

然后,我向其他人问起这件事情,但是,大家大多摇头。因为他们差不多跟我一样,出生在 20 世纪 60 年代,或更晚的时候,关于那点记忆,再富有的,不过如此。有的甚至根本对此一无所知。

一件过去的往事!

倒是那天晚上,一位叫芒台的土生土长的北塔山小伙子给我唱了一首歌,让我感激涕零。歌名就叫《我的家乡北塔山》:

皑皑白雪红石岩,雄鹰筑巢高山巅,涓涓小溪绕梁过,青崖断壁有水泉,爷爷走过上山路,奶奶灶边扎营盘,好汉故事道不尽,勇士放歌白云端。

羚羊欢跳绿风劲,野马漫步绿林间,雪燕高飞水鸟唱,雪鸡咕咕鸣草滩,世纪老人道古训,后生代代永相传,叹歌一曲故乡颂,幸福满怀情满山。

皑皑白雪红石岩,脐血滴落洇诗卷,牛羊遍地满山走,颂歌永叹北塔山。

发表于《民族文学》2009 年 03 期

81

观鱼台记

康　剑

　　历时两年修建的喀纳斯湖观鱼台以其隽永挺拔和奇异抽象的外观形象呈现在世人的面前了。我以为,此台如若修在别处,定然不知设计者建造者胸臆何在。此台建于喀纳斯湖畔的山颠之上,则是为这一湾本来就神奇无比的湖水又平添了几分人文的气息。

　　2007年,深圳市园林景观设计大师吴肇钊先生应喀纳斯景区之邀,为喀纳斯湖西岸的骆驼峰设计一亭台,用于游客登山望湖观鱼之用。吴先生欣然受邀,足足利用半年时间进行勘察和酝酿,之后吴大师凭借自己大半生积攒的功力,三下勾勒,五下涂抹,未来观鱼台的怪异模样便跃然于图纸之上。观鱼台于2008年6月动工兴建,2009年9月竣工,台高19米,总重量777吨。观鱼台的结构为两台一亭,底台略小,中台大于底台和顶亭,可容纳百余人同时观景,顶部为半圆球状,有四个对称的类似于翅膀的奇异造型,为湖怪的尾巴和雄鹰的翅膀的寓意。著名学者,文化大师余秋雨先生得知喀纳斯观鱼台重建竣工的消息,欣喜无比,挥毫提写了"观鱼台"的牌匾。建筑大师和文化大师的不谋而合,提升了一个以自然景观著称的景区的文化品位。

　　观鱼台过去叫观鱼亭,始建于1987年,这次改建后才叫观鱼台。

为何叫观鱼台,我以为原因有三。首先,叫亭者必然顶亭大于底台,而这次重建正是底台大于顶亭,台大于亭,当然应该叫台。还有,亭有自我封闭的嫌疑,台有向外开放的气度,这正符合了时代进步的要求。其次,亭台二字相比,谐音太有讲究。匹夫常人者,亭乃停也,台乃抬焉,我花钱来旅游,为的是寻求快乐和吉利,为何要停而不抬呢。哪个人不希望在喀纳斯旅游回去后人生有所进步,事业有所成就。再次,在山底湖面之中仰望观鱼台,它正像是一个端然坐于西山之上的香火台。如遇天空有云雾缭绕或晚霞夕照的景象,香火台上则云蒸霞蔚,满眼祥云仙气弥漫其间。这三者正是叫台优于叫亭的原由。

我个人认为,登观鱼台是到喀纳斯旅游行程中最后的那个惊叹号。不登观鱼台,不足以领略喀纳斯美景的极致;不登观鱼台,更不足以感悟人生的真谛所在。

观鱼台是观赏湖怪的最好去处。喀纳斯湖历来就有湖怪出没的传说美谈,无数中外游客为这不曾见过的奇怪之物纷至沓来,要一览它的容貌。喀纳斯湖到底有无湖怪一直是一个争论不休的话题,但有也好,无也罢,总之这个话题不光不让人反感,还十分地诱人。而且,最近一些年的影象资料已一再证实,喀纳斯湖中确实有不明水生物经常出现在湖面,它们或成群来回游动,或单体跳跃潜伏,这都已是不争的事实。也有湖怪就是大红鱼的说法,但不管是怪也好,是鱼也罢,如若湖中真有湖怪它的悬疑的卖点自不必说,假若真无湖怪,那么大红鱼能活到几百年身长上百米,它自然也就成了湖中之怪了。

观鱼台是观看佛光的理想场所。云海佛光是喀纳斯的经典圣景之一,它与湖怪之谜,枯木长堤,水中森林,并称为喀纳斯湖的四大谜。观看喀纳斯佛光,是要有先决条件的,必须要在通往观鱼台的山脊之上,必定要在雨过天晴,云雾弥漫之时,而且最要紧的是在清晨或是在傍晚。同时,观看佛光是要有佛缘的,既要有气象条件,又要有随缘的时机。佛光,其实就是太阳照射在人身上后投放在云雾之中的身影,但这身影,是七色的彩环,彩环之中的佛像其实就是观看者自己。在山脊之中,一面的阳光越强烈,另一面的云雾越浓密,则佛光的影象就越清晰。这时的你,会真切的体会到立地成佛的真实性了。新的观鱼台建成后,我有幸先行登台观赏,其时正值云雾缭绕于其间,我逆光仰望,只见观鱼台上紫气东来,佛光高照。这又是一个新的发现,可见观鱼台的选址和修建感应了神灵。我以往对于佛光的认识,又有了新的感悟。

观鱼台是体会生命的绝佳圣地。我本人曾不止数十次登临过观鱼台,每次登顶对于自然,对于生命都会有新的认识和感受。较之于个人,喀纳斯湖太博大了,喀纳斯湖周围的群山太雄峻了。十三亿中国人太多,但喀纳斯湖能够蓄积着每个国人四方多的清水。而喀纳斯湖周围分布的三百多个大小湖泊,四百多条壮丽冰川,又给这个世界蕴藏着何等壮阔的能量呢。我曾经站在观鱼台旁的一棵小树下,它的身高比我高不出许多,但在我还没出生时它就已经来到了这个世上,几十年后当我离开这个世界时它依然还在这里生长。一个人活不过一棵树,这是千古不灭的朴素真理。那么,站在观鱼台上,好好看看眼前这壮美的河山吧。这山川河流,不仅会洗去你一路的风尘,更会让你把过去的一切忧愁烦恼都归于零。

是为观鱼台记。

谁在大塘里唱歌

方如果

　　大塘里五月的一天,我在大塘后山一户哈萨克族牧民的毡房里小憩,期间一个情景让我注意起来。主人家大约四五岁的小巴郎在毡房外的草地上独自玩耍,高兴起来一边用手拔出青草一边自言自语地叫着,这个调皮的行为让他的父亲不高兴了,走过去拉着孩子大声训斥。过后我问男主人孩子干了什么让他发起了脾气?他说孩子拔青草了。我说那不能拔吗?他说不能拔,拔青草不好。后来我知道,哈萨克人一直在借用一些礼俗、传说和鬼怪故事来禁忌人们做诸如拔除青草、毁坏树林、践踏庄稼和在草地上、渠沟里方便等行为,甚而细致到不能踩踏"亚拉克"(倒泔水的地方),认为这种地方有饭粒、馕渣和盐水,均属"圣物"。有些禁忌,就连老人们也说不清存在的原因,可我从中清楚地感觉到了他们对自然之物和生存依托的敬畏与崇拜。正是这些风俗沿袭,让他们与草原相依千年。他们视草为自己的孩子,他们又是草原至爱的子民,至今仍然是人类中与大自然的荣谢生衍最贴近的一群。

　　一次雨后,我去一处山坡上采拾松菇,遇见一位老人坐在树下,走近时见他正在用餐。说是用餐,其实只有一块干馕。他用一只手的两指用力从另一只手拿着的大半个馕饼上掰下一小片,伸到面前的溪水里浸一下，送入口中。这种吃法我很习惯，可那是在哈萨克人家就着碗里滚烫的奶茶吃的。聊起来，得知他是当地人，年轻时在山下的农场做技术员，现年已古稀，平时不喜烟酒，唯有一个嗜好，就是尽游周遭清山秀水。老人讲，他刚到这里时还是个知青，一次为了找回场里跑丢的几匹马，随一位哈萨克牧民在山里走了两天，一直到一处叫"雪涝坝"的地方。那次经历让他记了一辈子，也向往了一辈子。退休以后，他本为遂一下那个心愿，却连续七年了，仍是乐此不疲。我看了老人所有的旅行装备，一顶宽沿布帽，晴天遮阳阴天挡雨；一根松木杆，探路又拄杖；一只黑颜色的帆布背包，装着一块雨布，几块面饼；一只行军水壶，一本没了封皮的书。听他的出行，全在随心所欲，有时只为找一湾溪水的源头，寻得即返；有时只是要向山林的深处去，一去数日，兴尽方归。他不用照相机，可方圆几十里的一沟一壑，哪里有野菇可食，哪里有山洞可居，哪里有脱下的野鹿角，都能如数家珍。我看老人面容清癯，谈起话来眉宇间透着山野的闲淡清远。他说他没有条件在有生之年去看世间的名山大川，但要把脚力所及的地方熟记于心。

　　一次，我在一条流淌的小溪旁边看到一个男人在沉思着，表情凝滞，还带着些许的忧虑。可我看他恰好在自然的怀抱里，自然本应在那里存在一棵树，只是由于要等待他的伫立和忧郁，就一直空着。而这一刻，山水与这个人，终于达成它的契合。

　　相对于一棵树、一块石、一粒虫、一棵草，自然也许更需要人面对时的这种感动。人孤独地走出自然，几十万年地独立存在着，今天有一个人，开始在一个似曾相识的门口怀想。我突然想，这可能就是自然的最初意愿。如果说人类是自然的孩子，那么自然就是那个被丢弃太久的家。千百年来，那家把望子的门开在了远山和近水，开在了每一朵花、每一棵草，我们却匆匆践踏而过，去追逐一只猎物或是一个虚幻的影子。

　　2005年的整个夏天和秋天，我再没有舍近求远到别处去度假旅行。我一次次的在大塘里穿山越林,浏览顾盼间,都是无从躲避的性灵之水,神秀之树,幽芳之草,垂悯之瀑,祥瑞之云。到了夜晚,我就会看到存于我内心的诸般景致,一次次的试图与这山水重叠映融。也许有一天,在大塘的某一处山林里,我突然就忘记了自己的所在,感觉身体里只剩存着一份淡定,几许轻扬,山水与我共享一个存在,彼此。相有又互不相属。那时我看青山多壮丽,青山看我亦多妩媚了。

一、蘑菇

雨天的大塘,蘑菇是给人的奇遇。

绿草的小径旁边,突然就立着一只亭亭白白的蘑菇,傍着一朵、两朵小小净净的花儿,踮着脚尖像演雨中芭蕾的,又像张望着谁。那般情景,总惹人生出一些年轻时与谁共伞的心绪来。

也会有一个、两个采菇的人,偶然让你遇见,背着湿漉漉的箩筐,身披和穿拂其间的松枝草叶一同滴滴答答流着水珠子。采菇人不采拾路边上的菇。他们说,到路边来的蘑菇已是有了灵气的,像一个出来玩耍走远了要回家的孩子,采走了,蘑菇的灵气就回不了家,以后蘑菇也就回不了这座山,到别处去了。于是我也就不采拾路边的蘑菇,想着在下一次的雨里还遇着它们。

蘑菇的品种多,模样不同,性格也不一样。有的会自己长长的伸起脖子招引人;有的却要躲起在草丛间,落叶下,土壤里。采菇人通常不告诉别人那些长菇的地方,更不会告诉你如何从隐秘的地方看出有菇在那里。据说藏着蘑菇的草丛会有一圈暗绿的草色,叫做"蘑菇圈",只有厚道的采菇人可以看见。那是一个秘密,是采菇人向蘑菇许诺了要守好的秘约。

采菇人的箩筐里已装了小半筐的大圆菇和松树菇。采菇人说其实采菇人见着蘑菇也不忍心采的,是那些有心的蘑菇要跳到采菇人怀里的。

我一直以为蘑菇就是世间的精灵。那些大白菇、松树菇、灵芝菇，那些枯木长出的耳朵，大地直接开出来的花朵啊，真是圣洁无瑕的稀世之美。蘑菇不该是造物的原创，来不见根，去不留残形，如同雨后天空的霓虹，只给世间惊鸿一瞥；它的味，那么的特立独行，可称是动物、植物以外的第三味；它的色鲜而清纯，浮光一抹却绝不轻妄。有虫的菇，都是好菇。毒菇无虫，用鲜艳的花色叫你知道，凡美色贪之必险，其善心何苦！

蘑菇肯定有着一个隐秘的世界，与天有关吧，与大地的神灵有关吧。而我宁愿相信采菇人的话，相信那些精灵，那些信约，那些美好的情感和善良。

可爱的蘑菇，为什么可遇又不可求？为什么是在雨后？为什么回回还是举了伞来？是送什么人么？

那人偏偏要在雨里走。

二、刁狼

狼被人视为恶魔的化身，主要是因为它作为家畜捕杀者的身份，而不是因为吃人。其实狼极少吃人，除非饿得要死。狼也怕人，人聪明到了这种程度，谁不怕呢？狼还怕听到金属的撞击声，怕马群狂奔的声音和狗的叫唤声，因为这些讯息大多与人的出现有关。

我倒觉着，狼吃羊，人杀狼，既然都是天经地义，为什么就人跟狼认了世仇呢？倒是狼更大度君子一些，没有和人以牙还牙。人在生存的历史上几乎吃遍了天底下所有可以填饱肚子的野生动植物，老天叫几只狼来抢食几只人的家畜，这也是它为天道的公平做的一点样子。进化需要弱肉强食，但自然界又不存在绝对的强势和绝对的弱势。狼主要的食物来源是野生的羊类、鹿、兔子等。而这些被食者让追杀了亿万年,除了奔跑的体型更加优雅完美,依然生衍不息。不能想见,一旦离开了人的保护已经完全丧失了野外生存本能的绵羊够狐狼之辈吃上几顿。

人对狼的偏见使得狼屡遭杀戮,数量急剧减少。或者狼身上真的有魔性不成,不然为何天下人都对它们憎恨不已呢?"狼来了"的传说和"狼外婆"的故事在全世界的外婆口里流传,这种严酷的仇恨教育让每一个孩子从幼年的怕狼变成成年后的仇杀。在这个故事流传最早和最广的欧洲、日本等地已经看不到狼的踪迹了。在中国关于恶狼的故事小学课本都有,想必狼一日不绝,仇恨便不会停止传播。

杀狼的记忆是哈萨克人英雄般的记忆。

哈萨克人对狼的厌恶不仅表现在故事、传说、民歌中,他们更把打狼的猎人,以及可以捕到狼的猎鹰、猎狗都作为英雄来赞美称颂。数百年前,大草原上开始出现一种习俗,一旦哪位猎人捕到狼归来,都会驮着它沿途呼喊奔跑,而牧民们见到就会一拥而上,争相抢夺,以此开心取乐。后来这种习俗作为哈萨克人祈求平安幸福的一种独特仪式沿袭下来。由于狼不是随时可得的,在娱乐性逐渐占上风时,就由叼狼演变成了现今的叼羊。

直到上个世纪,狼与羊的较量——更准确说是人与狼的较量有了意想不到的转变。这一次是羊找到了报复的办法。它们成群繁殖,占据所有山野戈壁甚至荒漠滩涂,把草地啃食殆尽,叫其他食草动物无法存活,狼终于走上了灭绝之路。

狼在几十年的时间里没有了。哈萨克草原上出现了奇怪的事情。草不再像以前一样疯长;牲畜的怪病层出不穷;牧人冬天少了操心事,酗酒和犯罪明显增多;本来可以养十头羊的草场,这些年有一百头羊在上面啃食,结果长出来的草只够一头羊吃的……尽管这些年对草原实行了轮牧、休牧、禁牧的各种办法,可收效就是不大。羊刨掉了草根,风刮走了地表源,在什么地方?

我深深地以为，肯定有一脉河流，在我的身体里存在着。或者在我的身前、身后、脚下、额头与我相连，至少在我生命的时间里，它是略无停息的联结着我。

伟 人 山

于　然

　　我是四月来到这座小城的,我一直以为边陲没有什么风景可看,到了小城后我依然觉得如此。这里除了荒野就是戈壁,远远有几座山还看不真切。不到新疆不知道中国有多大,不到戈壁不知道为什么唐代有那么多的诗人写出那么多的边塞诗来。

　　我是应一个朋友的邀请来小城住几天的,他给我写了好多信,说这里有好的风景让我快来看看,我摆脱不了,只好来了。但坐了三天车后,下车后居然没有人来接我,我只好自己走着去找我的朋友。一路人,行人三三两两聚在一起,还不时地指着天边看什么,我留心了一下,所有的平房上面都好像站了人。我不禁紧张起来:我一直怕到边疆,也有点怕战争。这会不会是和苏联又要战斗了? 在我的记忆里,小城曾经在 60 年代和老毛子干过一架,在铁列克提方向,我们吃了亏。但我转眼一想,觉得多虑了。"四人帮"粉碎好几年了,听说中苏关系也正在好转,不会打起来吧。

　　在忐忑不安中我找到了朋友家,他妻子告诉我他在房顶上。我颤巍巍地爬上房顶,我朋友正在聚精会神地看着西边,而且嘴里还喃喃有词。我问了他好,他也心不在焉地回答着我。我有点不高兴了。我过

91

去知道新疆人是好客的,但没有想到我的这个朋友会如此待我。一会儿,他好像发现了我的不高兴,拉住我的手告诉我:西边有座山,特别像伟人在仰天卧着。这可是一件大事呀。现在全城上下的人都在看着,一些老夫子们还准备编出一部书来。接着他就兴奋地告诉我,哪儿像这个伟人的衣服,哪儿像这个伟人的鼻子,哪儿像这个伟人的眼睛。他说的我也有点兴奋,但我努力睁大了眼睛,却什么也看不清。我问朋友到底是什么地方像,他诧异地看我:怎么你看不出来?我又看了一会儿,却什么也看不出来,总觉得山就是山,根本没有像什么人的说法。

我在朋友家住了三天,这三天里,他天天上房顶看山,我出去一转,小城也都沉浸在一片看山的热潮中。路上行人看,汽车司机也看,据说最近百年来没有出过车祸的小城已经发生好几起车祸了。我觉得自己无论如何要走了。

告别了朋友后,我转辗大江南北好多年,时代也变化了许多。一个偶然的机会,我在北京亲眼看到了那个伟人的仰天长卧的遗体,我一下惊呆了:太像了,太像了,真是绝了。那眉毛,那鼻子,那神情,那体态,就连衣服扣子都好像是真的,一切栩栩如生。我连夜坐火车来到新疆,辗转来到小城,找到了朋友。一进门,我就拉着他的手,一齐上房顶。朋友家已经住了楼房,我们上去一次挺困难。

上了房顶后,我急不可待地告诉他这座山如何如何像伟人。我絮絮叨叨地说着,一回头,却见朋友心不在焉地收拾着自己的电视天线。我一下对他失望了。

三天后,我又惆怅地离开了小城,朋友没有送我,他正准备和妻子去购买电冰箱。

我再也没有到过这座小城,又过了好多年,我听说他们那儿的人准备一个旅游项目,就是看卧山,而且还把卧山命名为伟人山,但后来去的人少,这个项目也就黄了。到底事实如何,我就不知道了。

水塔上的小白杨

李首峰

在新疆北部的原野上，有一座高高的水塔。在高高的水塔之上，勇敢地站立着一棵两米多高的白杨树。那年夏天，当我驱车从这里路过，目睹它尊容的时候，我惊呆了，绝境之上站着一个生命，一个郁郁葱葱，生机盎然的生命！我向它行注目礼，持续了很久很久，直到汽车把我从视野中艰难地拉出来。

那棵白杨树是怎样登临高塔的？也许是在它还是种子的时候，风把它送上去的，在那个悬崖绝壁上，它找到了一个崖缝，战战兢兢地落住了脚。也许是在水塔建造之初，随泥土被工匠运上去，砌到墙体里的。也许是飞鸟搞的恶作剧。

它是怎样生根发芽的呢？它在水塔贫瘠的土地上，先找到一个盛有泥土的营养钵，耐心等待。当水送到它的唇边的时候，它接受了水的滋润。当太阳向它伸出温暖手臂的时候，那个可怜的小生命，在春天的襁褓里破壳而出，开始试探着生长了。

它是怎样抵御严寒的呢？它把根尽可能地扎深一点儿，能够得着大地散发的体温。

小白杨越长越大，头重脚轻可不行。它的根如何突破坚硬壁垒，克服狭小空间的限制而站稳脚跟儿的呢？小白杨懂得,在水塔这样近乎绝境的地方求生存,必须打破传统的思维模式和常规生存方式。为了生存,不能娇气,不能和土地讲条件。和水塔这样的土地谈条件、讲价钱,更是毫无意义的。因为水塔不负责培育,它的职责是汲水、供水,为地面的动物和植物服务。而小白杨是位不速之客,水塔能允许它冒昧借宿已经是很客气、很礼貌、很友好的了。小白杨要站稳脚跟儿,必须采取"见缝插针"的生存技巧。是扣子,就会有洞眼的,任何生命都有缺点和漏洞,它需要智慧地去发现水塔的漏洞,填补这些漏洞。水塔可不希望自己有漏洞,根能够弥补水塔的漏洞,等于是在帮助水塔克服缺点和不足,完全符合水塔的利益和愿望。水塔的每一个家庭成员都会欢迎"根"的光顾。只是,这样的根,必须能屈能伸,能大能小,能粗能细,与水塔的家庭成员达成一种默契,从而和谐相处。根在开拓疆域,但必须不以侵犯他人利益为前提;根很准确地把握着发展的尺寸。总之,小白杨在站稳脚的过程中,既要时不我待地开拓进取,又不能因求快而搞得适得其反。对于任何一个生命来讲,要在绝境之地求生存,能否站稳脚,都是面对的最大问题。那棵小白杨既然能从胚胎发育成修长的少女,说明它在那个不毛之地把各种关系都处理得很好。

我把这个生命的奇迹告诉给一位朋友,那位朋友说:"明年你再去看看那棵小白杨是不是还站在那里。"他的意思是说:这种生命现象是不会长久的。

其实,我不用去看,也能知道那棵小白杨还活着。因为,它的个头已有两米多高,这"两米多高"不是一两天的功夫长成的,白杨至少也有三五岁了。在"绝境"谋生的生命,成长相对会慢一些,说不定它已有十岁八岁了。

小白杨虽然长到了两米多高,并非万事大吉了,它还会面临各种危险,最大的危险来自于风。小白杨能够支撑多久,这并不重要,可贵的是它在努力支撑,在尽全力支撑。在未来的岁月里,也许风会将它拦腰斩断,但是风却无法将小白杨置于死地,生命的枝条还会从根系里源源不断地抽出。只要水塔不废弃,任何力量都无法置小白杨于死地。

许多生命在身处绝境的时候,都会怨天尤人,自暴自弃,甚至绝望轻生。而这棵小白杨选择的不是死而是生。如果它选择"死亡",上天也无可厚非。但它自己清楚,它的使命是为自然界添加宜人的色彩和凉意,它不能因为生存希望微弱而借口放弃;它不能因为生活艰辛而选择轻生。生命是自然之母所赐,除了自然之母,任何生命都无权处置自己的生命。主动放弃生存权,也是对自然法则的公然违背。小白杨敬畏自然,恪守法则,日子虽然过得很难很难,但还是有办法过下去。既然有办法过下去,为什么要自断生路呢?

所谓"绝境"并不绝对。纵观历史长河,放在不同的时空里来观察,有时候,那个所谓的"绝境",并非绝境,它只是一个还在积累中的顺境,或者是一个等待成熟的顺境。关于这个问题,在这个世界上,只有种子最能领悟上述哲理。种子是最为坚强、坚韧的生命,种子是最有耐心的生命。有些种子已经在"绝境"之中等待了几十、上百年,却还在耐心地等待。种子虽小,但眼界很宽,种子和人的时空概念完全不同。人认为过去一百年了,种子也许认为才过了一年,着急什么呢?

天无绝人之路。当生命绝望的时候,"绝境"才会真的出现。

相遇一只熊

江　南

　　喜爱荒野的人,从喀纳斯往禾木,大多骑马穿山越岭。山中无路,骑马得走两天。听说林中野兽多,图瓦向导给我讲述最多的是哈熊。

　　哈熊个头大,力气大,嗅觉灵敏。捕猎时,举起一头牛,扔出去十几米,活活儿给摔死,或坐在屁股底下压死。然后,找来一棵松树,把猎物藏起来。一周后,猎物腐烂,再吃。吃饱后,找一棵粗大结实的树,双臂攀住树枝,吊起身子睡觉,一睡一周。

　　当地许多老者见过熊。过去,他们是快乐的猎手。出门捕猎时,将一件熊皮当衣裳,穿在身上,用麻绳绑腿。浑身上下俨然一只熊。猎人的眼睛黑而冷。他握着枪,追逐一只熊。熊以为对面也是熊呢！站立,招呼对面的"熊"一同玩耍。或自顾自地睡大觉。忽然,砰,——枪声一响,熊应声倒地。

　　据图瓦人说,许多动物都怕熊。小羊羔见了熊,拼命地四外逃窜。野猪、马、牛也怕熊。熊靠近它们时,它们就会惊慌失措,陷入无边的恐惧。

　　听说熊最喜欢吃的动物是野猪。熊可以一口吞下一只猪仔。

　　我曾在荒野看到过它们的脚印,很想目睹它们,以了解它们在野外的生活内容。

那个夜晚，我几乎就算是看到一只熊的踪迹了。

那天，我们骑马到森林深处。夜晚到达一个稍微开阔的河谷地带，一片森林环绕着一片平坦的大草地。草地上矗立着一座牧羊人的屋子，是一个简易的木屋。地上丢弃着一些燃烧过的碎木屑，大大的木板床上空空荡荡。

我们决定留宿木屋。我们捡来木柴，在屋外燃起一堆篝火。又捡来一些树叶干草之类的东西，铺在炕上。取下马背上的垫子铺上，在我眼里，一个舒服的大炕就铺好了。

我和三个图瓦人围着篝火取暖。漆黑的天幕上只有几颗星星，像橘红色的蜡烛一样，闪烁着微光。夜晚的深山，就是在夏季也非常冷。我们身披带毛的大衣，一会烤前胸，一会烤后背——转着烤。

马鞍子卸下来了，马在草地上四处溜达，可心地觅草。这时有几匹马打起响鼻，前脚不住地弹起地面，眼睛转向坡上的森林，久久注视。而密林深处，似乎传来隐隐约约的熊叫声。对这些，图瓦人很有经验。他们漫不经心地说，看吧，一只熊正在下山。显然，我们的马已经嗅到了熊的气味，惶恐不安。我也非常害怕，担心一只熊突然袭击后背，不时地朝后看一看。

我们进木屋躺下。三个图瓦人睡在最东边，我睡在最西头，正好对着敞开的门。漆黑的天空，微弱的星光，都从门里跳进来了。马在坡上继续它们惊恐的表演，不停嘶鸣、弹地。那恐怖也感染了我。我缩在大衣里，瑟瑟发抖。要是有一扇门多好呀。可以关上门，找来一根粗木棍顶住，熊来了，至少还要先撞门。可现在呢？啥也没有。门空洞地敞开着，熊来了，可以毫无遮拦地闯进来。而一旦闯进来，直对着我——我当然就成为第一个猎物了。我看着漆黑的深处，从马惊恐的提醒里，我似乎已经看到一只熊正向木屋走来。我不敢再往下想了，干脆坐起身来，浑身抖得像一个筛萝。

看着东头,那边的呼噜声打得震天响。"喂,有熊,熊。"我压低惊恐喊了几下。毫无反应。完了,我就要成为熊的第一个猎物了!我惊恐达到极点,一边发抖,一边哭。我的哭无人理会。就这样,在极度的惊恐里,我不知哭了多久!实在太累了,太瞌睡了。迷迷糊糊地睡去了。

凌晨,年龄稍大的那个图瓦人对我们说,深夜,熊来了,在屋子周围转了一圈,又到马跟前转了转。他说,五点的时候,他披衣到木屋后解手,看到一只巨大的熊正在马群里转悠,"是灰色的,看来已经吃过猎物了,不饿。"他说。

我听了又怕又惋惜。要是夜里我能悄悄跟着,看一看熊多好哇!就算是牧羊人,也很少能跟踪到一只熊。

太阳明亮地罩在大地上。我踏着露水,到林中牵马。我们又要出发了,到更深更密的森林中去。不知何时,也许是半夜吧,我的马离开了另两匹马。它现在独自一个闷声不响地站在一棵老松树下,我向它吹了一个响亮的哨子,它并没有抬头看我,也没有吃草,只呆呆地看着前方,好象怀着一个什么心事。以往每次听到我给它吹的哨音,它都会聪明而温情地回应我。它是一匹很好的走马,很敏感。我非常喜爱它。有时在清晨,我走很远的路,拔来沾满露珠的青草给它吃,这时,它就会抬起头,我们默默对视好一会,我觉得它的黑眼睛实在太美了,温和宁静,像一面神圣的湖水。我感觉到了它今早的异样,它的莫名的忧郁。我站在它面前了,可突然我的心颤抖了一下,哀哀叫唤一声,我捂住眼睛,泪水从指缝里流出来。我的马,我可怜的马。它的一只眼睛眼珠脱落,只连着一丝肉线挂在面颊上。白色的眼膜朝外翻起,另一只泪眼模糊。老天,它受了多大的罪,它正承受着多大的痛苦啊。

我不忍看下去,我的心也一阵阵的疼。毫无疑问,那只可恶的该死的熊,它半夜下山,夺走了我心爱的马的一只眼睛。我怀着隐隐的痛和内疚,一声不响地翻过一座山,拔来最好的鲜草给我的马,我守在它身边,一遍一遍抚摸它,以此减轻它失去眼睛所承受的身体和精神的痛苦。这一整天,无论是翻山爬坡,我都牵着它一起并排走。我要把它给我的温情给予它,在它遭罪的时候。

那只该死的熊,我又要诅咒它了。它摧毁了一汪清澈美丽的湖泊。这就是我要说的熊,森林中逍遥自在犯了事逃之夭夭的熊。

穿百褶裙的五彩山

毕　然

黛青、紫罗兰、赭红、砂岩黄、灰绿……当这些颜色汇集在一座山的时候，它像一个美奂美伦的童话呈现在我的眼前。尤其是褶皱毗连，山峦起伏，远远望去，就像一个妙龄女郎的百褶裙，让人不得不惊叹于大自然的造化，惊叹于天山南麓拜城县境内的五彩山。

新疆的山以雄壮、奇险为大印象，彰显着鲜明的个性特征。"三山夹两盆"是新疆地域特征的鲜明写照。三条山脉昆仑山、天山、阿尔泰山像三条巨龙横贯新疆，构架起雄伟的地理轮廓。大山脉孕育着大河流、大冰川、大森林，大盆地里包容着大沙漠、大戈壁、大草原……在新疆这块辽阔的版图上，到处都是大件儿的陈设，每一个部位都是这样的与众不同，每个造型都是这样的惊世骇俗。

山，使得这片土地充满了西部雄性的气质，伟岸、高大、沉默，这些都是男人的本色。山历来以它独特神秘的气息吸引着仰慕者的目光和探险者的脚印。新疆的山还因为长年不化的莹莹积雪显得神秘充满了侠气，武侠小说里的高人大侠都是隐居在这样的山里秘密修行练得仙风道骨、绝世神功。"天山童姥"、"昆仑牌"、"天山剑客"……这些运用新疆的山命名的高人或者武术流派不但自身携带着一种豪气和强者的气息,还为新疆的山凭添了几分神秘。亦或是两者相辅相成,相互锻造。

五彩山位于新疆拜城县察尔齐镇西四十公里处的察尔齐雅丹地貌,处于南天山脉地槽褶皱带中,以山体带有五种颜色而闻名。那些起伏回转的折痕将思绪一路拉回,至地质板块的碰撞积压中,天地争雄、气壮山河。一座山在地壳板块的运动中崛起。一座山的伟岸和俊美早在诞生之日便早已注定。

看到这些五彩缤纷的颜色,我在想象中为美丽的五彩山插上了辽阔的翅膀:在久远的地质时代,震撼环宇的海西运动是以怎样的伟力,将西欧、东欧、中亚、北美等诸多区域的地壳推挤、皱褶、断裂,使其隆升为一座巨大的山体,改变了陆地、海洋在地球上的分布格局,将新疆分为两个不同气候的南北区域,形成了一道天然的屏障,将乌拉尔、西西伯利亚的寒流自然的屏蔽了。这是怎样的一幕凝聚着力量的爆破、惊心动魄、波澜壮阔的画面?

山体在巨大的运动、板块碰撞中和长期风雨的侵蚀下,形成了千姿百态的形状,叠加有序的陇脊和沟槽,每一个笔触都是一幅生动的浮雕。一座山,以美的姿态展示着岁月雕琢的神韵。面对这样的一座山,你会由衷的感慨:大自然是个真正的匠心独具的艺术家。

五彩山的颜色美得炫目,颜色渐变得如此丰富,是调色板上无法想象和调和的:从紫罗兰到黛青,从群青到灰紫;从岩黄到砂岩红,从赭红到绛紫;夹带着浅黄、灰绿的色块,像一首歌的曼妙音符浑然天成。深深浅浅,层层叠叠,美色在山体的褶皱间起伏延伸,一气呵成。美的天然和谐,令人叹为观止。这些颜色运用在服装里,每一块都是当下最高级最时尚的色彩,且看当下流行的韩剧中女主角的衣裳的颜色都是这般的雅致内敛和知性。而我们目前在市面上能够选择的服装色彩虽说源自自然,可是化学染剂的技术处理使得色彩生硬,失去了天然的韵味。

五彩山上这些被自然造化的美丽的褶皱很像当下一条时尚百褶裙上的图案。服装设计师在黔驴技穷的时候,总要提出回归、回归自然。自然是时尚之母,艺术来源于生活。制造流行色和流行款式的噱头,让众多追逐时尚的人们痴迷实际上是服装商的促销手段。我们的美是制造出来的,而山是天然的。在人们费尽心机研究美的形式的时候,自然早率先披挂了这些美丽的颜色和样式,千年万年。

如果说北天山山脉的雄奇冰雪像一个伟岸的西部汉子,那此时的五彩山更像一个穿百褶裙盛装的妙龄女子。一座山,应是男人的雄壮和女人的妩媚的完美结合体。

一座山,历经着时间的考验和岁月的侵蚀。它们沉默的在无始无终的时间长河中屹然挺立。山中一日,人间千年。在山中修行的大师和神仙也许早已得道升天,也许已经化为一缕尘土。山可能会刻上某个人的名字,可能会被谁在一定的时期内主宰统治。可是那些都不重要,他们都去了,而山还依旧。

从古生代时期到迄今为止,地球像一册荒凉而又喧嚣的书籍,时间是公正而残酷的撰写者。沧海桑田,各种生物在山之外的视野中相继登场又匆匆灭亡,而山还在。直到人类登场,人类在山的注视下衍生、壮大、争夺、厮杀,人类在流血和痛楚中变得四肢发达、头脑聪明,甚至诡计多端。直到载人的飞船飞往漠不可测的宇宙,直到人类可以克隆复制自己。人已经从类人猿经历了直立行走、手脚分工等等一系列从地下到天上的翻天覆地的变化,而山依旧。

这就是一座山的修炼,这就是一座山的定力,这就是一座山的涵养。

一座山自有它的性格:博大、坚毅,以不变应万变的襟胸。没有哪座山是漂泊不定的,他们从来都是这样的从容不迫,静默如哲地思考着,用平和的气息接纳着你的猎奇和探究。面对一座山的沉默,我检阅出自己内心的浮躁和软弱。在他的胸怀下,我只是一个过客,只能如蚁爬行,用镜头浮光掠影地拍下一鳞半爪。镜头的容量太有限了,无法摄下更深更远的纬度。好像我的文字,在短暂的午后,在匆匆地行走中,在回到城市的键盘上,无法穿透一座山的思想。

我仰视着峰峦,倾听天籁,欣赏着一座山的高度和气魄,这是一种与生俱来的高度,并在潜移默化中,学会了包容和内敛。它传递着一种朴实的力量,沉静而不落寞。

大音希声。大道无言。世界上最博大的伟力都是缄默的。比如山。再比如母爱。

山对于一个民族,甚至整个人类的生存发展都有着深远的影响。最初的人类——山顶洞人就是择山而居。山是人类最安全最可靠的栖息地,人类的渺小和孤弱需要山雄壮的脊梁为依靠,需要山的富蕴和宽容来滋养。一座山就是一座天然的宝库,无私而慷慨的供养人类和各种生物繁衍生存。所以,山更像一位母亲,把爱无私地给与他的孩子们。爱无需表达,对于婴儿来说,爱就是行动,就是母亲胸膛里香甜绸浓的乳汁。

从博大、空渺的群山、荒野中回到充满了人间烟火的拜城县内,我们在一个夜市巴扎(维吾尔语"集市"的意思),发现了一个做饭虔诚的维吾尔族妈妈的好吃的面食和馄饨。她不会说汉语,只是宁和地微笑着,表情虔诚有条不紊地忙碌着自己手中的活儿。一团面在她手里轻松地揉搓着就变成了晶莹的细细的面条。红色的西红柿丁,白色的恰玛古丁,绿色的豆豆,一会儿一碗喷香的面条就摆在你的面前。

通过翻译,她对我们说,她有三个娃娃,大女儿在乌鲁木齐学师范,马上就要毕业了回来教书了。大儿子也在乌鲁木齐上大专一年级,学习计算机专业。小儿子还在上中学是维汉双语的学校。她要孩子们上学成为对社会对国家有用的人,不要像她这样不识一个字。她每天起早贪黑地开面馆,就是为了供养三个孩子好好学习。她认真地说着,脸上洋溢着幸福的笑容。

对于这样一碗认真操作的面,我们无不肃然起敬。在面对山珍海味索然无味的时候,有多少菜肴被我们奢侈的浪费?而这样一碗简单而真诚的面,让我们三个食客感受到了食物原始的力量。人在旅途,能在路上吃到这样温润平实的面实则是一种福气。就好像妈妈做的饭菜里会有幸福的味道。

儿时,常常对着乌鲁木齐上空的那座冰雪悬浮的博格达山峰发呆,总会反复在脑海中出现许多的问号:白白的雪山里面究竟有没有神仙住?传说中的仙女是不是个个都是冰雪聪明、吐气如兰、衣袂飘飘的出没在天山的云间……当近距离面对这样一座五彩斑斓的山的时候,我坚信神仙一定会选择在此处修炼,因为天地通灵,此山此地皆是宝。

地质书上这样记载:古生代早期天山冒地槽区都为浅海相的碎屑岩和碳酸盐岩沉积,古生代中期则有火山岩建造,末期有花岗岩类形成。中生代的侏罗纪早期,在山前坳陷和山间盆地的边缘,森林茂盛,形成一套煤系地层。侏罗纪中晚期,又形成一套含膏盐的沙砾岩红层。岩体在板块运动中逐渐发生质变形成各种各样的矿物。

这绝非普通的一座山,这里蕴藏着一座丰富的宝藏。拜城境内矿床丰富,现已查明和正在开采利用的各类矿产达58种之多。已探明的天然气储量3847亿立方米,其中"克拉2"的储量2840亿立方米,是"西气东输"的主力气源。原煤远景储量53亿吨,是南疆重要的电力能源输出县。红柱石、霞石正长岩、宝石、重晶石等储量居全疆首位,铜、锰、大理石、麦饭石、盐岩等矿产可采储量较大,开发前景广阔。

一座山就是一座依靠。俗语说:靠山吃山。拜城县境内的五条河流皆源自于冰川,山顶的雪峰是个储量丰富的固体水库,滋养着一方热土,为拜城带来了绿色的丰饶。这天造地设的丰富矿产为勤劳朴实的各族人民提供了广阔的就业学习的机会,带来了丰厚的经济效益。

这座美丽的穿百褶裙的五彩山,不仅处处充满了美的形式,而且充满了美的内涵,并且给亚洲腹地带来众多的福祉。

垂　柳

何　英

　　垂柳是没出息的家伙。连薛宝钗都说她：我想柳絮原是一件轻薄无根的东西，依我的主意，偏要把她说好了，才不落套。她为了不落套，要把垂柳说好了。她怎么说的呢：……几曾随逝水，岂必委芳尘？万缕千丝终不改，任他随聚随分。韶华休笑本无根，好风凭借力，送我上青云。单纯从词艺上来说，宝钗这回是真赢了黛玉，但她托物言志得太明白，对照来看，哪一句写的都是她自己！柳絮被她写成了好风凭借力，送我上青云的阴谋家。境界究竟俗了。垂柳不会是老谋深算的阴谋家，她只是一位太多情的女人，她的情感过于外露，形象过于妖娆，性格又是这么软弱，她出现在历代文人的诗词歌赋里，像一位多情的青楼女子，陪伴他们度过放浪形骸风流跌宕的一生。得意时垂柳就是当红优伎，在雨霖霖的柳岸被诗人泪别，落拓时她就是秋日寒江边的琵琶女，陪着诗人怀想荣华富贵的虚幻缥缈，也许还是男人了解她多一些，也许她就是这么没出息地跟花街柳巷联系在一起了。

　　不知道为什么，我喜欢垂柳，尽管她像青楼女子。也许我眼见的柳树都是不垂的，直戳戳地伸到天上去，缺少风情。当所有的树枝都要向上长的时候,垂柳倒挂下来,向下长,这是她的与众不同。我会忍不住爱悦她的秀丽与柔婉,她的姿态那样低,将自己的枝条掉下去,垂在地上,落在湖面,一扇扇绿色屏风,一帘帘青纱帐弯延在水边,原来谦恭也可以是美的。她并不嫌贫爱富,富丽的皇家园林里她们雍容典雅风情万种,贫陋的乡间阡陌处她们俏丽天真蕴籍风流。整个春夏,我在圆明园的柳树间流连,拍下她们从发芽到成熟的青春。

圆明园的柳树也跟乡间的一样,多种在水边,但究竟是皇家园林,园林整体设计处处体现出设计师的匠心独具。桃花一定栽在柳树的前面,不能多栽,三两棵足矣。桃矮柳高,桃红柳绿,看上去便有了色彩层次。初春时节,远远的隔湖望去,桃红柳绿地笼在薄雾里,烟色空濛,不是江南赛似江南。北京的公园里,最爱圆明园。她是一个废园。绝世佳人的明媚鲜艳早就荒芜了,显得凄楚可怜。一切都松懈下来,园林中竟到处是天然的野趣,像小时候偶然闯入的一片野地,有山有水有树,到处是不知名的野花,还有各种昆虫和小鸟。只要进到这个园子,奇遇就会发生。我流连在园子里,没有发生过一次奇遇,可是每次要进去的时候,都可以听到自己的心跳。圆明园是繁华落尽了,却也依稀可见当日的惊艳脱俗。慈禧太后可算是跋扈了,究竟是女人,她的颐和园如果没有昆明湖,就更不如圆明园的恢宏气度了。当日的富贵风流已不见踪影,但为着春天里隔湖远望的桃红柳绿,为着夏天垂到湖面,与湖中荷花相映毗美的垂柳,整个春夏,我流连在圆明园。

五月我去了一趟江南,在西湖边见到了南方的垂柳,她们是上天的宠儿,比之圆明园里她们的姐妹,她们要更灵秀而风姿绰约一些。三月春风似剪刀,按古人的农历恰是三月过,一点没有夸张,西湖边的垂柳,枝条纤秀娇俏,叶片用剪刀剪出来,燕子尾巴一样点缀在枝条上,她们像经过画家的点拨,很懂得疏落之美,叶片绝不挨个挨个地长,而是隔一段点缀一个燕尾,再隔一小段是一串燕尾,轻灵秀巧,只需一点风,她们就可以轻摇漫舞起来。北方的垂柳没有那样有型,她们的叶片不是那么疏落有致,而是浓绿地挤在一起,均匀地垂下来,更健硕直爽一些。南方的垂柳像极了南方的女儿,水做的骨肉,好像一个个黛玉远远地一路摇摆而来。

我没有想到,和硕也会有垂柳。在半绿洲半荒漠的地方,柳树能稍微地垂下来,我以为已是不容易,没想到就在和硕宾馆的大院里,有一棵枝条全部垂落在地上的大垂柳。有好一阵,我甚至有种时空错位的感觉,好像看到了圆明园里的垂柳。我不能相信,在这里,会有一棵这样的柳树。当时只顾得惊叹、凝望,忘了看看树身,是否有一个标识着古树的牌子挂在那里。可以肯定的是,这决不是一棵寻常的垂柳。

一位远嫁西域的大清公主,在随丈夫铁蹄奔徙的间隙,在准噶尔部攻打和硕特部的战争中,居留在了这里,她看到这里水草丰美,就把故乡的柳树栽了下来,她祈愿和平降临大地,菩萨嘱意和硕。这位也许并不叫和硕公主的公主,栽下了这棵祈愿的垂柳,她的焚香默念、她的夫妻恩爱,都没能挡住丈夫称霸的野心。一边是叛乱的丈夫,一边是大清天子的父亲,她夹在中间,除了栽下一棵故乡的垂柳,祈愿菩萨保佑宽恕一切,一个弱质女流,即使贵为公主王妃,她能做的也就是这些了。

她见不到这棵留在和硕特的垂柳了。大清征服了噶尔丹,人头落地处连她的儿子也不能幸免,她是父皇宠爱的女儿,父皇不忍诛连她,赦令她回到紫禁城。东望京城,关山重重,已是纯粹草原女人的她,寸心已断,她的丈夫、孩子命丧黄泉,孑然一身的她又怎能再回到那冰冷的皇宫。她的一切不由她作主,她来这里、离开这里都由不得她,只有一件事她可以作主,她要在她亲手栽的柳树下结束这世间的纷扰。

她的遗愿是埋骨树下,她相信地下的水都是相通的,她愿随着地下的水回到故乡。但更多时候,她要在这里陪伴她的丈夫和孩子,陪伴菩萨嘱意的和硕。在这里,她度过了多少恩爱的日子,享受到一个女人应该得到的爱情，她要留在这里。

我猜想这位公主一定美丽而柔婉，犹如她亲手栽下的垂柳。她香消玉殒的地方，几百年来精魂不散，垂柳出落得浓艳骄人，使我这个喜欢垂柳的人，目睹了和硕垂柳的风华以及风华背后的一段传奇。

藏北的事情

王 族

一、班公湖边的鹰

几只鹰在山坡上慢慢爬动着。我第一次见到爬行的鹰,有些好奇,于是便尾随其后,想看个仔细。它们爬过的地方,沙土被它们翅上流下的水沾湿。回头一看,湿湿的痕迹是从班公湖边一直延伸过来的,在晨光里像一条明净的丝带。我想,鹰可能在湖中游水或者洗澡了,所以从湖中出来后,身上的水把爬过的路也弄湿了。常年在昆仑山上生存的人有一句调侃的谚语:死人沟里睡过觉,班公湖里洗过澡。这是他们对那些没上过昆仑山人的炫耀,高原七月飞雪,湖水一夜间便可结冰,若是下湖,恐怕便不能再爬上岸。

班公湖是个奇迹。在海拔四五千米的高原上,粗糙的山峰环绕起伏,而一个幽蓝的湖泊在中间安然偃卧,与苍凉干燥的高原相对比,这个湖显得很美,太阳升起时,湖面便扩散和聚拢着片片刺目的光亮,远远的,人便被这片光亮裹住,有眩晕之感。

这几只鹰已经离开了班公湖,正在往一座山的顶部爬着。平时,鹰都是高高在上,在蓝天中将翅膀凝住不动,像尖利的刀剑一样刺入远方。人不可能接近鹰，所以鹰对于人来说，则是一种精神的依靠。据说，西藏的鹰来自雅鲁藏布江大峡谷，它们在江水激荡的涛声里长大，在内心听惯了大峡谷的音乐，因而便养成了一种要永远飞翔的习性。它们长大以后，从故乡的音乐之中翩翩而起，向远处飞翔。大峡谷在它们身后渐渐疏远，随之出现的就是这无比高阔遥远的高原。它们苦苦地飞翔，苦苦地寻觅故乡飘远的音乐……在狂风大雪中，它们享受着顽强飞翔的欢乐；它们在寻找中变得更加消瘦，思念一日日俱增，爱变成了没有尽头的苦旅。而现在，几只鹰拖着臃肿的躯体在缓慢地往前挪动，两只翅膀散在地上，像一件多余的东西。细看，它们翅上的羽毛稀疏而又粗糙，上面淤结着厚厚的污垢。在羽毛的根部，有半褐半赤的粗皮在堆积，没有羽毛的地方裸露着褐红的皮肤，像是刚被刀剔开的一样。已经很长时间了，晨光也变得越来越明亮，但它们的眼睛全都闭着，头颅缩了回去，显得麻木而沉重。

几只鹰就这样缓缓向上爬着。我想这是不是几只被什么打败，浑身落满了岁月尘灰的鹰，只有在低处，我们才能看见它们苦难与艰辛的一面。人不能上升到天空，只能在大地上安居，而以天空为家园的鹰一旦从天空降落，就必然要变得艰难困苦吗？我跟在它们后面，一旦伸手就可以将它捉住，但我没有那样做。几只陷入苦难中的鹰，是与不幸的人一样的。一只鹰在努力往上爬的时候，显得吃力，以致爬了好几次，仍不能攀上那块不大的石头。我真想伸出手推它一把，而就在那一刻，我看到了它眼中的泪水。鹰的泪水，是多么屈辱啊，那分明是陷入苦难后的扭曲。

山下，老唐和金工在叫，但我不想下去，我想跟着这几只鹰再走远一点。我有几次忍不住想伸出手扶它们一把，帮它们把翅膀收回。如果可以，我宁愿帮它们把身上的脏东西洗掉，弄些吃的东西来将它们精心喂养，好让它们有朝一日重上蓝天。只有天空，才是它们生命的家园。老唐等不住了，按响了车子的喇叭，鹰没有受到惊吓，也没有加快速度,仍旧麻木地往上爬着。十几分钟后,几只鹰终于爬上了山顶。它们慢慢靠拢,一起爬上一块平坦的石头。过了一会儿,它们慢慢开始动了——敛翅、挺颈、抬头,站立起来。片刻之后,忽然一跃而起,直直地飞了出去。它们飞走了。不,是射出去了。几只鹰在一瞬间,恍若身体内部的力量迸发了一般,把自己射出去了。太神奇了,完全出乎我的意料。几只鹰转瞬间已飞出去很远。在天空中,仍旧是我们所见的那种样子,翅膀凝住不动,沉稳地刺入云层,如若锋利的刀剑。远处是更宽大的天空,它们直直地飞掠而入,班公湖和众山峰皆在它们的翅下。

这就是神遇啊!

我脚边有几根它们掉落的羽毛,我捡起,紧紧抓在手中,我有一种拥握着神圣之物的感觉。

下山时,我内心无比激动。

鹰是从高处起飞的。

醒来

我在午后醒来。在那一段日子里,我大部分时间都在沉睡。我觉得自己找到了一个好地方,在一个上午,就可以看足那些走动的东西,看到它们在一种幸福中走动。有时候在村口碰上桑卓的妹妹,她的脸上老是挂着快乐的笑容;她的腰身在波动,让人想到水。

那天醒来时,我看见一匹马正在扬着头向我张望。我以为我睡觉的屋子里有它吃的东西,仔细看看却什么也没有。我感到奇怪,走过去细细看他的眼睛,它见我在看它,就把头扭到了一边,但它的目光却盯着前面的一座雪山。我在它旁边站了一会儿,它一直盯着那座雪山一动不动,我有些不解,这匹马不像那几匹马是藏北的某种象征,它是一匹不出名的马,颜色也有些杂,在平时很少有人骑它,但它这会儿却显得极其庄重,很像一位长者。

我看了它一会儿，便转身走进了房子。我住的房子是扎西专门为我腾出来的。房中央是一个火炕，火一直烧得很旺，使我从来都没有感受到藏北的冷是什么样子。烧火的牛粪是桑卓的妹妹送来的，她总是人不到笑声先到，等到走进房子里，我的心已有些醉了。说实话，我爱上了这个让我心动的藏族女孩。她每次带来的牛粪不多，但总能烧很长时间。我觉得这样恰到好处，能够让我把对她的喜欢埋藏得深一些，长久一些……这样想着的时候，我觉得这个房子是个睡觉的好地方，于是我又倒头睡去。在躺下的那一刻，我想看看那匹马是否还在望着雪山，但我已经懒得动了，于是就犹豫着睡着了。

　　醒来的时候，可能是一个多小时以后。我是被桑卓的妹妹叫醒的。"快去看看，那匹马奔佛了。藏北已经好多年没有出现这样的事了，终于有了，终于有了。"

　　我忙问"什么叫奔佛？"

　　"你门外的那匹马向佛奔跑过去了。"桑卓的妹妹因为激动，脸上有了一层更加迷人的红晕。

　　我在心里暗自琢磨，这种现象应该是属于仪轨的，白度母是否用她充满善意的眼睛在暗示那个过程。当那个过程结束，她伸出纤纤玉手，把那匹马牵到自己的身边来，然后让它变成一朵云，一片雪，或者一株没有名字的青草。这么想着，很快就和桑卓的妹妹走到了一座山跟前。很多人都已经出来了，从山脚往山后绕去。我和桑卓的妹妹也立即加入到他们中间。我看见一个老阿妈走得很快，边走嘴唇边蠕动着，非常激动。我已经见过她好几次了，她总是在那块刻有经文的石头边摇着经铃，每天都那样，不管谁走到她跟前，她都不会动一下。但是今天她却变了，好象以往的日子她在沉默，今天终于苏醒了。像她这样的人，一旦醒来就变成了另一个人。人群很快走到了山后，我挤到里面，看到了那匹在中午与我对视过的马趴在地上，身上全是血。它的鼻孔仍微微地一张一翕着，但那显然不是在呼吸，而是死后余息。它的腿全部都折断了,像树枝一样被压在肚子底下。周围一片安静,好象是什么巨大的东西忽然把一切都凝固了。过了一会儿,人群慢慢地转动起来——人们自觉地围着它的尸体转动,起初用低缓的声调吟唱,渐渐地声音就大了起来,再接着,有些人唱了起来,桑卓的妹妹对我说,大家在唱一首春耕歌:

神马啊　你的草已经没有了

你的圈已经被风刮走了

你的家还在高高的天上

你不要再在这里受罪了

快快回家去　快快回家去

你的阿爸在等着你

你的阿妈在等着你

你只有一条回家的路

我听着人们用嘶哑的声音唱出的歌,看着趴在地上的马,回忆着它中午看我时的眼神,以及后来它久久地盯着雪山的样子。我以为那一切都是很平静的,没想到,当我做完一个梦(我记不清我做了一个什么梦)醒来后,它已经变成了另外一种东西。

它奔佛了! 原来,它在我睡着之后,又望了一会儿雪山,然后就抬起四蹄向它走去。有一根绳子绑在它脖子上,它稍微一用力就把它挣断了。它向着那座雪山狂奔而去。跑到这座山的半中腰时,它看见了山顶石崖上的彩绘佛像,它快速向山顶跑去。山坡很滑,它在一块石头上摔倒,一直滚到了山脚。它挣扎了几下,便趴在地上不再动了。一个朝圣者把这一切全看在眼里,但他没有停,继续一步一叩头,向着那座雪山行进。这一幕还被对面山上的一个人看见了,他大叫着扑到这匹马跟前,当他看清它已经被摔死后,就大叫着跑回村里,把这一消息告诉了人们。

奔腾的那一刻,它是一匹马吗? 多少年了,藏北没有出现过马奔佛的事。人们因而都变得有些平静。这种平静换句话说，就是期待。……现在，这匹被摔死的马终于使人们发现他们久久期盼的某些东西醒来了。人们都有一种获取了什么的幸福感。那位老阿妈伏下身子，用手一下一下地抹着马身上的血。马身上的血慢慢被她抹干净了，而她的手变成了红色。她高兴极了，举起双手狂舞大叫。她好像变得轻了，想要飞……

　　黄昏，人们兴高采烈地往回走。我想着这匹马在中午与我对视的神情，以及后来久久凝视雪山的模样。不知为什么，我的心中一直被这几个画面占据，不停地闪现着，重复着……

　　"在我的睡眠之前，它就已经出现了，只是我没有认真留意而已。"——有时候，伟大的东西在梦想之前就已经出现了！是这样的。

　　我停下脚步，注视着从身边走过去的人们。

　　我觉得他们很像那匹马在中午的样子。

不疼与疼

　　傍晚的时候，那群朝圣者围着玛尼堆转了一圈，然后一起抬头望着只留下丝丝余辉的天空。他们就那么久久地望着天空，似乎害怕自己被丢弃，从朝圣者的队伍中掉队。

　　大概半小时后，他们把身上的东西卸下，整整齐齐地放在那棵柳树下，然后开始生火做饭。这是一个朝圣集体，可以看得出他们中间有专门负责生活的人，所以很快炊烟就升到了天空中，一丝丝羊肉的香味传了过来。我注意到了他们中间的一个女人，她看上去有三十多岁的样子，一条粗壮的辫子拖在身后，都快到大腿的地方了。与众不同的是，她把一只搪瓷碗用绳子串起来，挂在了腰上，那只碗白晃晃的，她走到哪里，那缕白光就闪到哪里。

　　这时候，所有的人都要不时地抬起来望望天空，把夕阳残留的那些余辉盯上几秒钟。而她从来没有那样做，好像根本想不起似的。她在人群中来回穿梭着，脸上的表情一直很麻木。从远处看，她与那群朝圣者有些格格不入。

饭很快就做好了。她从腰间解下那只碗，慢慢地舀了一碗饭。我注意到，她舀饭时整个表情依旧很麻木。她端着饭站起身时，不小心摔倒了，碗里的饭泼到了她手上，甚至脸上也有不少。但那一刻她依然麻木的神情让我吃惊，她好像没有发生什么事似的，用两只手交换着把手上的饭抹去，又去抹脸上。那些饭是刚出锅的，肯定很烫，但她看上去毫无知觉，等她把手和脸上的饭全部抹掉，我发现她的那些地方已经起了水泡。那些水泡明晃晃的，在傍晚的光亮中很显眼。好几年过去了，直到现在，当我回忆起那些明晃晃的水泡，我感到我的心还像当时那样发悚，但是那天她好像一点都不疼痛，她唯一的反应就是觉得倒出的那碗饭有些可惜，于是她蹲下身子，把那些饭用双手捧起，一点一点放回碗里，然后倒进了旁边的一个马厩里。

次多不知什么时候也来到了这里，他对我说："她失疼。"

我问："什么叫失疼？"

"她可能在朝拜的路上已经时间长了，得了常人难以想象的风寒，身体被冻坏了，没有了疼痛的感觉。"

"她怎么不吃药治一治呢？"

"朝圣者眼里只有一条长路和走路的双脚，哪能去治病啊。所以你看那些路上的尸骨，都是在朝圣中被冻死或者得病死的。"

她从我和次多面前走过，又去盛了一碗饭，安安静静地吃了起来。黑夜已经拉开了帷幕，她蹲在那里，变成了一团黑影。

远处在这时候传来一阵喧哗，是一群牦牛踏着暮色向远处走去。牦牛是藏北动物中的大力士，它们走动的时候，高原在它们坚硬的蹄下发出清脆的声响。从远处看，他们恍若一团飘忽的黑影，似乎把高原也托了起来。大家不约而同地望着一团移动的黑影，周围变得喧闹起来。

一只狗被牦牛的叫声惊动，从还在吃饭的那个女人身边跑过。狗不经意地把她撞了一下，她有了反应，放下碗朝着大家正在观望的方向望去。但她很快就有了一种反应——她把碗放在地上，高高地举起双手，然后双手合十，五体贴体。她的头重重地磕在地上，发出一声闷响。过一会儿，她站起身，望了望移动的牦牛群，又仆下身子，重复着第一次的动作。

"静拜!"次多叫了一声。

我小声问次多："什么叫静拜!"

"就是在原地不动，重复着朝拜!"

她还在"静拜"，一次又一次。牦牛群渐渐远去，而她却停不下来。她的头一次次磕在地上，发出一连串闷响声。我知道她这时候是感觉不出头磕在地上时的疼痛的；但她心里一定有很疼的东西，否则她不会那样认真静拜的。她的头为这个夜晚磕出了唯一的声音。过了一会儿，山上的寺庙里传出一声钟响，她停了下来。我看到了她的激动，那种激动是从眸子深处流露出来的，她的嘴唇和面部没有常人激动时能流露出的那种蠕动，但目光里却全是那些东西。

这时候我还发现她的双手流着血。那些水泡在她刚才静拜时被磨破了，流出了骇人的血。她对那些血全然不顾。实际上，她因为失疼对血毫无感觉，血流出时并没有给她带来疼痛。但她的举动让我觉得她的心是疼痛的，那种疼痛从她心里一直涌向双眸。

夜色很快就笼罩了了一切。

我和次多原以为，他们会休息一夜，明天再上路，然而出乎我们意料的是，他们很快就收拾好行装，又向前走去。那个女人夹杂在庞大的朝圣队伍中，很快便无法分辨出哪个身影是她。不一会儿，他们就走远了，与夜色融为一体。

我只记住了她的失疼与疼痛。这两种东西来得太快，又完全是意料之外的，所以我有些茫然，甚至觉得我并没有真正认识一个朝圣的女人。我不知道她的不疼与痛还会在什么时候出现。

只有一条黑暗中的朝圣路留在了我心中。

经幡沉入河水

谁会想到呢，我刚走到河边，就看见一块经幡从那根绳子上掉下来，被风吹着在空中飘动，那些经文一会儿被阳光照亮，被我看得清清楚楚；一会儿又翻到背阴处，什么也看不见。我敬重刻在那上面的某个文字，所以，看着经幡在空中翻转，我的心很疼。一阵大风吹来，那块经幡被吹入河中，在水面上漂着。

一个喇嘛站在我身边。他跟我一样，把刚才经幡被吹落的情景看得清清楚楚，在经幡落水的那一瞬，他的脸色骤变，双眼痛苦地闭上，赶紧双手合十，念起了我听不懂的经文。念了一会儿，他转身走了。

我不知道他为什么转身离去。也许是看到了苦难，也许是看到了幸福。我想到天性——在藏民族的天性中，许多东西都阐之未尽，接触世界这条河水，哪怕是清水，也会不由自主被濡湿。我已经见过不少这样的藏民，我发现，信佛的他们，思想却向列子靠近。

这时，那块经幡已经湿了。它几乎没有什么选择的余地，被不温不火的河水弄湿了。而它看上去像个极其困乏的人，伸直了懒腰，躺在水面上。

一个人其实也是一块经幡，迟早要落入世界这条河水，变湿，变软。六世达赖仓央嘉措是活佛，但他又是一个"神魂颠倒"的浪漫诗人，也是一个按捺不住心中的那只"蜂儿"的情圣。他为了心上人，曾写下大量的情歌："对她一见钟情，夜里睡不着觉；白天再见无缘，使我神魂颠倒。""鲜艳的大力花儿，若用作佛前供品，请把年轻蜂儿，也带到佛堂里去。"仓央嘉措的风流浪荡是无拘无束的，藏民也对他表示出了极大的宽容。后来，他为了获取自由，以自杀威胁"第巴"桑结嘉措，"不自由，毋宁死"。再后来,随着佛教内部发生叛乱,仓央嘉措既无法获取自由,也无法再主持西藏佛教,终于在 24 岁那年遁入民间,从此不再露面。他的情和爱随之也从此不被外人所知,尤其是六巴族人对他的敬仰,也终于像一叶飘落的经幡,落入浑沌人世的河水里,不知去向……今天,当我们想起这位敢爱敢恨,视一切名利为虚无的活佛时,只感到他留下的那些情歌是那么美:"对活佛仓央嘉措,别怪他风流浪荡。他所寻求的东西,和别人不无两样。"只可惜他 24 岁就在一个过早出现的结局中永远遁入民间。他曾反抗过,甚至要放弃一切,只去爱自己的心上人,但都没有成功。最后,这位可爱的活佛也终于被他命运中的河水淹没了……

我所认识的另一个藏族朋友尚好,为了去拉萨与他的姑娘见面,任何东西都磨不平他的意志。他把一切都放弃了,最后被定为地位最低下的"强巴"。他过了一年艰辛的生活后,做苦行僧去了拉萨。他可能会找到那位姑娘,但最低下的"强巴"和苦行僧的身份注定了他一辈子都要吃苦。

敢为信念付出一生的人在西藏太多了,但他们的宿命却都是一样的,对现实放弃,放弃,再放弃;对精神追求,追求,再追求。我的心隐隐作痛,人是不可以没有精神的,然而,人只要精神,他的命运又会如何呢?我为仓央嘉措在内心叹息。

一阵风吹来,我感到些许微凉。那块经幡已经吸足了水,开始左右摇晃,有些要坠下去的样子。它坠入河中,在水的深处,一定又会吸更多的水。然而,这又意味着什么呢?又一阵风吹来,我想起了曾在这条河的上游看到过的一幕——那天的风也像今天这样刮着。我骑着那匹有气无力的老马向门士走去。转过一个山岗,我看见一个藏族老头跪在地上,向着冈仁布钦的方向在叩头。他的帽子在一次叩头时掉了下来,他捡起来戴在头上,但叩下一个头时帽子又掉了。他把它捡起来,有些烦躁地在手上拿了一会儿,放在了身后的一块大石头上,然后,他接着叩头。过了一会儿，一场大风忽然刮起，他的帽子被风刮走，老头有些吃惊，起身追到山谷边，却早已没有了帽子的影子。他懊丧地哭了。他满脸挂着泪水，在山边徘徊，久久不肯离去。我无法再看下去了，默默离他而去。我在想，老头其实就在帽子被风刮进深谷的一瞬，被什么淹没了。即使他伤心地流下泪水，也只能算是一种挣扎；而这种挣扎几乎是徒劳的。

　　一个人在生命的河水中被浸得越透，他的灾难就越深，就要在肉体上承受太多的磨难。而由于他心中的向往与久久不曾改变的梦幻早已交织在一起，所以这种磨难几乎像把经幡刮入河中的风一样，无声无息，没有一点声响，但却不易改变。所有的人从内心和肉体都不会发出声响。"肉体"在这时是真正的无形的东西。中国人造字没有古罗马人的那种先知，拉丁文里有个词"Corpusdrlieti"意为"身体，肉体"，与"苦难"同义，可见罗马人对肉体的深刻认识与敬重。

　　我只能为仓央嘉措，那位喇嘛和那个老头暗暗地叹息。他们的天性都已经被苦难改变，而他们别无选择。

　　那块经幡已沉入河底！

铁力克蝴蝶

铁　梅

河谷中的精灵

南疆的中心地带是塔克拉玛干大沙漠。南疆的其他地方,也都染上它的干燥和荒凉。但在这荒凉的大背景中,有一带一带的绿洲。绿洲,在我看来就是美人脸上的那道娥眉了。黛青色,充满勃勃生机和千种风情。

在广阔的拜城,在天山以南干枯的山系与戈壁之间,有一条山谷,叫铁力克。铁力克河来源于天山雪峰的冰川融水,是雪峰之巅的光芒通向人间的路,它从高处的冰山上带来寒气,涤荡着干燥土地上的灼热,滋润着它嘴唇上的裂口。在它所经过的地方,形成了绿色的草场和芳香的树林,这就是铁力克河谷。

在榆树、柳树等北方特有的树种之间,最为广泛生长的一种树叫则热克,也叫赤甜珠。赤甜珠是一种小浆果,成熟后可以酿酒,据说有降血压、血脂等保健功效。它的名字仅仅凸出了它的实用价值。实际上在则热克结果之前,才是它最吸引人的时候。

它是那种开满黄花的树,它的花是由很多小黄花朵组成的,一串一串的。一串花有上百朵小黄花,一个枝条上有上百串花。它的香味非常迷人,比丁香稍微弱一点,刚好不嫌刺激,但却是悄悄地沁人心脾。

对我们这些五月来到铁力克的人来说,根本看不见它的果实。果实是红色的,甜的,但我们眼中只有黄色花朵与芳香。这种树满河谷都是,芳香也充满了河谷。所以这是一条我所见过的最美最香的河谷。

地上的草色很娇嫩,与草相伴而生的还有一丛一丛遍满河谷的马莲草,它们比牧草高好多,并且开着紫色、粉色的花。

地上的花和树上的花,就这样不可思议地开满了河谷,极目望去,河谷周围的群山却依然有些荒凉,缺少层层叠叠的森林覆盖。所有的繁华与生机都集中到河谷里。

没有人不对这山谷的存在感到诧异,这使它的美丽与芳香也拥有一种梦幻般的神秘气质。仿佛它是从天上直接降临到人间的。尤为令人不敢想象的是它的另一个名字:蝴蝶谷。在这个山谷里,蝴蝶与花一样多,一样稠密。

没有人知道蝴蝶是从哪里来的,它们何年何月开始出现在这条山谷。它们泰然自若的样子,好像在告诉我们,它们才是这条河谷真正的主人。

我无法接受蝴蝶的身世,我宁愿不知道它是毛毛虫变的。在我看来,蝴蝶拥有我们这个星球上所有动物中最美丽的服装和舞姿。它们是演员中的演员,艺术家中的艺术家。它们的舞蹈是舞蹈最初与终极的形式与内涵。而它的服装,直接构成它的生命的一部分。一种唯美的生物,完全是为美而生的。为此它不惜以先变成毛毛虫为代价。我认为这是一种伟大的自我牺牲精神,因为它以羽化为其终极目的。

它们用身体语言告诉我们它们的精神,那精神就是美和自由。它们像是神仙的眷属,偶尔来此居住和现身,告诉我们存在真实的意义。

蝴蝶起舞

蝴蝶的翅膀打开第一缕阳光。

阳光伏在蝴蝶的翅膀上，不住地颤动。像一阵微微的感动，被延续着。也像轻声的歌唱，被微弱的声音所保持。

旋即，这只蝴蝶在阳光下的日子便展开了。

生活就是飞翔与舞蹈。

一朵花是一个舞台，也是一个餐台。蝴蝶吸食花粉的时刻非常短暂。哦，它汲取了多少糖、蛋白质、碳水化合物、脂肪，各种维生素啊？它们那小小的嘴，不会咀嚼，不会撕咬，只有一根小小的吸管，像婴儿般吮吸。

蝴蝶大部分时间都用来飞舞和休息，经过长久的观察，我没发现有哪几只蝴蝶是朋友或亲戚，总是形影不离地栖息在一起。它们的人际关系很简单，它们不打架，不争艳，不多嘴多舌。它们的飞舞是为了寻找下一次美味，或者风把它碰痒了，或清洗它的翅膀的某一滴雨露。它，作为大自然的舞蹈家，随时都在最佳的表演状态。它对观众是谁毫不在意，它的一举手一投足都是最美的、最轻盈的，它的飘忽不定的性情与梦幻最为接近。

很多时候它在休息。它的话语全部用飞舞的翅膀讲完了。它身体的其它器官只用来表达沉默，但休息时它并没有入睡。相反，它在倾听，倾听大自然，天空的低语，白云的脚步，阳光的流淌，风的笑声与其它昆虫的奏鸣。听着听着，它会进入记忆，想起前一年或者更久远的年代所发生的事。想起同样的一个季节，那时出现的花朵，今天是否再次出现了。那一次它落在一只牛的睫毛上。它看见了深渊，一只庞然大物深不可测的命运。那么，今年夏天，那只背负它命运的牛呢？

有时这只蝴蝶不小心做起了白日梦，它梦见自己飞呀飞呀，飞到了天上。天上长满了奇花异草，天上的花蜜喝一口，一年都不会饿；天上的音乐，听了让人昏昏欲睡，一睡可以睡上一百年。醒来，那音乐还没完。音乐一入耳，一百年又过去了。这只可怜的蝴蝶，饿得不行了，它一叹息就醒了。食物就在眼前，赶紧进餐吧，珍惜这大好时光中的每一分每一秒吧。

每一只蝴蝶都是一个独立的个体，这里没有嫉妒和仇恨。没有两只互相攻击的蝴蝶，没有两只蝴蝶一定要吃同一朵花上的蜜粉。它们独立而自尊，但它们并不孤独，事实上它们互相照应，互相提携。对两只蝴蝶而言，它们的关系就像一只蝴蝶与它镜中的影像。全体的蝴蝶也只是像一只蝴蝶一样，你看不出它们的不同，因为在五月，它们都是白色黑条纹的蝴蝶。它们朴素庄严，像一群医科大学的学生，忙碌而又充满敬畏地坚守着时光中的每一分每一秒。

残缺的翅膀

如同这世界上有一些衣衫褴褛的，肢体残缺的人，在铁力克森林里，也有一些蝴蝶的翅膀是残缺。

它们的翅膀怎么可以残损呢？肢体残疾的人把自己从人群中独立出来，他会不自在，自惭形秽。那么蝴蝶呢？它是否因此心灵受到伤害呢？蝴蝶是否会以湖水为镜子，在里面检验自己的形象呢？或者它以另一只蝴蝶为镜，在对方的表情里看到它自己的残缺。当它向一只蝴蝶飞去，那只蝴蝶会不会匆匆逃开？

在一只翅膀残缺的蝴蝶的身体上，我们看不到它有任何的心情不快，仿佛它对此浑然不觉。它依旧快乐地汲取花蜜，在风中舞蹈。它的飞翔技能没受到影响，它的舞姿也不比别人逊色，可它依旧是一只残疾蝴蝶啊！是我们在意它的这副样子，我们看到了它，在它身上，我们折射出对自我的关照。我们的心感受到它的残缺，是啊，要是这只蝴蝶是我们自己,我们怎么可能无动于衷,怎么能若无其事?我们要用这残缺换来大悲痛,要用自己的悲剧撼动天地,我们不能容忍这不公平。

然而我们真的会这么做吗?我们愿意过多的挥霍别人的同情心吗?我们会对自我怜惜也感到厌倦的,这时我们会想起要像那些蝴蝶吗?把自己伤残的身体放在一边,心中只盛装阳光、和风和花蜜。别人怎么生活,它照样也怎么生活;别人怎么开心,它也照样开心。是呀,它有什么理由不善待自己呢?

邂逅一只美丽的蝴蝶,是我们的人生所期许的。但是那翅膀残缺的蝴蝶却更是让我难忘。我曾经想过许多,它是怎样受到伤害的?是鸟伤害了它,还是它不小心被树枝挂到了,还是两只蝴蝶打架弄的?也不知道它的翅膀疼不疼?它哭了没有?我相信,哪怕是翅膀最边缘的地方,也是与神经相连的。何况它还连着美丽,连着爱情。那不幸的伤残的翅膀,它的爱情会因此受到影响吗?假如它已经有了爱人,它受伤之后,是否会受到嫌弃,假如是一只未婚的蝴蝶,它是否会得到异性的青睐呢?

蝴蝶的寂静

在路边的草丛里,有一具蝴蝶的尸体,静静的躺在那里。

她死了,就在昨天,它像一片花瓣,无声地凋落。如今,它所能拥有的只有寂静,无边的寂静,永恒的寂静。

也许不完全是这样的。

这只蝴蝶的灵魂就在它的失落的身体上方看着我。它说,我依然拥有这里的蓝天、白云、炫目的阳光和则热克花的芳香。

在我生前,其实我也是无声的。我的飞舞没有声音,我们也从不歌唱,因为我们是舞蹈家。如果你喜欢观看,你会发现,大自然在我们的舞蹈中,慢慢地也变得无声。世界越来越静,这时你会有一个发现,你发现了你自己。你会突然意识到你的存在，你也会思考你的存在。

这便是意义与价值。我们存在的原因，作为舞者，这就是我的使命，并且成为我存在的方式。因我存在，便有了一个路径，使你通向自然，融入自然；使你通向自己，了解自己更真实的内心。

这也是大自然的秘密、宇宙的秘密之一。我们各司其职，我们各个独立，又有着神秘的联系。但接通它需要一种因缘，需要你自己心中产生这种意愿，之后我们双方的命运才向中间地带接近，并最终被衔接。

因为我是一只逝去的蝴蝶，所以我可以告诉你，我在这里等你，并不是无缘无故的。这是早就被安排好了的。我的逝去就是为了让你见证一只蝴蝶的死亡，并告诉你这段话。记住，我是你通向自然与自我的一条路径。

一条路径。它同时指向两个方向，一个向外，一个向内，但它的终点是一个，能够同时到达，你明白吗？

你明白吗？

接下来，我也许还会到这里，蝴蝶们中间，成为一个新生儿。这是我所希望的。当然，如果你对我产生了强烈的感情，你的感情会成为一股漩涡，一股气息，那样我会被它卷走，我也会被你带入人群，成为你的家族的一员，或通过你的至亲好友，在下一世与你相见，再续前缘。

与蝶同眠

枕着铁力克河的涛声入睡，已经成为铁力克蝴蝶的生存方式。

铁力克河是天山雪峰冰川的融水汇聚而成的，河水白中泛绿，冰凉彻骨，流得非常有力量，不像南方绿色深谷中那些寂静的绿色的河。它哗哗作响，总是泛起泡沫，一路奔跑，开朗活泼。尽管它从冰川上下来的路，越走越荒凉，但它性格坚毅勇敢。渐渐的，它健康的情绪感染了戈壁荒漠，在它的身边，绿色不断地从河水的歌声中分泌出来，被一笔一笔涂满山谷。

谁知道，蝴蝶是否出自铁力克河谷的邀请，而选择两者相伴终生呢？

见到铁力克河，我的第一个念头就是，当天空收去光明，夜色将大地覆盖，我也要像蝴蝶一样，枕着它的涛声入眠。我和千千万万只蝴蝶一起，保持同一种睡姿，进入同一种梦境。

天色将暗时我去看望蝴蝶，它们全都栖息在树枝的顶端，也可以说是树梢。它们统统栖落在高处的，接近天空的树梢，而不是低处的树梢。这也许是为了安全，它们停止了进食，也停止了飞舞。只有个别的蝴蝶，在做临时的调整。我在地上仰望它们，此时地上幽暗而天空明亮，蝴蝶们看起来像剪影。它们层层叠叠的栖落在树梢上，却不会增加树梢的负担。我想，蝴蝶的选择，使那些拥有蝴蝶的树梢凭添了一份飘逸和灵动。

神秘的蝴蝶，就要在黑暗中隐去，它的翅膀衔接着风的翅膀。它把思想交给了星星，把呼吸传递给夜空。

想想我，心上还在挂念着什么？让铁力克河水把它们带走吧。这样，黑暗才能将我浮起，我的身体才能像蝴蝶那样轻。是啊，全部的重压都来自这颗心啊，它像一只布袋，被装进数不清的东西、即使它每天都疲惫不堪，也不懂得放下一些。如果心无挂碍，我想，在我们的生命中，就会有一种东西，可以像蝴蝶那样飞舞。

河水越来越响，简直有些震耳欲聋，让人感觉在耳边银河被倾倒下来。后来，世界只剩下了河水的响声。关于自我的一切都被响声冲走了，后来我突然觉得，那些神秘的蝴蝶虽然默默不语，在树梢上静止。但也许，它们才是河流的动力，是它们在梦境中发动这一场浩大的水声。它们全部出动，翅膀在星光下一闪一闪，本身就像一条汹涌的河，一条生命之河。

这条河流入我的梦境，一瞬间它在梦中穿越了很多年，那是一些美和痛并存的年代。也是布满无知与过错的青春的年代。其实我想梦到蝴蝶，我想看见它是怎样钻进了我的梦境。它进去了，之后做什么？它们的行为会与平常有何不同？可是河水的进入告诉我，我就是一只蝴蝶，我并非由蝴蝶所化，而是我本身就是一只蝴蝶。也许我进入了蝴蝶的睡眠，但它们看见的都是自己的同类，而不是一个人。

　　我还希望与蝴蝶一起，从睡梦中醒来，翅膀被晨露打湿，又被第一缕阳光晒干，被花粉薰香。之后像一朵花那样重新开放。

深处的高台民居

"黄土为墙四面齐,如椽如砥覆新泥。却叫满地铺成锦,相率家人一室栖。"——萧雄

李颖超

佛说:前世五百次的回眸才能换来今生的擦肩而过。按照这个逻辑往下推,我与喀什在前世肯定不止是回眸了五百次。所以当我第一次来到喀什的时候心里便在想:前世我也许来过这里吧?要不然它的气味我为什么会这么熟悉,给我似曾相闻的感觉呢?为什么一缕清风、一段旋律会让我觉得似曾相识,备感亲切呢?就像有时候我们走在山路上,突然看见有一朵花特别熟悉;有时候我们遇见一个陌生人,却有说不出的亲切;有时候做了一个遥远的梦,梦境清晰如见;有时候一句诗、一首歌,竟像是写给自己的;甚至会固执地偏爱一种颜色、一种花香、一种声音,却完全说不出理由……

我对喀什的热爱,就像对一个男人的爱——完全说不出理由。

第一次到喀什,是在金秋时节,暖暖的阳光不计成本的洒在身上,我带着一丝慵懒行走在喀什的大街小巷,梦游似的。

128

在喀什的第一个早晨,喀什"土著"王炜带着我去吃早饭。我做出很好招待的样子说:"别太复杂了,喝碗奶茶就行。"结果,寻遍所有的饭馆,只有抓饭、包子、拌面。我诧异地看着王炜感叹:"喀什人太强了,一大早就吃这么扎实的饭。"尽管没有奶茶,我从喀什归来很久,心心念念的还是去喀什。

我已经忘不掉喀什的味道了。那味道于我,也是说不清的,有泥土味、烟草味、香料味、还有馕的味道,烤包子的味道,总之,是那种散发着琐碎的,生动的、生活的味道。

再去喀什,是在盛夏,我和同时获得喀什噶尔杯、首届西部文学奖的老师及朋友们走上主席台领奖,那一刻,喀什在我眼中比往昔更加美好、动人了。

这一次,我体会到了喀什的另一种风情——色彩。彷佛打翻了的调色盘似的,所有的颜色像河流似的倾泻在眼前,在这些绚丽的色彩面前,初来乍到的人是会一下子晕掉的。

喀什,全称"喀什噶尔",维吾尔语意译为"宝玉石集中的地方"。每当有外地朋友问起喀什,我脱口而出的一定是——高台民居,而不是宝石、香妃、巴扎、艾提尕尔。

高台民居位于喀什噶尔老城东南端的黄土高崖上,相传多年前一场洪水把高崖冲断,从此高崖就分为南坡和北坡。南坡的居民建筑古朴、典雅、流畅,就是今天的高台民居。北坡就是现在的喀什老城,曾经还是喀喇汗王朝的王宫所在地。

北坡生活着贵族,南坡生活着匠人。

一个烧制土陶的匠人在高台民居的土崖上发现了可以做土陶的"色格孜"土,于是就在土崖上建造了第一个土陶作坊。后来,做花帽的、织地毯的、打铁器的匠人们日渐增加,也使高台民居色彩斑斓起来。他们精雕细镂的墙面、图案迥异的窗棂,令人惊叹。那鲜明的民族风格,精细的做工,完美的体现了维吾尔族人民对生活的美好追求。

129

对于生活在干燥而又色彩单调的沙漠戈壁中的人来说，家居必须与这种恶劣环境形成对比，因此，维吾尔民居相比其它民族民居更重视室内色彩，许多民居在壁龛设计、挂毡、天花彩画、室内柱廊、石膏饰件上各显其能。

古巷、儿童、妇女、老人，是这里最有意味的音符。第一次来到这儿时，我就纳闷——男人哪里去了。忍不住问一个小巴郎："爸爸哪儿去了"？他笑着边跑边说：挣——钱——去——了！

在这里，你能够看到时间的痕迹和一种古老、平静的自然之美。

高台民居都是土木结构，住宅多自成院落，院内宅旁遍植花草，栽培桃、杏、葡萄、无花果等。室内砌土坑，墙上挂壁毯，还开有大小不等的壁厨，饰以各种花纹图案。当院落中人口继续增加到平房住不下时，为扩大住房面积，有些人家在建二楼时会将楼延伸出去一些，这种颇具创造性的建筑形式逐渐被推广开来，数百年来，渐渐形成了高台民居特有的"过街楼"风景。这种"过街楼"的巧妙之处在于，既不影响楼下人行走，也不影响楼上人居住。

远远看去，高台民居就仿佛是从土里长出来的房子似的，这里的人们穿着最具民族特色的服饰，生活在这里的老人、儿童的脸上始终洋溢着平静、自足、幸福的神情。

穿行其中，仿佛置身于世外桃源，令人忘却了都市的喧嚣和人生的烦恼。那雕花门边穿着鲜亮的民族服饰的妇女，那坐在古老的桑树下头戴花帽怡然自得地乘凉的白胡子老人，那些宛如在时光隧道的拱顶窑房下散步的蒙纱老妪，那些跟着游客追逐嬉闹的天真可爱的维吾尔族小巴郎，只要进入了你的视野，总会令人久久难以忘怀。

夏日的清晨，女人们的第一件事情就是顶着陶罐去河边打水，然后把巷道和家里打扫一遍。在这里，你会发现家家户户由弯曲和深浅不一的小巷相连，即使从屋顶走也可以达到串门的目的。这些土木结构的建筑有着惊人的繁复性，人一进去就像进了一个迷宫。没有向导带路,游人是很难从"迷宫"里走出来的。

真的很奇妙,在钢筋、水泥、防护栏中生活的我们,其实内心是多么渴望人与人之间可以这样的毫不设防。

那些古老民居的门窗都很古朴,但又蕴藏了深厚的文化。他们家家户户的门框上都刻有各种纹样的木雕花门,有花卉形状、几何形状和果实形状。窗框窗格上的纹样也是多种多样,站在那艳丽的雕花门前,就好像站在花丛中一般,来这里的游人都喜欢用彩门做背景照相。而这每一扇关闭的门,半开的门,敞开的门,挂着门帘的门都像游人发出了不同的信息,提示你什么样的门你可以进,什么样的门你不能进。

就像是为了一种平衡,在这里几乎家家户户都为自己的院门选择明亮、强烈的颜色。他们沉醉在这样的家园中,用水把自家院子的地面全部泼上一遍,所以,这个时候潮潮的泥土味到处都是。

个个都好像生活在真主的花园里。

在一家专门经营花帽的小院中,我站在挂满花帽的门前照相,将自己融进这灿烂中,融进那如画的风景中,我是如此地欣赏在这片土地上悠然生活着的人们。

到今天,许多维吾尔族老人们还觉得庭院是最能够给他们幸福感的地方。他们终身热爱并不停地修缮自己的庭院。这些庭院往往由几张葡萄阴影里的木床、地上班驳的阳光、安睡的鸟儿、玫瑰花、桑树以及门口的一弯月牙和古老的星星构成。

在高台民居的土陶作坊,先映入眼帘的不是土窑中的制作者,而是院子中的烧制好的碗、罐和拿着一只凸笔绘画的女主人,她大概有六十多岁的样子,一只普普通通的泥碗,在她的手中,魔术般地有了生命。我买了一只老人画的花碗和花瓶。碗如同我的生活,我要用它来盛饭,花瓶应该是我的精神世界,像花儿一样美好。

攒动的人流、鲜艳的艾德莱丝绸,花花绿绿手工艺品,都塔尔伴奏下的歌声,高鼻梁、深眼窝,眨巴着眼神会传情的古丽,伴随着旋转的裙子、飘舞的辫子都是喀什留给我的温暖而永久的记忆。

相信每一个来过喀什的人，心中都会记住高台民居，它会一直陪伴在我们以后的日子里。

重返齐巴尔希力克

骆　娟

我无法说清自己的感觉，当那金黄的河流载着尖顶的木屋在一刻不停地向西运转时，它已经成为最后、成为唯一。

是什么让我们的心猛然间安静下来？

齐巴尔希力克村是哈巴河县铁列克提乡的一个自然村，位于阿勒泰山深处、哈巴河流域中上游的群山环抱之中。

第一次去齐巴齐列克村，其实很偶然。

七月的那天，在我们离开萨尔布拉克乡大沙孜后，决定前往陪同我们的哈萨克族武警宝山反复提到的那个山谷。

那是他骑马巡逻时去过的地方，他没有用更多的词汇来表达，他只说，那里很美。

哈巴河的美，我们已经领略许多，但宝山说到那个"美"字时，他的神情中有一种奇异的坚定，甚至让人感觉有些神秘。

是怎样的一个地方，令这位哈萨克族青年如此钟情？我们不禁充满了好奇。

汽车沿着崎岖的牧道向前行驶，林木幽深，看不到路的尽头，前方起伏的山岭遮蔽了视线。颠簸之中，我有了越来越浓的困意。

车上的人都沉默不语，我只是感觉到汽车在山间迟缓地盘旋着，后来就睡着了。

许久之后醒来，汽车正在从一个山坡驶下，宝山转过头对我们说："到了。"

我们面前的牧道已经变得开阔，两边耸立着一座座尖顶木屋，汽车载着我们，像滑进一个梦境般驶进了这个村庄。我们坐在车上，用懵懵的眼神推开了这个村庄的大门。

汽车向前行驶了一段，我们才突然间清醒过来，停下了车。

四周安静得犹如另一个世界，我们置身其中，却又感觉根本无法走进这里，因为它带给我们的感觉，是水一样的安宁、纯净。

几个村民远远地打量着我们，在房前屋后散步的三五头牛，低头悠闲地吃着草，偶尔觑觑几眼。我们突然间有些手足无措的感觉，不知道该做什么。

是什么让我们的心猛然间安静下来？

从走进这个村落的那一刻开始，我们都感觉着自己思绪的迟钝，因为无法用能够说清楚的情绪表达出来，这个村落里无处不在的宁静，让我们庆幸自己的苍白，正因为这样，还可以盛放面前所有的安详。

清凉的空气渐渐地渗透了我们的全身，在走动中，我们的脚步溅起的并不是尘土而是青草的气味，让人有一些微微的醉。

细细打量这个村落，它夹峙在山谷中，顺着地势铺展开。尖顶木屋沿着小路的两侧排列着，看起来并没有刻意的布局，但一户户错落有致，没有围栏的院落里铺着浅浅的青草，小鸡仔叽叽咕咕叫着在地上东啄啄西叼叼，却并不跑远。木屋前种着些花草，正在盛开的花在墙角的阴影下半明半暗地透着淡淡的艳丽。

那些木屋色泽陈旧，令人想起久远的年代，想起白哈巴、禾木。

房顶上的毛皮滑雪板

我们停在了一户养着一群珍珠鸡的院前,一位哈萨克族妇女正在向鸡群撒食,那些黑色的小鸡围着她的身前身后,边叽叽吱吱地叫着,边在地上啄食。院里卸了套的一架马车旁有两个男人,正在那里聊天,我们走过去,与他俩互致"佳克斯"(你好)。

站着的男人名叫海迪夏·木合买提,蹲在马车上的叫阿斯勒别克·哈力别克,是木合买提的邻居。我们向他俩打听着村里的一些情况,阿斯勒别克比较善谈,多数时间都是他在回答我们的问题。

齐巴尔希力克村在行政上是属于哈巴河县铁列克乡的,但现在也与邻近的白哈巴村一起划归到喀纳斯景区管理委员会了。它距县城98公里,距乡政府20公里,有土路经铁列克南与县城相连,北与白哈巴、那仁、喀纳斯等地相通。

在闲聊之中,同伴问起了这个村庄冬天下雪后的情况,阿斯勒别克无意间提到了用滑雪板去拉柴禾,我们追问了一句:"什么样的滑雪板?"

阿斯勒别克说:"用马腿上的皮套在木板上的那种。"

这个回答令我们感到惊奇。因为,关于阿勒泰是人类滑雪运动的发祥地这一史实已经近人皆知,但我们的印象中,拥有毛皮滑雪板的是居住在阿勒泰山区里的蒙古族图瓦人,我们还是第一次听说哈萨克人也使用毛皮滑雪板。

木合买提很快在房顶上找到了一副毛皮滑雪板,将它们从房顶上递了下来。

热情直率的阿斯勒别克接过毛皮滑雪板,不等木合买提从房顶上下来,就自顾自将滑雪板套在脚上,向我们演示起来。他说,冬天的时候,他就带着这种滑雪板进山去,拾好了柴禾后,把它们捆好用绳子系在身后，然后，从那个山上一直滑下来——他边说边指着村后高耸的山岗，张开手臂做了一个"飞"的动作。

阿斯勒别克介绍得津津有味，我们围在跟前让他摆着各种姿式拍照，后来发现站在一旁的木合买提好像有些郁闷，可能是因为他没有当成"主角"吧——本来嘛，滑雪板是他的呀！可是老朋友阿斯勒别克抢了先，他也不好说什么了。

我们赶紧请过木合买提也一起拍照留影。

阿斯勒别克和我们一起看日落

在木合买提家喝过奶茶后，我们又匆匆出门了，因为要赶去村后的山坡上看日落。

就像我们对齐巴尔希力克村满怀着好奇一样，阿斯勒别克对我们也充满着同样的心情，他自告奋勇帮我的同伴背摄影包，并带着我们一行向村子东面的山坡走去。

我们终于气喘吁吁地到达山顶，我的摄影师同伴迅速找到了最佳的拍摄位置，开始在那里架设他的三角架、相机，随着所有摄影器材的就位，他开始了拍摄，而此时夕阳的余晖正好向这片山谷中的平滩落下。

摄影师在不停地轮番按着几部相机的快门，不时还要装胶卷，换电池，阿斯勒别克津津有味地看着他的工作。

我问阿勒斯别克："你觉得他拍照片有没有意思？"

阿斯勒别克笑了，过一会儿，说："我就是觉得他有点忙。"

我和宝山一起走到悬崖边的一块巨石上，站在那里看落日。

夕阳迅速地向山后隐没着，它投射下来的光芒经过山岗阻挡后，倾斜着射向山谷。

那些木屋的尖顶上，因为日久天长阳光的照射，仿佛已经积聚了神秘的力量，在此刻迎着夕阳反射出一些光泽。细看，那依然只是木制的尖顶，在错落有致的排列中，仿佛书写着已经重复了千万遍的告白。而我们,虽然知晓其中的蕴藏,却无法读懂它的奥秘。

或者,以我们短暂的生命和肤浅的见识,以为要修练深厚的功力才可以读懂的内容,也许只是在日落时分的一个问候。

整个村庄在我们的俯视中,放慢了呼吸,村中的小路开始变得模糊,之后是树梢以及树干,用不了多久,所有的房屋也会完全浸透着最后的光亮,一天的生活便会在沉静中落幕。

宝山请我帮他拍照,他面对我举起的相机,很深沉地站立在巨石上,侧影,正面,最后,又将双手举过头顶,再将手腕垂下来做了一个很奇怪的姿势。

我有些不解,向宝山询问,他反而很疑惑地问我:"韩剧,你不看吗?韩剧里最经典的动作啊!"

我依然不解,宝山无可奈何地向我示意:"看我的手,做的是什么形状?"

这下我明白了,这位哈萨克族青年战士的两只手在头顶上做出的是"心"形。我曾经见过用十指相对做出的心形,而这一回宝山用双手做的心形,显然是"壮观"了许多。

我明白,它的意思是什么。

我把相机交给宝山,站到那块巨石上,也做了同样的姿势。我相信这座山谷是可以领会我的表达,那简单的意蕴,夕阳的光泽已经对它给予了最大限度的美化与包容。

此时,山风吹到我的脸上,从我用手臂做成的心形中穿过,它向着远处的山岗吹去,我明白最终它将吹向何方。正如我的到达和离开,同样是对这片地域的记忆,我们都会一刻不停地跟随着时光转动。

我将外衣脱下来,举过头顶,它被风吹得呼呼做响,让我以为,自己正在风中飞翔。

临走,我问阿斯勒别克,此地的名字,宝山将他的回答翻译给我:"蓝色山谷"。

我当时怔住了,那一瞬间,所有与旅行有关的情绪便涌上了我的心头。

这个山谷中的村子,他们都说,这是从前的禾木、从前的白哈巴。

真不想告诉任何人有关这个村子的故事,因为我们恐怕再不可能找到另一个地方,看着它说,那是从前的蓝色山谷。

在阿斯勒别克家吃"手抓鱼"

两个月后,我们再次从哈巴河县城出发,向北经过阿勒泰前山、大萨孜,直入深山之中。

从大沙孜向北,山色已经十分浓郁,落叶松披着金色的针叶,而地面上则是它们用松叶簇成的投影,每一棵落叶松都仿佛罩着一重金黄的光晕,在起伏的视线中,山谷也因此而耀着金光。

已是深秋,时而可以看到背阴之处的山坡上有大片积雪,那是前些日子一场强降温天气留下的踪迹。山路依然是那么崎岖颠簸,而我们已经不觉得陌生,反而有一种回家的亲切感。

当翻越最后一座山梁时,我们看到了被红色以及金黄的色泽包裹着的齐巴尔希力克山谷。与我们初次相遇所不同的,正是这由浓郁的夏景转变成更为灿烂的秋色。

路边上有几个牧民正在赶着牛向村外走去,当他们迎面而来的时候,我们的心情已经无法掩饰地激动起来。尽管并不相识,却又是那样熟识,仿佛两个月前我们不是在这里渡过了一个下午,而是渡过了整个青春时代一样。

我们熟门熟路地找到了木合买提家,没想到他家锁着门,向村里人打听,才知道木合买提上山拉柴禾去了。

我们又去了路对面的阿斯勒别克家,虽然这位男主人同样不在家,但我们却见到了他的妻子以及木合买提的妻子还有七八位带着孩子的

138

妇女。

原来阿斯勒别克家是按照哈萨克族风俗在给他的小孙子过"四十天"。而他本人,一早起来就去山脚下的河边钓鱼了。

在哈巴河县,邻河的一些村落有哈萨克族村民专门以钓鱼为活计的。在此之前,我们早已耳闻,没想到阿斯勒别克还是一个十分老道的钓手呢,在当地竟有"钓鱼王"的称号。

阿斯勒别克的妻子邀我们一行参加她家为孩子举行的聚会,我们欣然接受了。那些带孩子来参加聚会的妇女亲切地将我们让到她们中间,大家围坐在一起喝茶聊天。说是聊天,其实她们说的我们无法听懂,不过我相信,一定是一些家长里短的事情,当然,最重要的是对这个今天刚满 40 天的婴儿的祝福。

阿斯勒别克的妻子用两个大茶盘端上来油炸的花翅子鱼,这当然是能干的男主人辛苦钓来的,在前来做客的妇女中,它被视做极为丰盛的菜肴。因为在哈萨克族人中,会钓鱼的并不多。

虽然给每个人都发了筷子,但我们很快发现,用筷子挟过来的鱼被周围的妇女们放到手心,像吃羊肉一样抓着吃。我们也照此效仿,结果发现这样吃鱼的确是蛮方便的。

显然女主人的厨艺相当高超,因为我们抓在手上吃的花翅子,只是整条剖洗后经过油炸的,仅仅是这么简单的做法就能让我们满口流香。我们不知如何赞叹,只有再抓过一条来放在手上继续埋头猛吃。

在桦树林中睡着了

正午,村里十分安静,阿斯勒别克家的客人相继离开,我们也离开他家,在村里四处游荡,渐渐地就走散了。

我一个人顺着村里的小路漫无目标地向前走去。

这个只有 50 多户人家的村子,座落在哈巴河上游一片约 10 余平方公里的山谷平滩上,村子的布局很简单,东西各有 10 余公里的宽敞河谷生有白桦林、白杨等阔叶林,沿着南北方向的小路,村落里的尖顶木屋散而不乱地分布着,且都背对着小路,将屋门开到了里侧,窗子与路相邻。

大多数的人家用木杆做的院门都关闭着,更无法看到屋中的情景。男人们自然是去放牧、打柴或者像阿斯勒别克那样去钓鱼了,女人们这个时候则各自做着家务。所以,我竟然在村里没有遇到什么人,只是看到有户人家正在菜地里挖收土豆。

我终于走到了村子与河谷林带相邻的地方,跨过一渠清流,就进入了树林之中。鸟儿们竟然也不见了踪影,树林之中除了水流的声音,就是我拨动灌木向前行走的声响。也许是习惯了城市之中的喧杂和戈壁的寂寥,在山野之中一个人的漫步总是有些忐忑不安的心情。

树林边缘是一片茂密的灌木,它们生长得十分茁壮,粗壮的枝干和茂密的叶冠显出了时间的久远,而挂满枝头的红果又似乎才历经一季那样鲜灵。

我顺着河水向前走去。想起这条河,它是哈巴河的上游,从此处向南流淌,最终便会汇入哈巴河中。若我是一片秋叶,落在水中,或许能随波一直漂流,直到无法计算的远方吧。

树林之中,有许多空地,看起来也是被村民们自行划分过的,用一些树枝扎成了篱笆墙。我不想离开河道太远,又无法找到更好的路,只好走一段就翻越一次篱笆墙,再走一段再翻。

虽然并没有什么目标,但从村里走到村外,这时候便想着沿着河道再向村里走去。迎着阳光的方向,我已经可以看到树林遮蔽中的屋舍,我在它们的护佑中似乎有了更大的勇气进行着林中的跋涉。

后来我问自己,有什么不安的呢?这样幽深的树林,你并没有惊忧林中的精灵,只是被自己于安静的时间中所涌到心头的无数思绪所烦扰着的。那么,令自己不安的,并不是其他的什么,依然还是自己。

这样想了之后,内心开始越来越安详了,或许是越来越幽深的树林使我终于忘记了自身投落的阴影,而学会像一片落叶那样,静美。

我相信依我自身的力量,是无法将这树林走到尽头,更无法随着河水继续穿山越岭。我感到有些疲惫,便背靠着一株桦树白皙的树干,坐了下来。

视线放低之后,我越来可以看清的树林外围的房屋和栅栏都消失了,前面的方向在密集的树林中依稀难辨,而我经过的路似乎也已经隐没在赫红与金黄树叶的交织中。

我哪儿也不想去了。困倦越来越重地向我袭来,在秋色的包裹中,我享受着与一枚落叶一样的安详。我睡着了。

钓鱼的男孩别克

我想我是被一阵风卷动落叶的声音惊醒了,当我睁开眼睛,却看见不远处有一个小男孩,举着一根杨树枝,边走边东张西望。

我追上了他,试探着问他:"钓鱼?"

我想他是听懂了,他一只手依然举着那根树枝,另一只手伸到我的面前,我看到一只绑着动物毛做成的鱼钓,这是最适合钓花翅子的鱼钓。

这个男孩看起来有八、九岁的样子,不知道他为什么会一个人跑到河边来钓鱼。我想知道他的名字,于是问他:"叶尔兰吗?"他看着我,并不吭声。

我再问他:"木拉提吗?"他看着我,依然不吭声。

我最后问他:"别克吗?"他看着我,用力点点头。

我很开心,用这么笨的办法竟然问出了这孩子的名字。但是,我没办法再继续问他更多,因为我没有更笨的办法了。

这个叫别克的男孩没有拒绝我的跟随,他肯定知道我并不懂哈萨克语，他也不跟我说话，只是走几步就回过头来看看我。

我一直跟着他顺着河边向南而行。时而绕过一株伏倒的枯树，时而越过一条汊流。他蹲在河边，用杨树枝做成的鱼杆抛下鱼钩，然后悄悄地等候着。

不知为什么，过了很长时间他一条鱼都没有钓上来。而这个下午就这样慢慢地过去了。

我站在离别克不远的树下，心里盼望着那些急流中的花翅子会没有那么狡猾，会有那么一条咬上别克的鱼钩，给这个小男孩一个惊喜。

我想起了阿斯勒别克，据说他每天都是一早出门，到太阳快落山的时候才会回来。每次都会带着一大袋子鱼回来，因为他去的是深山急流中的河滩，显然比这里要好钓得多。

我看着别克专注地蹲在河边的背影，不知为什么会反复地去想阿斯勒别克。别克并不跟我说话，甚至很多时候他似乎已经忘记了我的存在。那么我呢？

我分明是在桦林之中睡着的，我相信我是在被风唤醒之后遇见这个哈萨克少年的，但我又有些疑惑，好像我遇到的别克，就是阿斯勒别克的童年，或者就是童年时的他。

我被自己这个想法所蛊惑，幽深的树林不再给我以任何指引，头顶上的天空被桦树的枝梢所遮蔽，似乎时光也停止了。我多么希望能这样自如地穿越时光，在一个人的童年和老年之间穿梭。

很快，我就从这种混沌的幻想之中清醒过来。因为我看到了自己的同伴，他正在几株欣长身形的桦树前，专注而敬业地工作着。

我听到了他按动快门的声音，并被他所"驱赶"，因为我进入了他的拍摄取景区。

金色的河流环绕齐巴尔希力克

日落之前，我们再一次登上村后的高坡。相隔两个月，能够重新站在这里,同样的位置,同样的时间,只是这次宝山——那个用手臂做心形的哈萨克族青年战士没有与我们在一起。

齐巴尔希力克,这一次我已经知道,这个地名的汉语意思是"花"和"柳"。此刻,除了阿斯勒别克指给我们的那座山岗依然泛着靛青的色泽,周围的一切都透映在金黄的秋色之中。

那山谷中树林的走向,很像是一条蜿蜒的河流,只是它是金黄色的,它用这金黄色环抱着齐巴尔希力克,这个深山之中的小村落。

我愿意用通常人们所使用的词汇来形容它,因为除此之外我无力再找出更好的。同伴说,这是阿勒泰山最后的秘境,我明白,在我们经历过禾木、经历过白哈巴之后,需要这样的一个地方,盛放我们关于"最后"的所有情感。

我无法说清自己的感觉,当那金黄的河流载着尖顶的木屋在一刻不停地向西运转时,它已经成为最后、成为唯一。它就这样从我们的面前流过,就像盛夏时节以浓郁的绿色从我们面前流过一样。

只是现在是秋天,这是一个灿烂的时节。正如我们所面临的这座山谷,我分明知道它的每一片叶子都落向何方,我也同样知道,它们所有的精灵之气凝聚之后,有着怎样的力量。如同爱情。

我已经忘记了自己身处何方。我眼前的山谷曾经的茵绿已经变幻成金黄,我不知道自己记下的是它的盛夏还是深秋,抑或我根本就已经失去了记忆。因为我曾与夏花一同灿烂过,又在此刻随秋叶一同静美。

在齐巴尔希力克,我回想着自己所走过的每一条路,所经历的每一次旅行,它们到底给我的生命留下了怎样的记忆。我无法说清,我只知道,我遇到了无限的美,然后,又与无限的美擦肩而过,也与自己的生命擦肩而过。

我相信,一旦自己无法解析这时光的变迁,便会不去期待答案或者拥有,这整面安静的山谷,将置我于其中,置我于无法得到的答案之中。当你一直在找寻这个答案的时候,在此刻的齐巴尔希力克山坡上,你或许就已经看到,你的来途与去路是那样的曲折,而你抵达的,是那样的简单,你抵达的只是你自己的内心,你所需要的只是沉入自己内心的谷底。

回望在哈巴河的数天采访奔波,在这片地域上,文化交融的气息令岁月生辉,美景佳境的诱惑令时光久长,异域之境的距离令想像延续。

一路而来,领略的所有的变迁,所有的来自于泥土和尘埃,来自于空气和雨水,来自于爱情和生命的变迁,都那般耐人寻味。

它们都是真实存在的,并不在意你的到来或离去,或者你根本无法到达的脚步和想像,都不能撼动它历经的沧桑,它们是自然的一部分,是大地的见证和岁月的承载,也是人类和万物栖息的天堂。

火　炉

陈　颖

雪下了一夜。这三月的雪，如多年前的那场雨，重重落在我心上。

我坐在电脑前，聆听一个柔美女声充满深情地朗读一篇文章，一遍又一遍。

雪落无声。

你坐在火炉边，我坐在电脑前。岁月无法回转，我却可以轻轻悄悄地穿越时空，在你冰凉的后背上披一件温暖的衣，用身体挡住袭向你的寒风。

幸福让我眩晕，谁能知道？

这样的夜晚，你坐在火炉边，想一些人，一些事。我坐在电脑前，想你，我的奶奶。

每个人都有奶奶，奶奶是我们的来龙，我们是奶奶的去脉。一直想写写我的奶奶，却不能如愿，今夜，这漫天的大雪，和你的火炉成就了我。

与奶奶共同走过的那段岁月，是我生命中的白银时期，我的记忆一直被那段时光中的点点滴滴温暖，我的心灵一直从那些细细碎碎的经历中汲取营养。

曾无数次提笔。

每次提笔,往事桩桩件件汹涌而来,千言万语堵在心头,争先恐后地寻找一个出口。但时机总是不对。最终,它们又悄悄地退回记忆深处,等待下一次突围。

眼睁睁地看着它们呼啸而来,又悄无声息地离去,我毫无办法。但我并不气馁,我知道,总有一天,它们会自然而然地流淌出来,像在地下沉积了千万年的石油,某一天,在某一个地点,以某一种方式,喷涌而出。

只是机缘问题,机缘到了,一切都会有它的归宿。

就像我与你的相遇。

一

这些年来,我一直远远地望着你,远远地。你并不知道,也不会知道。

但这不影响什么。

我熟悉部分的你,如熟悉部分的我自己,你却完全不知道我。也许有一天,你会知道我,但那是以后的事了,我从不去想以后的事,以后是个陷阱,我只想拥有此刻的时光。

隔着多年的光阴,你的火炉还在燃烧,那夜的雪仍然在下。

选择在这样的时刻,说说我的奶奶,是我的心愿,也是我的需要。

我需要梳理一下纷乱乱的思绪,安抚一下不安分的心,然后,从容地打开心中的那个结,坦然走到你面前,不再惧怕,不再慌乱,不再躲闪。

命运将我抛在一个小村庄,我在那里艰难出生,又在那里艰难长大。命运也将一份真挚的爱和一份彻骨的愁透过一个老人植入我的生命——我在她关注的目光和精心的呵护中长大,每晚在她充满爱的抚摸和沉重的叹息声中入睡,吮吸的是她干瘪的乳房⋯⋯

她是我的奶奶,也是我的母亲。

我无法穿过岁月的长河,与年轻时的她相遇,但我可以想象,一个经历了丧夫之痛的年轻女人,带着两个孩子走进一个新家,面对一个陌生男人和一个成长中的少年时的恐慌与憧憬。

那段岁月,对她而言,是真实的面对,对我而言,是一段不曾参与的历史。我只能通过父亲的只言片语,了解他们当时的生活。

那时,她还年轻,娇小的身材掩不住贫穷的孱弱,美丽的容颜挡不住哀伤的袭击。她前夫死得不明不白,连尸体都找不回来。她带着两个孩子走进了一个更贫穷的家。

她说服我爷爷,送我父亲去上学,让自己的两个孩子务农。

为了让我在县城上中学的父亲每次回家时都能填饱肚子,她将自己在食堂的馍馍省下,带回家等他回来,看着他吃下去。

不久,闲话在村上传开,说她将公家食堂的馍馍偷回了家。

为了证明自己的清白,她一连几天在地里拼命干活,累了在地边躺一会儿,饿了喝口渠里的水。更大的痛在她心里盘踞,疾病乘虚而入,从那时起,各种疾病就排着队变着法地攻击她瘦弱的身体。

这些事都是我听父亲说的,她从没对我提起过。

二

我小心翼翼地走近你,不敢随意说话。像一个情窦初开的少女,躲闪着你的目光,又追寻着你的身影。这些年来,我一直以为,这样的情感不会降临到我光顾到我。衰老正在我体内安营扎寨,它要打一场持久战,直到把我的容颜彻底侵蚀,把我的自信彻底摧毁,它才会带着胜利的轻笑离开。

今夜,我站在你的火炉边,注视着你的眼睛——那双熟悉而又陌生的眼睛,那双流淌着水和火的眼睛,那双在现实与虚无中游走的眼睛。

今夜,我想对你说说我的奶奶。

儿时,奶奶是我的天,她走到哪,我就跟到哪,或者说,我走到哪,她就跟到哪。她每天有许多事要做,但所有的事都不会影响到她对我的关注和呵护。

她有4个亲孙子孙女,但她爱我胜过他们任何一个。外出串门,她手中总是牵着我,谁家送来一碗好吃的,她总要先给我留下一些,夜晚,谁都抢不走她身边的那块宝地——那是独属于我的。我的堂兄妹们只有在我不在的时候,才能享受一下睡在她身边的温暖。

她从没有动过我哪怕是一指头,也从来没有骂过我一句,但她绝不纵容我。

6岁,或者是7岁那年,和小伙伴玩过家家时,我把一个小伙伴的手绢偷偷藏在怀中拿回了家。她让我把手绢送回去。我哭着不肯去,她不理我。

那天刮着很大的风,整个村子里难寻人影,我一个人走在风中,去还一块我做梦都想得到的小手绢。

我在那个小伙伴的家门口站了半天,怎么也没勇气进去,最后,我把手绢塞进裤腰,向四处望了又望,确定没人发现我的行为后,向家走去。

刚进院门,奶奶一把把我拉到小厢房里,问我,还了没?

我小声说,还了。她望了我一会儿,慢慢坐下来,开始流泪。

突然,她拼命捶打自己的胸口,边捶边哭着责怪自己没有教好我。

我吓坏了,扑到她怀里,抽出塞在裤腰里的手绢,哭喊着阻止她,她捶打自己比狠狠打我一顿更让我心痛。

看到我被吓坏了,她平静下来安抚我,给我讲一个孩子小时偷针长大偷牛的故事。

我在她温暖的怀里沉沉睡去。从那以后,我知道哪些事是不能做的,做了会让她伤心,而我最不愿意的就是让她伤心。

三

一直期待着与你相遇的那一天。茫茫人海,你是谁,又在哪里?但心分明告诉我,世上一定有个你,为了我的寻找,为了我的完整,你存在着。

起初,我并不知道那就是你,只是被一种无法言说的东西吸引,不能自已地注视你。

如果有缘,总有被你看见的一天,如果没缘,就这样一直看着你。

我奶奶柔弱和蔼,隐忍大度。

她嫁给我爷爷时已经不能生育。生活的困顿让她生下两个孩子后,选择喝下一种彻底绝育的药水。她喝下那药水时,肯定不会想到自己的丈夫会死于非命,也不会想到,有一天,她会再嫁给一个急切想传宗接代的光棍。

我爷爷其实是我父亲的叔叔。

我父亲还是个小男孩时,他的双亲就先后离世。他生活在乌鲁木齐的姥姥家。除了姥姥一家,他唯一的亲人是生活在巴里坤的姑妈和叔叔。为了要回陈家唯一的血脉,我父亲的姑妈出钱,叔叔出力,共同到乌鲁木齐打了一场官司,才将我父亲抱到手。

一个光棍,本来就穷,又带着一个孩子,没有姑娘愿意嫁给他。

我父亲跟着他叔叔过了几年家里没女人的潦倒日子,在饥饿中渐渐长大。

后来,经一些好心人的撮合,一个寡妇走进了他们的生活,她带着和前夫生的一儿一女。

后来,她成了我的奶奶。

自嫁给我爷爷后,不能生育就成了我奶奶一生中的一个污点和被

149

别人耻笑的把柄,虽然她让自己的女儿改成了我爷爷的姓,虽然我父亲和我爷爷同姓,但他们毕竟都不是爷爷亲生的,这是我爷爷心中一个无法解开的结。

小时候,我一和小伙伴吵架,他们就大喊:"你爷爷是个断后鬼,你爷爷是个断后鬼。"

那时,我还不知道这句话的真正意思,但从奶奶泪水满流的脸上,我知道那不是一句好话。

四

我一直不知道自己心中藏着一座火山,直到你来,它突然喷发。

沉醉着,迷茫着,心碎着,狂乱着。

被父母带着离开奶奶的瞬间,我的童年停滞,我的青春逃遁,我的人生荒芜。

你来,唤回童年,青春回来,我的人生从此有了色彩。

我一直认为有些东西是与生俱来的,是后天修养不来的。我奶奶没有文化,大字不识一个,但她的涵养却是村里任何一个女人都比不上的。

她与别人穿着同样的衣服,但那灰色或者黑色的大襟衫却显出她与众不同的高洁。

她爱种花,不管日子过得多苦,院子里总有她种的喇叭花在夏日的早晨静静开放。

我一头浓密的头发,常在她手中变幻出各种样式。

每年寒暑假,她都要送我去县城里我父亲的姑妈、我的姑奶奶家住些日子。一段时间后,她会准时接走我。她来接我的时候,我总是万般不情愿,姑奶奶非常疼爱我,她家很富有,有很多好吃的,让我怎舍得离开?

但奶奶不会姑息我,她什么也不说,一把抱起躺在地上撒赖的我,放在毛驴车上,任我一路哭喊。

那时,我还不明白她的心意,直到后来,我才知道,她送我去姑奶奶家是有她的意思的。

那时,她什么也没有对我说过,她为我做的所有事情的意义,都是我日后才慢慢悟出的。

五

我刻意接近每一个和你熟悉的人,只为从他们的言辞中捕捉一点你的信息。那些信息慰藉着我,也刺痛了我,却无法让我不想你。

你喜悦的人也成了我喜悦的人,只因他们身上有一丝属于你的久远气息,那气息穿过时间,透过人流,被我嗅到。

我看着你,像看着一个丢失多年再次相聚的亲人。

那个夏日的早晨我永远忘不了。奶奶又病了,躺在炕上。爷爷下地去了,我一个人在院子里,落落寡欢。奶奶一病,我就蔫了。

这时,院外传来一个声音:"卖大胜丹了。"

大胜丹就是人丹,奶奶常常吃。那个早晨,我以为只有大胜丹才能赶走辖制着她的病魔。

我急切地回到屋里,把藏在炕角的5分硬币攥在手心,冲出院门时,才发现爷爷把院门扣上了,门扣太高,我够不上,我急得不行,怕卖大胜丹的人走了,我喊了几声,期望刚好有一个大人走过,可没人。

我绝望地坐在地下,开始哭。奶奶出来了,疾病让她站不稳当,她弱弱地说,你这个娃呀! 就不能让人消停一会。她吃力地打开门扣,我飞快地跑了。

我追上那个卖大胜丹的人,在他面前伸开一直攥着的手,他从我手中拿走了那个5分硬币。那时,我们把硬币叫银丫丫,那是我童年时唯

151

一拥有的一个银丫丫,我曾像守一个宝贝一样守着它。

现在,它从我手里飞走了。

我跑回院子里时,奶奶还没有回屋。我把手向她伸开,手中是一包大胜丹。

后来,她逢人便把这事说上一遍,边说边淌眼泪。

六

我哭了一场,起初是哀哀地哭,有节制地哭。后来泪如雨下,不能自制。没有人安慰我,也没有人能安慰得了我。

已经很多年没有这样大哭了,生活中似乎早已没有值得我去大哭的事发生了。

我把你藏在心中太久了。我藏不住了。

黄昏,奶奶牵着我的手,在村里一遍又一遍地走,有时急切,像要找回什么;有时舒缓,漫无目的。

我不时抬头望一望她,她不言语,紧锁的双眉锁不住躲藏在眼底的孤独。

奶奶,你咋了?

她不回答,只是低下头,望我一眼,然后接着走。

直到夜色降临,她才牵我走上回家的路。

她常常在大大的院子里久久枯坐,不言不语,仿佛世上只剩下她一个人……

她的眉头越皱越紧,眼神渐渐迷离,脸上的慈爱仍在,却不再生动,那慈爱一旦被一种小孩子无法理解的情绪抓住,就失去了生动的本源,变得陌生而怕人。

我轻轻唤一声:"奶奶!"她像是从梦中回来,茫然四顾,然后长长叹一口气,把我拥入怀中。

村里有人娶媳妇了,大家都兴致勃勃地有说有笑,孩子们更是疯得没有样子。她也和大家一起说笑,但,突然之间,话从她口中逃离,笑从她嘴边消失,她站在人群中,如站在无人之地,茫然无助。

一个小孩掉到渠里淹死了,她和孩子的亲人们一起大放悲声,哭得瘫倒在地。

埋葬那个孩子后,她常常把我抱在怀中,久久摇晃,久久抚摸,久久凝望……

有时,一家人正吃着饭,她突然放下饭碗,在一旁悄悄地流泪。

七

那时,我无法知道是什么抓住我的奶奶不肯放手。

直到你的火炉将我的记忆慢慢烤热,一些事情才渐渐显明。

我常常独自舞蹈,忘情而沉醉。

一直渴望在最美的年华遇见你,却不能如愿。如今遇见你,我已一无所有,唯有远远地、远远地看着你。

今夜,我要为你跳一支舞。

我离开母腹就进入了奶奶的怀抱。她用白面糊糊喂我的时候,也将愁一起送进了我的身体。

奶奶的爱滋养了我,奶奶的愁浸泡着我。离开她后,那爱失去了水份,那愁却在日日疯长。

那些细细碎碎的发生在我与她之间的事情,已经失去了让我描述的兴致。这些年来,我一直在想一个问题:她,为什么那样爱我?不可思议,毫无保留。即使是我长大成人后对她的爱一日淡似一日时,她也没有停止对我的爱和呵护。

是的,离开她时,我是痛苦的,毕竟我只有 10 岁,生命的根还没有发育完全,就被硬生生地切断,如果能移植到一个同样的环境中,或许会长成一棵大树，但突然之间，一切都变了。

刚开始，我天天想着她，泪水不断。一有机会，就扑向她的怀抱，让她慈爱的面容慰藉我的干渴。

渐渐的，城市低矮的天空，挡住了我对她的思念，也滋生出了另一个我，我开始拼着命地在人流中寻找，寻找爱，寻找寄托，寻找另一个如她一样可以依靠的人。

寻找的过程中，我离她越来越远。而她，却依然爱着我，等着我。

傍晚，她一个人，缓慢地走在通往村口的那条土路上，充满期待。班车过去了，她等待的人没有下来。她又一个人走在回家的路上，依然充满期待。

她在苦苦等待那个天天牵着她手的小女孩归来，却不知，那个女孩早已在城市的寻找中迷失了自己。

我不再每周都给她写信，也不再一发工资就急急地去给她寄钱，她太遥远，解不了我心中的渴，我要自己找水，解那永久的渴。

我与她生分了。祸手是时间，还是我的改变？

相遇一只棕熊

（下册）

新疆作家协会 编

新美佳作丛书

新疆美术摄影出版社
新疆电子音像出版社

图书在版编目（ＣＩＰ）数据

相遇一只棕熊／新疆作家协会编. — 乌鲁木齐：新疆美术摄影
出版社：新疆电子音像出版社，2013.11 （2015 年 4 月重印）
（新美佳作丛书）
ISBN 978-7-5469-4444-9

Ⅰ.①相… Ⅱ.①新… Ⅲ.①散文集－中国－当代
Ⅳ.①I267

中国版本图书馆 CIP 数据核字（2013）第 244640 号

新美佳作丛书
相遇一只棕熊

责任编辑	高雪梅	
装帧设计	王 芬 轩 辕	
出　　版	新疆美术摄影出版社	
	新疆电子音像出版社	
社　　址	乌鲁木齐市经济技术开发区科技园路 5 号（邮编：830026）	
电　　话	0991-3773930	
发　　行	新华书店	
印　　刷	三河市燕春印务有限公司	
开　　本	787 mm × 1 092 mm　1/16	
印　　张	22	
字　　数	160 千字	
版　　次	2015 年 4 月第 2 版	
印　　次	2015 年 4 月第 1 次印刷	
书　　号	ISBN 978-7-5469-4444-9	
定　　价	59.60 元（上下册）	

目　录

八

迟早有一天,我们都会生分,无论是母子还是夫妻。

我宁愿这样远远地望着你,也不想和你生分。

我已经和一些人生分了,我不想和你也生分,尽管我还没有真正走近你,可在我心里,我们从没有生分过。

那些聆听你的日子,那些读你的夜晚,那些远远望着你的时刻,我的血即刻涌向你的血管,我胸膛中跳动着你的心。

婚后,我与丈夫回去和奶奶过了一个年。

她知道我变了,她早知道,只是不说。她知道许多事情已经在不知不觉中改变了,那个曾经天天牵着她手的小姑娘早已被城市的冷漠吞噬了。她端上精心为我煮好的饺子,我却嫌饺子皮太厚。她讲述我不在的那些年,发生在她生命中的一些事,我却没有耐心听下去。

夜晚,我仍然睡在她身边,感觉却是陌生的,她拿出我小时候盖的小被子,压在我身上,说,看看,时间过得多快,你都结婚了。

我顾不上体会她当时的心情,只顾沉浸在自己的情绪中。

村里的时间漫长而无边,被忙碌追赶惯的我一时适应不了,急切地想逃走。

那是我离开她后回故乡过的第一个年,也是最后一个年。

我和丈夫离开时,她久久地望着我。她一定知道,那是我们的最后一次团聚,而我,总觉得日子还长,不久的将来,我们还会再见。

她曾说过,一定要看着我结婚,有个好归宿后,她才会安心地闭上眼睛走。

她信守了自己的诺言。

我婚后不久的那个初春，堂兄打来电话，说奶奶不行了。

我没有太多悲伤，急急踏上了归乡的路。一路上，她的影子总出现在眼前，儿时我最怕她离开这个世界，现在，她真的要走了，我却没有太多悲伤。

我赶到时，她已弥留，双眼无法睁开，只大口大口地呼气吸气。我握着她渐渐冰凉的手，说，奶奶，我来了。

大颗的泪珠从她深陷的眼窝中滚出，她知道我来了，她用只有我能懂的方式告诉我她知道。

我看着她失去活力的身体放入棺材，我看着装着她身体的棺材放入土坑……

初春的寒风在戈壁上肆无忌惮，我躲在人群中哭泣。

从此只剩我一个人了，奶奶。

她走了，带着儿时的我一同上路了。

后来，我才知道，我的生命其实在 10 岁那年离开她的时候就已经结束了。

九

人的生命会在某个瞬间突然结束，在另一个瞬间重新抽条。

你唤醒了沉睡在我生命中的另一些生命，它们手舞足蹈地想痛快一场，却发现，时间停滞不前，空间过于拥挤，太晚了，当我重新体验到一种情感，想抓住一些东西时，却发现，一切都太晚了。

我坐在岁月的门槛上，目送人群朝同一个方向走去。我不想与他们同行，我想等一等你，我想陪你走一走，什么都不说，或者只听你说。

她是我的奶奶，也是我的母亲。

一个与我没有丝毫血缘关系的女人，却在我生命最初的 10 年中，

156

用爱和愁将我养大。

奶奶去世14年后的那个夏季,我再次回到了故乡。

那是一次回归之旅。身体的介入只能叫回家,唯有灵魂的介入才能称为回归。那一次的回归中,我突然得到了自己一直寻找的答案。

她为什么爱我?那个与我没有丝毫血缘关系、被我称为奶奶的老人。

她爱我,是因为她知道,有一天,我也会像她一样成长为一个女人,她经历的苦难,我都要经历;她忍受的磨难,我一样都躲不过。

她爱我,是因为她知道,我和她一样,都是一朵弱弱小小的花儿,在人间的荒原上,瞬间开放,瞬间枯萎,她想用她的爱多给这后开的花儿一些雨露,好让她开的时间长一些。

而她之所以在那些年中,坚持带我去看我的姑奶奶,让我每年在那里住一段时间,其实是想让我知道,姑奶奶那里有我的血脉,她那里有我的根,血脉和根相联,我才会越长越旺。只是,那时我还太小,读不懂她的心。

现在,想起她来,我一点也不悲伤,其实,这么多年来,她从没有离开过我,无论我处在什么样的境地,她都与我在一起。

十

我在人流中找你,我在人海中寻你,渴望一次不期而遇,让我的想念停歇片刻。

天亮了,雪还没停。

多少年了,我的火炉总是温吞吞的,无论什么都无法让它燃得更旺一些。我早已习惯了它的温度,以为会这样一直走到暮色苍茫。

但突然之间,火苗猛然蹿起,四周没有一丝风,它呼呼呼地独自燃烧。那火,让一个冷若冰霜的人瞬间失去理智,让一个习惯在恒温中行

157

走的人丢失路标。

我疯狂地走在雪后的路上，什么都不顾，什么都不管，什么都无法让我停止。

这因你而燃的大火，快要将我烧成灰烬。

那一刻，我突然理解了奶奶，多年前的那些黄昏，她为什么不停地牵着我的手在村中走呀走呀。

她心中也燃着一团火。

她无法给那团火一个释放的通道，只好不停地走，不停地走。

每个人都有一个火炉，当我们被孤零零地抛到这个世上时，唯一能够安慰我们的就是那个火炉。在人生的漫漫路途上，我们都靠着炉中那一点点火光，走过漆黑黑的路；我们都抱着炉中那一点点温暖，走过一个又一个寒冷的季节。

我们火炉中的燃料是眼不能见，唯有心能感知的情，是无论你长着怎样的巧舌都无法阐述清楚的各种各样的情。

这情，缠缠绕绕，织成一张网。

少有人能挣脱这张网的缠绕。愁因此而起，苦因此而起。

我奶奶一生都在这张网中挣扎，直到死亡降临，她才得享安宁。

如今，我也陷入了这网中，这之前，我一直固执地认为自己永远不会这样苦苦恋上一个人。

这情痛彻心肺，让我领教了什么叫茶不思，饭不想；什么叫夜不成眠，辗转反侧；什么叫为伊消得人憔悴；什么叫面对着你还在想你。

我奶奶的火炉需要加入亲情增加温度，我的火炉需要爱情燃走疲惫。

最终，我们一个失望，一个绝望。

奶奶的失望在于她把从小带大的小姑娘丢失在了岁月的河流中再也找不回来，我的绝望在于我把根本不属于自己的一个人种在心田中期望长出点什么却无能为力。

曾经紧紧网住奶奶的那张网，也网住了我。奶奶的愁也成了我的愁。

奶奶的愁无人明了，无人诉说，我的愁欲说还休，欲罢不能。

十一

多少年后注定\有一次无言相遇\荒野朝天\月光铺地\久远的歌声响起

最美、最真切的情感永远在心中，表达出来的总是有所偏差。

我奶奶姓朱，名玉兰，这个温馨的名字一直深藏在我心中。我相信世上有许多女人叫这个名字，但我的奶奶她是唯一的，是我生命中唯一的。

她早已长在我的记忆中，融入我的生命里，没有什么能将我与她分开。连时间都无能为力，连岁月都望而却步。她的爱将我包裹，我的生命与她融合。我是她的童年，她是我的老年。她看着自己的童年慢慢长大，我看着自己的老年渐渐枯萎……

我与她其实是一体的。

而你，我来路上丢失的那个人，我残缺灵魂中的那一半，我找你找了多少年呀，找到青春不在，找到韶华流失，找到无望，找到心碎。

你怎会知道，我赶了几十年的路程，就为这一刻与你的相遇；你怎会知道，你在前头走时，我正在你身后踏着你的脚印前行；你怎会知道，那段月光铺地的路途上，那段歌声响起的时光中，幸福是如何从我的魂中溢出，将我灵中的洞填满。

如今，我找到了你，认出了你，却无法走近你。

记忆之歌

南 子

(一) 溺水

每年春夏季开始,奎依巴格白水河的河道就开始动荡不安。洪水横冲直撞,在并不宽阔的玉龙喀什河道上泛滥。

石头相互撞击发出各种轻轻重重的声响;黄色的浊浪中翻腾着从贫困人家屋子里冲出来的床板,毛毡,红柳栅栏;有时浊水中还一上一下浮现出羔羊惊恐的身影。

发洪水的时侯我喜欢到白水河边看水——也不是我一个,河边还有好多人。还有孩子。强烈的泥腥气味从黄亮的水中散发出来,凝固在空气中。

雨已经停了。

而河里的水又黄又浊,好像厚了许多,打着平日里不打的漩,像一些肥硕的大花,浩浩荡荡地漂下来,一个接一个的,都亮汪汪的,把被厚云堵着的铅色天空映得有些亮了,但看上去和平时的亮有些不一样,亮得有些怪异,亮得有些不明白,好像在这亮的后面还隐藏了些什么。

那时,在被重重道路阻隔的奎依巴格封闭、贫穷,像我一般大的孩子还待在他们的童年里,奔跑、嬉笑、或远远地望着天边的鸟儿发呆。那时,白水河里的水还很清,河坝子成了孩子们的游乐场所。

浅水滩处,水面上蒙着一层盛夏时节又宽又亮的光亮。河水中裸露出来的石头蒙着灰绿色的苔藓,像锈斑一样。当河水干了,一道细长的黄泥汤像一条又扁又长的蛇曲折贴地而行。没有水的河滩上堆满了大大小小的鹅卵石。

每一年,一到夏末暴雨后,涨潮后的河水不论涨得或深或浅,就要作恶一番,白水河的水域变得复杂,神秘莫测,每年会发生一些溺死人的事情。一口气吃掉好几个小孩子,刚刚出生的还不算。

好在那些女人们,真的是能生养啊,一个又一个,一点都不知疲倦。

那么多的孩子,大大小小的,嘴里散发出沙漠干旱地带的小野兽一样的热气,散落在地上到处都是,像一小股潮水一样的就来了,落在满是脏污的尘土中。攀上挂满桑子的桑树枝,手和嘴巴都是斑驳的紫。

也许是他们太多了。所以,必须有孩子死去。

那年我 12 岁,我第一次感知死亡是在这条白水河的水流声中开始的,并在断断续续的回忆和讲述中露出了端倪,恍然觉得那里会有什么东西在将我等待,从而改变我的生活:比如在河滩上看到一个人溺水。

艾布力,我家斜对面的寡妇茹鲜古丽的私生子,和我同岁。我记得很清楚,那一天,在一个临近中午的时辰,我家斜对门的茹鲜古丽就来敲我家门了。身后跟着一个我从未见过的小男孩。他刚来到这里的第三天,就淹死在河坝子里了。

"这是艾布力,我的侄儿,昨日刚从莎车来。人生地不熟的,你俩搭伴儿去河坝子玩吧。"茹鲜古丽一脸讨好的笑。

艾布力从茹鲜古丽的身后探出半个身子,眼珠儿不错地看我。

我的天,第一次见他的情景我至今难忘:艾布力八九岁的样子,五官不清,像是一张令人不快的、皱巴巴的、老人的脸。

我记得那天我和他走在去河坝子的路上时，夏日正午的太阳毒辣辣的，刺得人眼睛发痛。被重重山峦阻隔的山风带着清凉之意在很远的地方展开了扇子。热、戈壁滩稀疏的灌木丛中细微的虫鸣。但那的确是个寂静的日子。没有风声。看不清他的脸，他留给我的总是一个太阳下面凉而薄的背影，小小的，且无声，像一片树叶儿般飘动着，像是我的影子和替身。

我俩慢慢地走着，在冥冥中接近一种神秘和未知。

艾布力出殡的几天后，我又一个人来到了河坝子上，在河水发出声音的地方，我朝水下看，恍惚看见一个小身体仰身躺在河水里，周围冒着气泡。一张没有五官的朝着天空的脸。

也可能那是我出生以前的事情，是一个梦，可为什么我对这个溺水事件的每一个细节都记得那样清楚呢？好像我亲眼看到了一样。或许我真的看到了：

那时，我还是一个未出生的婴儿，却能透过母亲的肚皮向外观看，好像那是一扇门，但只对我一人敞开。

可是，淹死不淹死谁，是水说了算吗？

古丽告诉我说：

"我小时听大人讲，要是掉进水里的话，只要不惊慌，就不会被淹死。只要面背着水，吸入点气，把头浮出水面就行了。可我总学不会，看见水，就像是看见一艘沉船。落下去了。"

"要是你落过水，你就该知道那种恐惧。"

我没告诉她，其实，我 12 岁时也差点被淹死过。

那时刚发育，有少女肥。有点丑。可那天中午，我终于鼓起勇气下了河，拎起裙角在河的中心慢慢走去，另一只手搭在额前，作眺望状，真是造作得很。

恍然间听见背后有人在叫我，我想回过头，却被脚下的一块石头绊了一下，身子失去了重心后，滑倒了，我的嘴里，耳朵里，鼻孔里灌的全

162

是水,水漫到耳边。我一喊,水就不住地塞满我的嘴。不让我发出声响。

同伴们在岸边的小树林里玩。没人注意我。

也许他们是故意的。

没有比落水更让人心碎的事情了。最后,我是怎么被人拖上岸的,有好几个版本。

好在我知道了,救我的人是个男的。很丑。像个河马。

听说我被他拖上岸的时候,我的上身是光的,裙子被水褪到了脖子处。那时我的胸部刚发育,有些微微的肿胀。

真下流。

竟被他看了全身。

我闭上了眼睛,在想那个我曾经忘掉了的溺水事件又一次出现在我的脑海里。不知道在我如此年幼的时候,竟可以从那么平静的地方摔落。

我把这次落水看作是一种征兆,一个晦涩的征兆,一个不容忽视的告诫。

在梦中,那个被淹的人到底是谁呢?他那没有五官的脸,头发漂浮在脸的四周,这是我出生前就留在我脑子里的形象。

没有五官——想到这里,我吓了一跳:这只是一个幻象,不可能是他,艾布力没淹死,他正生活在另外一个地方。

这是我自己创造出的一个预言:那个被淹死的人,那个没有五官的人,就是出生前的我。

我想我早就被淹死了,我躺在河道的暗处已经记不清有多少年了。我以前年纪还轻,现在离死不远。只是作为一个孤单的游魂在人间来回走动。我对人世的情意一直停留在那个年龄。

从那以后,我装疯卖傻,按时进食,从不被人怀疑,一直到现在。其意义我以后会明白的。

（二）公共汽车

那时我才 12 岁，和当地的小孩子一样，在这个少有外地人来的地方生活，长这么大，却还从没乘坐过汽车，也从没到过和田以外的地方。真是亏欠。可我还算是见过它的呀，这辆长途汽车在巴扎的路边一停，就引来好多露出白牙的孩子的围观，其中就有我。每一天都如此，仿佛我不曾离去，他们也不曾长大。

那时候的奎依巴格人，很少看见有外地人来这里。再说了，奎依巴格的人好像无一例外，对外地人有一种天生的攀结和好奇。外地人要是走在街上，会有人肃然起敬地远远跟着，流连在他们身后。

可是，就在我 12 岁那年，我看见一些外地人真的来到了奎依巴格这个地方。

那些外地人，是由长途汽车喇叭声带来的。就在这一天，就在这个尘土飞扬的边镇上，我觉得，有一部分的我正开始不知疲倦地尾随这些外地来的人。

那辆长途汽车是奎依巴格镇唯一的一辆。

车身是旧旧的红色。在夏季不刮风的时候，每一扇车窗都开着，每一扇的车窗后面上都有人，那暗哑的目光也像是在悬浮，朝向来时的路。

只是这辆客车发出的声音只比我后来见过的挖掘机要小些。不，要小很多。

就是它，每个星期天的中午从乌鲁木齐的方向来——那是个在当地少有人去过的地方，老爹说了，车子在路上要走 7 天 7 夜呢。

当它远远地穿过蒙尘的大路，喇叭声长一下，短一下地在和田大桥的另一头响起。时值中午三点，正是巴扎日，赶集的人最多的时候。驴车在人群中挤来挤去的，大人都各自盯着眼前半米的事情，没人听见这来自外地的汽车喇叭声在一点一点地逼近这个破落的沙漠边城。

我当时在干什么呢？

不大想得起来了。那天我好像是在和田大桥下面的河滩上玩,离那辆车还远远的,就清楚地听见客车的轮胎扎过大桥上的石子路发出的嘎吱声。透过低垂的柳枝,我看见岸边的同一侧有两个巴郎(巴郎,维吾尔语:小男孩)在玩耍。也许是我把体温传给了河水,它变得越来越柔和,越来越亲切。

接着,桥上出现了一道巨大的红色光束,断断续续,还迟疑着,一下子把大桥上的路一分为二,把桥上的人群一分为二。

"红色的车,是外地来的长途汽车"。

我的心喜悦地跳了一下。

通常,这辆唯一的车就停在巴扎的路边上——它的前方连着和田大桥。对当地人来讲,这座破损的大桥永远是一成不变的,永远抽象,耀眼的,完整无损的。

买买提江的烤肉摊旁的那几根柱子之间有不少人。老人和孩子。堆在地上的尘土吸吮着他们的脚。人一多,买买提江的烤肉摊显得很热闹,好像这热闹不是通过这烟雾撩绕的烤肉摊,而是通过这辆长途汽车,有它在,嗅着它身上的铁锈味,他们似乎都觉得自己同外部世界联系起来了。

即使是微不足道的联系。

可仍让人感觉得到,它能把自己径直带出这一小片沁透干热的日照,灰尘,没完没了的风,这埋着盐碱的绿洲周围,是一大片不毛之地的沙漠戈壁。

那是 1980 年春季的一天,宽阔的马路带有一点坡度,从灰蒙蒙的远处,一辆长途汽车浮现出红色的车体,沉重而缓慢地挤压着路面,在某一个瞬间,它仿佛停在那里。

道路两旁的店铺门窗紧闭,隔窗望去,似乎蒙着些灰尘,犹如老人一样的暮气沉沉。

在河坝子上玩累了,我和阿曼准备回家。路过巴扎的时候,我看见有好些人围着它。今天是星期天,才刚到下午,它运送完一车的乘客,正喘息呢。

我走近它,小心翼翼地把手放在了发烫的红色漆皮车身上,一点一点地往上移。有好几年了,好像是第一次,我这么近地看着它。

它太老了,作为一辆车,它可比老爹老多了。

一下子,我心里滋生出对它的一丝轻蔑来。这么多年来,它一直干着人们要求它的活儿,以至于这活儿超出了它的体力,不少漆皮都脱掉了,有些斑驳。像不服老的女子褪下的残妆,好在,颜色还是乍眼的红,走多远都能一眼认出。

"嗳,你在这儿干什么?"

是一个高个子的汉族人,他手里拿着一小块不黄不绿的石头,大概是从玉石巴扎那儿淘来的。在这里遇见他真是意外。

"天热。"我有些害羞,不知还能对他说些什么,手指伸了出去,胡乱指了指河坝子。

他笑了:"你坐过吗?车。"他用手敲了敲车身。我摇摇头。

这是真的,我的确没坐过。

他径直朝买买提的烤肉摊走去。很快,一个高个子的汉族男人随他从围坐在一起的人堆中走了出来;我当然认得他,他是司机。

"喂,你来。"

我听见他在叫我。

"你——多大了?"他的声音像是从远处吹过来的。

见过他好多次,来过我家也好几次,他倒是第一次这么问我。

"12"。

"12"。他重复了一遍。

"这车——"他突然像是想起了什么:"你从小在这里长大?"他像是

在问我话，但是在问话中随意陈述着一个确凿的事实。

我颇为筹躇，原地转过身来看着他，不知道他为什么一下子说这么多的话。他歪着头，好像是在思考他还能做什么。

当他又一次地转过身看这辆红色的车，发现我和阿曼这几个小孩子靠着买买提江家的墙跟坐了下来。

"你们——你想坐车吗？"

那真是一次奇怪的经历。

古不知用了什么样的方法，说服了那个高个的汉族司机，邀请我们，还有他们，那些从没坐过汽车的人，沿着和田大桥，巴扎，河滩旁的公路去兜一圈儿。

一下子，车厢里被挤得满满的，小巴郎子被大人挤得发出了尖叫声。都是维吾尔族人。不是老人，就是妇人，最多的是那些眼睛会发亮的小巴郎。不知他们从哪个角落里冒出来了，并很快知道了这个消息。

他们枯黑的皮肤上，也许是饱经日晒的缘故，都洒着一层淡淡的灰黑色。

我靠在车窗旁看着窗外一片耀眼的暴亮，以前熟悉的街景，全然变得陌生了，像是在悬浮。一排排掠过的树在石子路的颠簸中，像是溶解了，树叶也融化成一片，在路的两旁升起曲折的热气。

一会儿，车子路过了我家的门口。没有人。唯有沙枣树，每一棵都是那么地孤单。我看见了探出墙头的枝叶，在烈日下也都营养不良地萎黄着，短小，上面挂着一些永远长不大的沙枣，远远一看，就像是没有来得及打开的玩具伞。这一刻的所见似乎是途中最陌生的，仿佛不曾到过——我在那一刻产生了离家的感觉。即使归来，我的体内滴滴嗒嗒响着的也是异时的时钟。

一下子，腹中的饥饿令我浮起一种难以言喻的焦躁，也许真正令我不耐烦的是这辆汽车的速度和我内心的速度之间的不合谐吧。在我的心里，一辆车子正在脱轨。深深感觉到两种时间的差异。这种想法使我身心俱疲。

不知过了多久，一阵刺耳的刹车声后，汽车突然在巴扎的路边停了下来。由于停得猝然，车上的人嘴里发出了尖叫，我的身体也给带得往前冲，几乎要撞上前排的椅背，幸亏我及时举起右手，一撑，一顿，便又坐稳。

站立在走道上的一个老年妇女没站好，身子猛然往前一倾，倒在前面的人的身上，脸上蒙着的黑色头巾的滑了下来。"噢侬——"车上的人一下子乱成了一团。

停车了。

伴随着好长一阵磕磕踏踏的脚步声，和小孩子梦游似的眼神，待车里的人下去后的好长时间里，一股尿臊味却伴随着汗臭，那是当地人特有的体味，直往我的鼻子里钻。

车厢里空了，只剩我一个人张大了嘴，看着他，傻笑了起来。

然后，我头也不回地下了车，走好远了，我禁不住又回头看了一眼。车身是肥长的一列，洒着一层旧旧的红，只有轮子是阴郁的黑，头部略微肿大。

我突然觉得失望：这长途汽车长得是有些古怪滑稽。

陪母亲逛街

赵钧海

父亲去世后，母亲就一个人过。虽然小弟与她在一个城市里，但小弟也有自己的家，自己的孩子，关键是小弟得了一种很难治愈的病——股骨头坏死。电视里经常播这种病的恐怖镜头广告，一看到那些大腿扭曲的病痛者，我就会想到小弟。小弟其实连自己都照顾不了，更别说照顾母亲了。

于是七十四岁的老母亲就成了我的心病。我时常会琢磨怎么孝敬清寂的母亲。说起来我与母亲相距三千多公里，真想孝敬她老人家，其实只是一句虚伪的空话。我什么忙也帮不上。我这个年近半百的儿子，从小到大就没有真正帮过家里什么忙。从七岁开始住校，一直到高中毕业。下农场接受再教育，被招工。我一直远离着父母，颇像一只离巢的小鸟，自由而散漫。对父母尽一个长子的义务，对我来说就是天方夜谭。这也是我几十年来自责内疚的根源。

我在西部邈远的准噶尔盆地沙漠地带，而母亲在华北平原的老家。我觉得母亲就像一个踽踽的孤行者，蹒跚而落寞。

前段时间，我得到一个去内地出差的机会，而且就在母亲家附近。我打算把母亲接到我身边尽一个儿子的义务。然而，母亲说什么也不肯跟我走。她说，我一个六十多岁的老太太，还到处跑啥哩。你能回来陪我两天，我就十分满足了。小弟和弟媳也说，母亲只要说定的事，谁说也没有用，她可有主意了。

争执的结果是，我妥协。当然母亲也很给我面子，她让我陪她逛一趟街。

也好，五十岁了，我居然没有真正与母亲逛过一次街，至少成人以后是这样。街坊邻居看到我与母亲一起走，就觉得蹊跷，表情狐疑着有点怪。母亲就说，这是我大儿子，从新疆回来看我啦。母亲边说边快步走着，声音很大，神情很自豪。别人于是就投来羡慕的眼光。

说是逛街，其实就是在县城（已撤县改市）的街上走走。母亲其实天天都在街上游走，或买菜，或锻炼，几十年如一日。她逛什么呢？说是我陪母亲逛，其实就是母亲陪我逛街。中国县城的街道，大体都一样。小商铺，小门面房，一个挨一个既显得很繁茂，又显得杂乱无章。我其实也没有心思闲逛的。

我想，还是给母亲买件衣服，几十年了，我居然没有真正给母亲买过衣服，总是妻子操心这事，她甚至知道母亲穿衣的尺码。这次出差，妻子还专门交代，要我给母亲买衣服。

走了几家服装店，几乎是清一色的年轻人服装。那种露胳膊掏洞的奇异服饰，再配上咚咚作响的疯狂音乐，让人心烦。老母亲便拽我出来，说，这里嘛也没有，我什么也不缺，不买！

于是，就走到了新华书店。我对全国统一标志的新华书店有一种特殊感情。几十年来，只要看到它，我就会毫不犹豫地走进去。于是，我不由自主地走了进去，待进门刚走了两步，蓦地想起了什么，就不好意思地退了出来。我知道，母亲是文盲，不识字，没有上过学。战争时期的农村女孩，不可能上学。虽然解放后，母亲在村里担任过妇女主任，但很快她就嫁给了在新疆当兵的父亲，并跟随父亲在天山北麓的野战部队一待就是二十多年，并生下我们兄弟三人。她是没有机会念书识字的。

我退出的举动被母亲制止了，并用手把我推进了门。母亲说，进去进去，你从小就爱买书，我今天陪你看看书。

如今的县城书店还真不小，几层高的大楼，各类书籍应有尽有。人头攒动，热闹非凡。

走进书店，我就再也没有时间概念了。我将老母亲抛到了脑后。

书店书挺多，尤其是十几年前的老书还能偶尔见到，而且那时的书价格便宜。我就翻找阅读起来。老兄长周政保的论著《非虚构叙述形态》，一直没有买到，自从他调入北京，就再也没见过。但他那犀利的文笔依旧让我警醒和受益。早几年出版的纳博科夫的《洛丽塔》，一直想买，却总也碰不上，如今也有幸被收入怀抱了。

正集中精力阅读张承志的新书《聋子的耳朵》，却忽然有人夺我夹在腋下的书籍。回头一看，竟是母亲。母亲说，我给你拿书，你慢慢看。

我不好意思了。母亲居然一直跟着我，她一个不识字的老太太，就这么一言不发地在儿子背后默默地看他翻书，在偌大的店堂里显得奇怪而滑稽。我感动了，说：妈，你先出去转一转，我一会儿就完。

母亲说，不碍事……你买书我来拿。说着，就拿去了我挑中的书，而且在离开我数米远的地方站下。

拗不过母亲，我只好随她。

从小母亲就支持我读书，记得"文革"期间，书籍很少。我常常会从母亲给我的生活费中挤出一点经费，购买喜爱的书。诸如《海岛女民兵》、《虹南作战史》、《雁鸣湖畔》等等，都给我留下深刻记忆。有一套橘红色的《十万个为什么》还是母亲陪我买的。当时一套数十本，比较贵，我因挤不出钱来，就只有求助母亲了。母亲很宽厚地说，走我帮你去买。其实那时家里只有父亲一人挣工资，一家五口，我常年在外上学，吃喝拉撒睡，支出最大，父母还要时常给老家爷爷奶奶姥姥们寄钱，费用很紧张的。

171

一晃四十年过去了，我的两鬓已夹杂有不少稀疏的白发，而母亲已彻底蜕变为白发苍苍的老太太了。可我们一起逛书店的举止，宛如从前。

我不再顾及母亲。母亲是我的母亲，虽然她不识字，虽然她年纪大，但她乐意在书店里陪我。即使这样想，我心里还是有一股淡淡的酸涩。

我似乎没法再静谧地选书了。读一会儿书，我就会斜着目光看一眼母亲。我发现，母亲站在甬长书架的另一头，双手抱着我选的书籍满头银发显得孤独无援，也显得异常清瘦苍老，脸上的皱褶浓密而清晰，神情里有一种凄楚的倦怠。

我的眼眶湿润了，混浊的液体瞬间模糊了视线。

母亲看到我在观察她，就诚惶诚恐地走过来。又要帮我拿书。我于是又交给她两本。难道还有什么比母亲陪自己逛书店更幸福的事吗?!

然而，令我惊讶令我激动的一幕发生了。

母亲竟然给我选了一本《王蒙——我的人生笔记》。母亲说，我看你买过这个人的书，总说写得好，对不对呀?!

它果然是王蒙的一本新书，时代文艺出版社的最新版本。

我愕然地望着母亲，说:妈，你认识这书上的字吗?

母亲回答:"王"字知道，其他就看照片，这个人的照片在你过去买的书里见过，上次回家你就买过他的书。

哦，这就是我的母亲。她居然默默地观察和铭记着儿子的一切。她甚至记得儿子几年前买书的点点滴滴。她——一个大字不识的老太太。她那潜藏在心底的东西一定是深邃的、博大的和意味深长的。平常它可能凸现得并不明显，但它肯定蛰伏在心尖的敏感处，闪着拙朴的光，流着绚丽的彩。

记得上次回家，我确实买过王蒙的《虚掩的土屋小院》。当时我就看到母亲坐在窗边、摩挲着翻阅了很久,可我并没有在意。我想,母亲只是好奇随便翻翻,没想到,她竟然摄像般存储下了那些斑驳的图片。

够了,已经足够了。我为有这样一个母亲而自豪。她让我这个五十岁的儿子感受到了幸福。虽然这幸福有点凄婉,有点哀怨。

走出书店,天已经黑透了。母亲怀抱着我购的新书,显得不堪重负,脊背也变得弯曲了许多,仿佛是书压弯了她羸弱的身躯。

我企图夺过那些书,母亲执意不肯。

暮色深沉,我隐约看见母亲的银发在夜灯下闪着莹莹的光泽。

一棵柳树

唐新运

院子里有一棵柳树,不大,像个孩子,孤独又骄傲地站在那里。院里还有榆树、白杨和白蜡,柳树只有一棵。树叶不多,树冠也很小,仿佛青涩少年唇上刚刚出现的淡淡茸毛。

我觉得这柳树认识我,我也好像在哪里见过它,可就是想不起来,也不敢说破。如同偶遇一个熟悉的陌生人,打了招呼、说话、点头、微笑,可那个名字就是堵在嘴里,无法出口:谁都不愿意先张嘴询问,我也不愿。

有风的时候,巧得很,每次和柳树相遇的时候总是有风,它就会摇摆几下,让我走远的时候还免不了回头。

下了整天的雨。没有谁帮忙,天自己放晴了,晴得不很纯粹更不利落。太阳到了西边,周围簇拥着的乌云还没有来得及散去,阳光透过云层掠过云边照在院子里,也照在柳树细细的叶子上,叶子泛着光,院里清幽,没有声响,柳树干净得愈发清秀。雨水刷洗干净了柳树,也拂去了记忆上的尘土。

我想起来了。我就奇怪,怎么一直会有似曾相识的感觉?

原来这柳树就是一直长在老家院门前渠边的那棵。

我做了柳笛,有时没有声响,有时有声音,却不大,总比不过别家的孩子。我不服输,我不开心,更不快乐。奶奶说:"我拨节一下。"便拿了剪刀,变戏法般的,柳笛不但有了声音,而且声音还很大。奶奶又炫耀似的把柳笛放在自己的嘴里,双手合拢罩在嘴上,随着手指的开合启闭,笛声居然就有了节律,是先前在我嘴里单调和重复无法比拟的。那时候,奶奶牙齿整齐,头发尚乌。现在,奶奶下巴干瘪,一开口说话,只有牙床,还得戴上帽子,怕冻着头。我一直搞不清楚"拨节"是哪两个字,怎样写,意思也很含糊,大概有调试和摆弄的含义吧。

端午的时候,奶奶总要清水洒街,做不了黄土垫道,就把门前的土路清扫得干干净净,还有不能把油洒在路上以免长久的遗憾。她一边蒸花卷,一边做凉糕,年年都忘不了折下柳枝插在院门的两侧,整个院子立刻就有了节日的气氛。农事很忙,家境贫寒,就多出些忙中偷闲、苦中求乐的感觉和味道。每当我想起这些场景,心中就有一些甜中带苦的凄楚从胃里翻上来。我一直认为,节庆只和权势、富贵有关,向来与平头百姓无缘,如果有,只称得上是"穷欢乐"。

那时候,院门前的渠里还有水,渠的两边都长着树,水里还有鱼。鱼虽然少,但终是有,那缓缓流过的水就有了一丝灵气。驴拴在树下,眯着眼睛,一会儿抬抬前腿,一会儿弹弹后蹄,它会摆头甩耳,把一只讨厌的苍蝇赶到身后,又不得不用着尾巴把苍蝇撵到前头。毛驴车停放在树下,爷爷已经闭眼熟睡,树阴细细地洒在他的身上,光点透过枝叶随风晃来荡去。邻居家的驴和马也拴在树下,有了响声,会紧张得睁开眼睛,支棱起长长的耳朵,东张西望一会儿。爷爷,会翻一个身。

院里有个菜园,渠里的水不大,地势比院子还略低,水无法跳起来自己流进院里。爸爸和叔叔正是当年,在渠通往院子的路中间挖了一条窄的不深不浅的沟,在沟的上面仔细铺上青砖,砖和砖之间挨得很紧,严丝合缝,砖的上面又从远处拉来黄土摊平,一遍一遍踩得瓷实,那路便和先前一模一样,根本看不出下面会暗藏一条比渠还要小的河。

每隔几天天刚擦黑的时候，爸爸和叔叔就在渠里挖一个深坑，轮流用水桶盛水灌进路下的河，等后背的衣服重新湿透的时候，菜地也汪满了水。月光正好照进院里，奶奶摆好了桌子，粥和菜的清香弥漫在整个院落和夜晚。

等我离去的时候，渠里的水一年正比一年少。那些树枯的枯，死的死，有的甚至不知去向，那棵柳树也不见了。村里有好多人也离开了，我都知道离开，别人为什么偏要留下？不知道是树跟着人远去了，还是树把人带走了。总之，我觉得村里的树和村里的人一样，是有数的，当人少的时候，树会觉得自己显得多余；当树少的时候，有些人觉得自己拥有的树太少，没有面子，还不如一走了之，免得丢人现眼。

我一直认为，那棵柳树是属于我的，它是我的树，我是它的人。可别人和树一起走的时候，它怎么就不跟着我来，还不吭声，也没有招呼？我猫着腰，低着头，喘着气，偶尔抬头看看前面的路，一步一步、一截一截、一段一段向前或者向上的时候，我就再也没有见过它。我想能够时时看见它，它能够处处陪伴我。可一直到现在看到它之前，我们一直没有相遇过。可我坚信，我们属于彼此，曾经拥有过的东西就永远不会失去，幽深的记忆里总是留着双方的印迹。

我感觉到累了，不能再熬夜。早晨赖在床上睡不醒，醒了之后还想再躺下。我很疲惫，我想停下来，我想停在这个地方，再不想离开，想就此终老。这树它就找上我来了。原来，我们在远离对方的时候，并没有减去一丁点儿的关心和关注。

消失的黄金部落

刘慧敏

在很久很久以前，布尔津巴彦阔克阿德尔山青青的草场上，住着勇敢的巴彦部落。部落的首领马拉提汗在得到第三个健壮的儿子后，非常希望老天爷再赐给他一个女儿。这时巴克斯用羊拐骨为其占卜：马拉提星从右边升起来了，像百合花一样美丽的姑娘会降临阿洛斯的毡房。

这一年风调雨顺，水草丰美，羊群和马群肆意繁衍，到了秋天，一道美妙的啼哭像清新的阳光把一朵百合花状的停云划成了两半。

马拉提汗高兴的大摆宴席，所有的阿吾勒巴斯、阿克萨卡勒、乌露巴斯都送来了丰盛的礼物。整个牧场充满了欢乐地味道。马拉提汗还恭敬地宴请了布尔津所有的山神、河神、泉水仙女、沼泽女神、森林之神、花神、草仙、畜牧神等。马拉提汗为他美丽可爱的女儿取名玛依拉。所有的神都上前亲吻她，给她祝福的礼物。花神给了她娇艳的美貌，山神给了她高贵沉静的气质，河神给了她欢快洒脱的性格，泉水仙女给了她纯洁善良的品德，草神给了她谦虚温和且不卑不亢的心境，总之所有被请来的神与仙女都慷慨地给了玛依拉一生受用不尽的礼物。然而，当沼泽女神低下头去亲吻玛依拉的额头并准备祝福她时，玛依拉突然

177

伸出手抓破了她的脸,这使沼泽女神颜面无光,恼羞成怒。"小东西,我要给你的礼物就是让你楚楚动人的眼睛里总是含着泪水。你将失去你的心,除非有人帮你找回它。"沼泽女神俯在小玛依拉耳边轻声说完就不见了。

玛依拉长大了。草原上再没有比她更美丽更端庄的姑娘。她的笑容是那样温柔却缺少快乐的意味,她的性格是那样乖巧却缺少一点生趣。没有人知道玛依拉没有心脏,无法感知人世间一切的情感。

玛依拉十八岁了。马拉提汗送给她一匹白色的骏马,马的皮毛就像刚挤出的牛奶一样洁净光滑。玛依拉跃上骏马飞奔起来。风吹动着她丰美的长发,载着她来到一处幽美的地方。这里山泉淙淙,野花芬芳,浓密的灌木像纺车轻轻摆动,编织着清凉的风。玛依拉躺在泉边一块光洁温暖的大石头上,凝望了一会天上那朵从她出生就跟着她的百合花状的停云,轻轻合上了那双水汪汪的大眼睛。百合花状的云刚好在她睡着的时候替她遮住了耀眼的太阳光,保护住花神许诺给她的娇艳美貌。

只一会儿工夫,风携带着一阵马蹄狗吠声惊醒了睡梦中的玛依拉。她刚刚来得及支起上身,一位骑着枣红马的小伙子就勒着马缰出现在她的面前。

"哈哈,想不到我阿爹的领地上还有这么美的姑娘。"

原来,玛依拉的白骏马带她来到了喀拉喀斯山。这位正是喀拉喀斯部落的三王子,草原上声名狼藉的别列克。

"我不是你的臣民,我是巴彦部落的公主玛依拉。"

"哈哈,你就是草原上最美的百合花玛依拉。你的美貌的确当之无愧。按说,我该先向你的父王去求婚。不过,谁让你如此美貌。我可等不及了。明天我再向你的父王去求婚吧!"别列克像饿狼一样扑向玛依拉。玛依拉的惊叫声把天上的百合花云刺成了两半。

"放开她"一个愤怒的声音响起。

别列克恼火地跳起来,拔出尖刀向搅了他好事的人走过去:"哈哈。我当是谁呢?原来是放羊人恰德尔。你最好乖乖去放你的羊。"

恰德尔见是王子别列克略略迟疑了一下,随后也拔出了尖刀:"放了她。"

也就是喝下一碗奶茶的工夫,别列克带着三处刀伤跃上枣红马风一样逃跑了。

玛依拉上前感谢恰德尔,当她那含着泪水的眼睛注视着恰德尔时,恰德尔感到一股巨大的洪流淹没了他,他爱上了玛依拉。

玛依拉在恰德尔的护送下回到了家。从此恰德尔,流浪在百合花状的云朵下。

悲伤的人啊,

无法说出心中的爱情。

草原上的夜莺替恰德尔唱出满腹的心事。

美丽的姑娘啊,

失去了金子般的心,

不知道爱情是什么?

一个夜晚,恰德尔打伤了偷袭羊群的老狼。他正准备杀死狼,狼说话了。

请饶了我的性命吧,我愿告诉你一个惊天的秘密。

如果你告诉我的秘密有价值,我就饶了你。

草原上最美丽的姑娘玛依拉没有心。她的心被沼泽女神偷走了。

你知道玛依拉的心藏在哪里吗?

据说在通克沼泽的腹地有片红海,红海的水就像血一样红。玛依拉的心就藏在海洋深处的冰窟里。

你知道怎样才能到那里吗?

必须通过死亡之路。还没有人活着回来。

只要能找到玛依拉的心。死亡之路我也要闯一闯。

预言说怀着必死之心的人才能闯过死亡之路。他将得到黄金之心。你要想踏上死亡之路必须要有足够的耐心、智慧和运气。因为到达那里的路是捉摸不定的。你要登上加瓦拉克山峰，那里有一棵最古老的云杉，它就是死亡之路的入口——阴影之门。在白天，云杉投下长长的影子直到天边，你用一生也走不完阴影之门。半个月亮的晚上，树影有山脉那么长并叽哩拐弯，要走上八十年才能到达。但天空中走得最快的那片云突然停在寒号鸟的鸟巢上时，树影会消失，你只需要眨一下眼睛就会到达死亡之路。草原上最勇敢善良的小伙子，我要送给你一颗狼牙和一个狼髀石。这是我们狼家族的圣物。它们会帮助你找到玛依拉的心。

　　恰德尔谢过狼跳上玛依拉转赠给他的白骏马向加瓦拉克山奔去。

　　来到云杉树下，恰德尔望着通到天边的树影掏出狼牙：狼牙，狼牙，请带我追上天边最快的云。说完，狼牙化为一环蓝色的龙卷风裹着恰德尔飞到了快云的跟前，恰德尔伸手拖着快云，把它带到寒号鸟的鸟巢上。树影消失了。恰德尔转眼来到了死亡之路。

　　"恰德尔，带上我们吧！"亡灵们的身体陷在黄金宝石里："我们在这里已几百年，我们经历了死亡，再也不稀罕这里的宝藏。恰德尔，救救我们吧！"

　　我可以带你们离开这里。但你们得帮助我找到玛依拉的心。

　　恰德尔抛出快云，云雾顿时弥漫了整个死亡之路，迷惑住沼泽女神的眼睛。

　　亡灵们引着恰德尔来到了红海边。红海无边，血液奔腾。这是气血之源。对饥饿的亡灵们正是极大的诱惑。禁不住诱惑的亡灵跳进红海，再也无法出来。恰德尔拿出狼髀石："狼髀石，狼髀石，请带我去那藏着玛依拉之心的冰窟吧。"

　　话音刚落，狼髀石变成了一条快船。剩下的亡灵和恰德尔瞬间就被带到了冰窟里。

玛依拉的心装在一只用亿年坚冰铸成的心形冰盒里。六只庞大的北极熊守护着它。

六十个亡灵扑向北极熊,他们必须在饮尽一碗奶酒的工夫里拿到冰盒,否则恰德尔就会冻死在这极寒之地。

恰德尔趁乱抱着冰盒飞快地跳到快船上,有十九个亡灵紧紧跟着他。水里的亡灵上前来和船舷边的亡灵撕咬,恰德尔弃船上岸,带着剩下的九个亡灵飞速通过死亡之路,跑向阴影之门。

恰德尔,请停一停。我们是亡灵,见光就会消散。暂时让我们寄居在你的身躯里吧。我们找到了属于自己的心就会复活。请救救我们吧。

恰德尔闭上了眼睛。传说被亡灵寄居的身体极其痛苦,搞不好还会精神失常。何况是九个亡灵!九个经历了死亡之路,经历了欲望的深渊,经历了悔恨的折磨的亡灵!他们都强烈地想复活,想要一颗心!而他手上正有一颗。他们值得信任吗?

沼泽女神已被惊动,她的愤怒很快就会赶到。恰德尔咬咬牙:来吧。他打开神庭穴,感到无数的冰雹像尖针一样窜入,搅动着他的血液,身体肿胀着,撕裂般疼痛。恰德尔咆哮着跃出了阴影之门。白骏马正等着他。恰德尔抱着马脖子对着马耳朵只来得及说了句:快,去找玛依拉。就昏死在马背上。

白骏马风一样飞驰而去。

沼泽女神追出阴影之门,哪里还有恰德尔的影子。愤怒的沼泽女神咒到:让偷走公主之心的人变成黄金之心吧。让金银珠宝永远追随黄金之心吧!

沼泽女神的话音刚落,远处恰德尔的身体就像炸裂一样,九个亡灵崩落到地上。他们都获得了黄金之心,复活了。这些人最后成为消失的黄金部落的祖先。

玛依拉醒来之前做了一个梦。这是她有生以来第一次做梦。她梦见一道光飞进了心窝。一个英俊的青年在光中微笑着走进她的心窝。

玛依拉醒来后觉得很奇怪，一切和昨天没有什么不同，但心却感受到了别样的美好和快乐。她打开毡房的门，看见晨曦的第一缕光中，恰德尔骑在白骏马上正对着她微笑。一股幸福的暖流瞬间流遍了玛依拉的全身。来吧。恰德尔对着玛依拉明亮快活的眼睛说。

他们幸福的依偎在白骏马上向草原深处奔去。

让偷走公主之心的人变成黄金之心吧。让金银珠宝永远追随黄金之心吧！

——沼泽女神的咒语

传说，恰德尔和玛依拉幸福地生活在一起。可是，好景不长。沼泽女神的咒语应验了，世界上所有的金银珠宝开始以各种方式向巴彦部落悄悄移动。金子宝石在地下向着黄金之心爬来，珍珠玛瑙顺着大河小溪游来，连戈壁滩上的石头都开始慢慢变成戈壁玉趁着月色蹭来。巴彦部落成了最富庶的部落。

财富带来幸福，也带来灾难。为了得到黄金之心，每个贪婪的人都象强盗一样涌向巴颜阔克阿德尔山。为了保护恰德尔和玛依拉，马拉提汗和大儿子相继战死。这使恰德尔和玛依拉陷入深深的悲伤之中，同时也陷入恐惧之中。

一天，喀拉喀斯部落的首领列别克领人来犯。恰德尔带着他那些由死灵复活的黄金勇士应战。

别列克举着战刀恶狠狠的说：恰德尔，赶快挖出你和你随从的黄金之心，否则我将血洗巴彦部落。

那你可得问问，我和我勇士们的战刀答应不答应！恰德尔毫无畏色。

鹰在长空盘旋，列别克的头从他的身体上坠落。随从们落荒而逃。

恰德尔望着战死的部族士兵的尸首异常悲伤。他们中甚至有他童年的玩伴。

忽然，列别克的头升起来说：沼泽神，让我拥有黄金之心吧。我愿不投生做人，成为你永远的仆人！说完，他的恶灵趁着恰德尔悲伤脆弱的时候扑进他的身体。

恰德尔大叫一声昏死过去。

夜里，醒来的恰德尔变得异常贪婪。他到处搜罗金银珠宝藏在雕花床底下。并且，粗暴地对待玛依拉。他甚至拔出匕首对着还在襁褓中熟睡的儿子。玛依拉意识到这是附在恰德尔身上的恶灵在作怪，大叫着喊来黄金勇士把恰德尔捆在床上。

从此，恰德尔每天天一黑就叫人把他牢牢地捆在床上。天一亮，列别克的恶灵睡着时，恰德尔就会恢复常态。

恰德尔一天天消瘦下来。

部落里战火不断。每天都有想发横财的骑士来挑衅。每天都有人死去。其他部落也不断来抢掠。在不得安宁的日子里，玛依拉又一个哥哥战死了。恰德尔再也无法忍受，他对哭泣的玛依拉说：我要带着黄金勇士离开这里，隐名埋姓，浪迹天涯。再也不能因为我们死人了。

玛依拉说：羊羔离不开母羊，我也不离开丈夫。你们带我们一起走吧。

天一亮，恰德尔带着黄金勇士及其家眷们和牛羊告别了巴彦部落的亲人，开始背井离乡的逃亡生活。金银珠宝也开始随着黄金之心悄悄迁徙。

贪婪的人总能根据天上的百合花云找到他们。他们被追赶、偷袭和恶梦搅得疲惫不堪。

一天夜里，玛依拉被噩梦惊醒。她看着被捆在床上堵着嘴巴的恰德尔眼神邪恶疯狂的看着她，而身体变得如此羸弱，不由悲痛万分。

她来到月光下，对着皎洁的月亮留下了纯洁的清泪：神圣的月神啊，我愿以我的美貌为交换，请告诉我如何才能让百合花云飘散？

一颗流星飞进玛依拉冰凉的手心,玛依拉惊奇地看到她的手掌上出现了一排银色的句子:花神住在友谊峰的雪莲花宫殿里,只有她才能收回罩着你的百合花云。让你的丈夫去吧,黄金之心会带他通过极寒之地。之后,字隐去了。

玛依拉趁着夜色去找巴克斯。巴克斯用四十一粒羊粪为她算命:你的命运深知幽玄。百合花云散,黄金之心去,爱心即破碎。听从你内心的声音,才能引领黄金部落永遁人世。

玛依拉忧心忡忡。为了拯救黄金部落,她还是替恰德尔打点好行装。

第二天一早,恰德尔带着三名黄金勇士出发了。这三名黄金勇士负责晚上把他绑在马背上。他们日夜兼程来到友谊峰下。但奇怪的事发生了,恰德尔和他的勇士明明看到前边有一条山道,却怎么走都在原地打转。无论选择哪一个方向似乎都是错误。毫无疑问,他们被什么挡住了。

原来,这里是隔阂之门。门是用沉积千年无色无味的隔阂之冰铸就的,肉眼看不见。恰德尔像无头苍蝇一样不得要领地乱闯一气,直累得精疲力竭,最后沮丧地靠着他无法看见的栅栏坐下来。他的后心紧紧贴着冰冷的栅栏,喃喃语道:冷漠的冰神啊,难道是我的心不够热烈,无法让你感知我拯救族人的心愿?还是我这不谙世故的人,打扰了你千年的酣梦,引起了你的嫌恶。我这无知的人,只想通过你的道路,感知你神的博大与力量。请赐予我智慧和运气吧!

恰德尔话音刚落,所有的栅栏都清清楚楚出现在他的面前。这是座环形的冰石栅栏。是冰神用古冰川最深处最久远的坚冰筑成,只有谦卑与良愿才能使它显形。恰德尔四顾其栅,发现只有东面的栅栏上有一个冰手掌印。他走过去,把自己的右手掌轻轻贴进冰手掌里。这时,奇迹发生了。他感到掌心的劳宫穴像一个巨大的火场,喷涌出源源不断的热能,顺着掌纹、指纹像蛇一样窜进冰栅栏的缝隙,似心领神会的一瞬,隔阂之冰化为一条河奔涌而去。在下游人们叫它布尔津河。

恰德尔和他的勇士转眼来到雪莲花宫殿。

"恰德尔,把这朵雪莲花插在你妻子的鬓发上,它可保你妻子的容颜不衰。百合花云会在风中消散。你们好自为之吧。"比能想象到的美貌还要美上一千倍的花神说。

恰德尔赶到玛依拉处时,被眼前的景象惊呆了。孩子和妇女们被赶进玛依拉的毡房,四周堆满了干芨芨草和骆驼刺。穷凶极恶的一队骑兵正威逼留守的六个黄金勇士把心挖出来,否则就烧死妇女儿童。

恰德尔仰天高呼:老天爷啊,你睁眼看看。人的贪欲会让人残忍到什么地步。

他举起尖刀剜出自己的黄金之心掷在地上,睁眼而亡。九个黄金勇士也拔刀剜心,视死如归。

骑兵们一哄而上,为了争夺金心,开始互相残杀。玛依拉冲出毡房,悲痛欲绝。她感到自己的心碎了。

沼泽之神啊,你的报复到此为止吧。

玛依拉拣起尖刀刺进了胸膛。我愿把我破碎的爱心赠给他们。话音刚落,她破碎的心分别飞进恰德尔和勇士们的胸膛。他们全因得到玛依拉的爱心而复活了。

这时,列别克的死灵因为贪欲跑出恰德尔的身体,并带走了他的一只眼睛和一只胳膊,去抢夺黄金之心。恰德尔看着走掉的那只眼睛和胳膊,反倒异常平静。他再也不用担心和害怕。他悄悄带着他的族人离去了,看都没有再看一眼那十颗黄金之心。

在恶灵和骑兵们相互恶战时,一粒流浪的沙子刚好经过,它为人类的贪欲和冷酷而震惊。为了拯救人类的品德和未来,它喊来了它的族人,它们铺天盖地席卷而来,把一切掩埋了。好像这里什么也没发生过。不久,路过这片阿克库木沙漠的人都因为它的枯燥乏味而昏昏欲睡。沙子们聊天时,有时会说:人类何其愚蠢,他们只能看见眼睛所视之物。

注释：

巴克斯：即萨满。哈萨克语"巴克斯"。

阿洛斯：即部落。由若干乌露组成。

阿吾勒巴斯：阿吾勒头人的尊称。阿吾勒是哈萨克族最基本的组织单位，一般由有血缘关系的五、六户至十几户组成，拥有共同的居住地和游牧地。

阿克萨卡勒：阿塔头人的尊称。阿塔由若干血缘关系较近的阿吾勒组成。

乌露巴斯：乌露头目的尊称。乌露即氏族，由十三至十五个阿塔组成。

马和摩托车

二　毛

摩托车

　　当和布克赛尔的那仁草原上出现第一辆摩托车时,布仁巴雅尔老人家的那匹雪青马就不好好吃草了。也许在雪青马的眼里,布仁巴雅尔老人的儿子巴特尔骑回的这个有两条圆腿,瞪着茶壶那么大的眼睛,还能吼出比所有马都响的声音的铁家伙,以后恐怕要代替草原上所有的快马在大地上飞奔。它在想,这个铁家伙的出现,是不是会彻底改变马在草原上奔跑速度最快的历史。

　　1985 年的秋天,巴特尔两千块钱就卖掉了跟随自己多年的黑儿马,用卖马得来的钱从县供销社买回那辆幸福牌摩托。在这之前,或之前的之前,草原上的牧人们大部分时间都骑在马背上,马似乎是他们身体的一个重要器官,离开马,人好像就变得不完整了,就像瘸子或精神病人那样让牧人们耻笑。当然,牧人们偶尔也会骑在牛和骆驼的背上,可那只是在转场的时候。牧人们知道牛和骆驼比马的力气大,可以把整座毡房都驮在背上,慢悠悠走上一整天也不觉得累。可牧人们又都知道，牛和骆驼毕竟走得太慢，像把一群跑散的羊或一群受惊的牛赶到一起这样需要速度的事，没有马是干不成的。

巴特尔对父亲说，现在时代变了，草原外面的人们已经整出了好多稀奇古怪的新东西，摩托车只是它们当中的一个，你天天在草原上呆着，当然看不到。就拿摩托车来说，它跑起来比我们草原上任何一匹快马都厉害，从县城到我们家只要喝碗奶茶的功夫。更奇怪的是，这个叫摩托车的铁家伙不用吃草，连着跑上几天也不累，只要在他的肚子里灌满有味道的水就行。就是晚上跑起来也不怕天黑看不见前面的路，它头上那个比几十个马灯还亮的眼睛，能把前面的路照得像白天一样。

布仁巴雅尔老人只用眼角扫了一下那辆幸福牌摩托车，一声不吭地进了自己的房间，把满心欢喜的巴特尔晾了在院子里。回到自己的房间，布仁巴雅尔老人望着窗外那排树叶发黄的杨树和阳光下随风晃动的狗尾巴草，心想自己是不是老了，老得跟不上这个天天都在变化的时代了？让他怎么也想不通的是，祖宗多少辈子留下的东西，在以往的多少年里都被草原上的人们宝贝似的小心留着，怎么现在说不要就不要了呢？最让他难以忍受的是，作为一个草原民族，居然能从驮了自己几千年的马背上轻松地下来，又高兴地骑在一只羊那么大的铁牲口上，还脸都不红地在我面前夸了那个铁牲口一大堆的好处。布仁巴雅尔老人记得，自己从三岁就有了属于自己的第一匹小马。那马是父亲送给他的礼物。那是一匹有着一身黑缎子皮毛，四蹄纯白的两岁儿马。那匹黑儿马就拴在他家蒙古包外面的拴马桩上，高昂着头，眼睛看着远处萨乌尔山上的白雪，像在思念远方的什么亲人。风不断地吹起它脖子上的黑鬃，像吹起了一面黑色的旗帜。这旗帜像是对幼小的布仁巴雅尔的鼓励和召唤。那时候，还走不太稳的布仁巴雅尔被自己的父亲抱上马背的那一刻，一下子就被自己突然开阔的视野感动了。这是他第一次看到那么远的地方。他看到了萨乌尔山脚和一片铺到山脚下的草原相连着，看到了花毡子一样的草地上，稀稀拉拉地摆着白蘑菇一样的蒙古包,看到了溪水边云朵一样的羊群。这些都是他以前站在地上所看不到的。尽管有时他也会调皮地爬到自家门口的勒勒车上,可还是看不到萨乌尔山的山脚,看不到埋在青草里的羊群。布仁巴雅尔老人清楚地记得,他当时激动地从父亲手里扯过粗粗的缰绳,非要骑着属于自己的黑儿马到草原上溜一趟,这个举动引得前来参加他上马礼的亲戚们一片赞扬。后来,布仁巴雅尔老人就成了萨乌尔山下那仁草原上出色的骑手,至今他的房间里还挂着他在各种赛马比赛中获得的奖状和与好多干部合影的照片。布仁巴雅尔老人深知,所有的这些让他自豪和让众多牧人羡慕的荣誉,都是和马分不开的,所以,他的一生,除了敬重天地神灵父母,还让他敬重的就是驮着他四处飞奔的马了。

下　马

　　三牧场格干敖包前,即将举行一场赛马比赛。

　　赛马是蒙古民族节庆中一项必不可少的活动,像那达慕大会、祭祀敖包这样的活动,都会举行赛马比赛。

　　今天是三牧场格干敖包祭祀敖包的日子。赛马作为祭祀敖包的一个娱乐性很强的项目,一般都放在整个活动的最后。对于赛马,我的经验仅限于电视画面和那首二胡独奏曲《赛马》。记得很小的时候,我经常能从家中的广播喇叭里听到它,曲调欢畅悠扬,飘着蒙古民族的热情与豪放。它不仅让人联想到草原的辽阔与宽广,还能让人联想到万马奔腾的壮观场景。参加工作后,自己莫名其妙地喜欢上了二胡,这一喜欢就喜欢了好多年,且拉的最多的曲子就是《赛马》。遗憾的是,不管自己在这首曲子上怎么用功,却总也拉不出草原的味道,我想大概是自己从没看过一场真正赛马的缘故吧。今天格干敖包前没有万马云集的壮观场面。前来参加赛马的人也就二三十个,而且都是些 10 岁上下的孩子。一只半大的黑头羊被一根绳子拴在敖包的不远处,沮丧地低着头,好像它怎么也想不通自己会成为赛马获胜者的奖品。那群即将参加赛马的孩子们调皮地在马背上扭来扭去，面对我们的镜头大呼小叫，做着各种鬼脸。他们还把马鬃和马尾扎成各式各样的小辫子，俨然加入了太多的表演成分。而大人们几乎都是骑着自己的摩托车来参加活动的，五颜六色的摩托车在敖包前的戈壁上摆了一大片，根本看不出这里即将举行一场赛马盛会，倒像是商家刻意策划的一场摩托车大展销。我不知道这个以往骑在马背上的民族，什么时候开始悄悄从马背上下来的，也不知道他们从什么时候起又喜欢上了摩托车。是从巴特尔卖掉自己的黑儿马的那天起吗？我更不明白一个民族上千年养成的习惯，怎么会在短短 20 来年的时间里就被改变得面目全非？

听牧场的领导说，现在草原上几乎家家都有摩托车，经济条件好的家庭有两三辆。这个数字比有些家庭喂养的马还多。今天看来，随着社会的变革和经济的发展，马在草原上的实用功能已经退化，人们出行或劳动会选择更加舒适的工具。我曾在萨乌尔山里和那仁草原上不止一次地看到骑着摩托车赶牛和放羊的牧人，我问他们为什么不骑马时，他们笑着回答说，马颠地很，摩托车又快又舒服嘛。我还在白杨沟风景区问过好几个骑着摩托车揽客的哈萨克小伙子，问他们为什么不骑马时，他们的回答同样令我沮丧。他们说现在的路修得这么好，骑马干啥，摩托车又快又方便。

听了那些牧人的话，我好像知道了牧人们在这短短 20 来年的时间怎么就从马上下来了。看来马以往在草原上的实用功能确实已大大减退，保留下来的多一半只是它的娱乐功能。如赛马表演或供游人骑着在草原上寻开心。还听草原上的老人说，牧人从马上下来，是因为现在的牧民都从山上搬下来定居了。定居点就是一栋栋房子排列整齐的村子，村子与村子间又被一条条平直的柏油马路串起来。那些马路像一根长长的绳索，硬是把牧人们从马上拉了下来。从马上下来的牧人怎么又骑在了摩托车上？我猜是不是那些骑惯了马的人，从马上下来没

190

个东西骑不习惯？草原上的牧人不习惯用自己的双腿走路,他们从小就骑在马上,像城市的人从小就坐在车上一样。草原上的牧人和城里的人一样,离开了马和汽车同样走不好路。他们要找一个可以代替马的东西,无疑,摩托车是最佳选择。

在那仁草原上,由于定居的牧民增多,以往连接各个村子富有诗意的弯弯曲曲的小路,已被人们拉成笔直平坦的柏油马路。有了这样的道路,摩托车就显示了它的威风。别看它个头还没有一匹小马的腿高,身子也就一头山羊那么长,可在马路上奔跑起来,草原上再快的马也撵不上它。

20多年转眼就过去了,摩托车就像野草一样,蔓延到整个草原。今天的那仁草原,以往牧人离不开的马,真的被人们甩到了一边。他们毫不犹豫地从马背上下来,一抬腿就跨到了比马矮了好多的摩托车上,开始了他们比马更快的新生活,以往那种宁静悠远的日子已被突突的摩托马达声撵得越来越远。

格干敖包的不远处终于腾起了一大片尘土,随着人们的呼哨声越来越密,我知道是那群赛马的孩子就要到达终点了。

草原摩托车修理部

草原上有了摩托车,就得有摩托车修理部,就像草原上有了牲畜,就一定要有给牲畜看病的医生。34岁的王云祥就是给摩托车看病的医生。他开草原摩托车修理部已有好几个年头了。

王云祥以前跟着母亲在那仁和布克牧场开商店,后来看到草原上一天天多起的摩托车,聪明的他就去外地学会了修理摩托车这门来钱的手艺。

王云祥告诉我,现在这里每家都有一两辆摩托车,还有的家里每人一辆,就连结婚嫁妆的首选都是摩托车。按今天年轻牧人的说法,摩托

191

车是他们四处游荡的双腿，是他们乐趣无穷的情人。他们之所以喜欢摩托车，是因为他们总是拿摩托车和马来做对比。他们说摩托车比马厉害多了，马只有两个档，摩托车有四个档。他们还说摩托车不用放牧，也不用喂草喂水，放在院子里也不占地方，想去哪里钥匙一拧，骑上就走，又不颠，跑得还快。不像马，要骑的时候还得把它从草原上找回来，又上笼头又备鞍子，晚上还要给它加料添草，一句话，麻烦得很。

牲畜是要生病的，生了病就得要兽医治疗。摩托车虽然是钢铁身板，可也有骑坏的时候，坏了就得修理，修理就得到王云祥开的草原摩托车修理部。

王云祥说，来他这儿修理摩托车的都是当地的牧民。他们的摩托车最容易出毛病的就是轮胎和发动机。轮胎像马蹄上的马掌，跑路多了就会磨坏。轮胎坏了修起来容易，就像给马换一副马掌那样简单。要是发动机出了问题，修起来就有点麻烦。不过，现在的修理说起来也没什么神秘的，哪个地方坏了就把那个坏的东西换下来，装上个新的东西就可以了。比这些更麻烦的是，那些牧民喜欢喝完酒骑摩托车。你想，酒喝多了，人连路都走不稳，别说骑摩托车了。

王云祥说，20世纪80年代中期，整个和布克赛尔的白酒销量全疆第一，为此，自治区糖酒公司还给和布克赛尔奖励了两辆崭新的东风牌汽车。还说有人问去和布克赛尔怎么走，回答是顺着酒瓶盖走就能找到和布克赛尔。这当然是笑话。不过，那仁草原上的牧民的确喜欢喝酒，而且酒量都很大。王云祥说，以前没有摩托车的时候喝酒倒没什么，谁喝多了只要有人把他扶到马上，那人就可以回到家里。马都认识回家的路。喝醉的人就是半路上从马上摔下来也没什么，因为马走得慢。现在骑摩托车再喝那么多酒可就不行了，要知道摩托车是没有脑子的，到哪去要靠人的脑子来指挥，要是人的头喝大了，就等于把摩托车的头也喝大了，喝大了头的摩托车就会驮着喝大了头的人到处瞎跑。跑着跑着没准就会跑到沟里或撞到什么，那样的话倒霉的不光是摩托车,应该还有那个骑摩托车的人。

王云祥说,前些年老有被那些喝醉的人摔坏和撞坏的摩托车到店里来修,看到崭新的摩托车被整得不像样子,我心里也觉得不好受。不过,这两年好多了,县交警队经常来这里检查宣传,让有摩托车的人学考驾驶执照,给摩托车上牌照,酒后驾车的人明显少了。摩托车出的事故少了,买摩托车的人就更多了,摩托车多了,我的生意就多了,生意多了,钱就挣得多了,钱挣多了,我也就在那仁草原上站住了脚。这不,我还娶了个当地的蒙古姑娘,现在,我都是两个孩子的爸爸了。

马在心中

骑上我心爱的白龙追风驹,
奔驰在千里草原上心神旷,
黑骏马呦我的翅膀,
带着我在草原上自由飞翔。

这是蒙古民族众多长调中和马有关的一首歌。不难看出,在机械化程度越来越高的今天,尽管马在草原上的实用功能大多已被众多的机械取代,但作为草原的精灵,马在草原民族的心中,任然占据着重要的位置。

在蒙古长调中,赞颂马的长调占了很大的比例,像黄马驹、黑骏马、白龙驹等等赞颂马的长调,每一首都倾注着牧人们骨子里对马的尊敬与热爱。那些从牧人心底吼出的悠扬而忧伤的歌声,使人仿佛看到黑骏马背脊上那个手执战刀的英雄,面对群敌奋力厮杀;看到一万匹骏马在无边的草原上,向着初升的太阳飞奔;看到雪青马和枣遛马在银色的月光下,伴着悠扬的马头琴声安静地咀嚼青草;看到健壮的蒙古小伙和美丽的蒙古姑娘双双策马走向松林……

布仁巴雅尔老人一直坚持着自己对马的忠诚。他对儿子巴特尔说,只要他还活着,就绝不会背叛自己的马匹。

布仁巴雅尔老人是固执的,同时又是执著的。这种固执与执著是一个一辈子生活在草原上的牧人对马的热爱,是对传统的一种坚守,是以一种不变的生活态度对付着这个变幻不定的世界。他从不坐巴特尔的摩托车,尽管巴特尔总在他面前夸耀自己的摩托车,可这依然打动不了布仁巴雅尔老人。老人尽管年事已高,身体也枯萎得像秋天的枯草,可他只要骑到自己的雪青马上,就有一股说不出来的英气。他觉得,伴随了自己一生的马是可靠的,可靠得就像自己的一双手,无论什么时候,都会和自己有一种难以言说的默契。都能让自己找到快乐和安宁。布仁巴雅尔老人坚信,不管这个社会再怎么变化发展,人类再怎么大踏步地向前,背叛了自己的传统文化,迟早会走向戈壁深处,淹没在无边的荒凉中。

那仁和布克草原的秋天每年都会如期而至,天空变得一天高过一天。草原的上空不时能看到列队整齐的大雁,唱着只有它们自己才能听懂的歌,不紧不慢地从萨乌尔山飞来,越过布仁巴雅尔老人家的房顶,向着南方渐渐远去。一群群的牛羊不断地从山里回来,趟起的尘土中隐隐可见牧人们骑在马上挥舞鞭子驱赶着自己的羊群。

布仁巴雅尔老人坐在自家院门前那根躺倒的老杨木上,在秋天懒懒的阳光下,眯眼看着羊群后面那些个骑马扬鞭的牧人们。此时,布仁巴雅尔老人心中的感觉是一种暖烘烘的感觉,这感觉让他感到欣慰,尽管村边的马路上不断地响着摩托车突突的马达声,可布仁巴雅尔老人还是觉得那些个长着两条圆腿,瞪着茶壶那么大眼睛,只有山羊那么长身子的铁牲口,在那仁和布克草原一定没有马走得那么长远。因为马作为牧人身体的一部分,早已深深地嵌在了草原民族的内心深处。

猎人故事

努瑞拉　著　　哈依夏　译

一、鸟语

在阿勒泰一带的哈萨克民间故事中有这样的叙述:管辖着十八层宇宙的主宰苏莱蔓依靠自己手指上的那颗神圣的戒指,与所有的动物直接对话,下达命令。例如,民间谚语中有这么一条:乌鸦说自己的孩子——我的白宝宝;刺猬则说自己的孩子——我的柔宝宝。据说这个谚语就是苏莱曼与动物们交谈的时候知道的。在民间叙事长诗《金脚白头隼》、《灰雀》等作品中,主宰曾经与白头隼对话,灰雀曾经与穷小伙子交谈。而我们仅仅把这些当做神奇幻想的产品,认为生活中绝对不会存在。但是,我们从人类对猿类动物的研究中可以发现,这类动物的部分语言是肢体语言,还有一些语言是在特殊的环境之下使用的语言。杂技团的动物都看得懂驯养人的手势语言,完成各种复杂而高难的动作,令人惊叹。而人类是否能从动物飞禽特有的声音,从它们与外界联系的某种动作,从它们对突发事件所发出的鸣叫声中弄懂它们在说明,在描述什么。

狭义地说,我们能否弄懂飞禽的语言呢?生活中是否有过懂鸟语的人?当然,我们会说:我们无法弄懂鸟类的语言,生活中也不存在懂得鸟语的人。实际上,我们完全可以说有这样的人。因为,我们依据猎鹰手们的狩猎经验,完全可以这么说。

　　我是一个长年累月从事狩猎生产的老猎人的孩子,从孩提时代起,我就十分熟悉狩猎这个行当,只是我当时没有在意,没有深入地研究,因为狩猎不是我的本职工作。狩猎中的一些奇异现象之奥秘是我后来才知道的。小的时候,我们对父亲狩猎前后的言行举止视若无睹。有的时候,父亲坐在家中的正堂上,会突然说:"山鹰飞过去了!"然后不管什么场合,甚至是在喝茶的时候,他都会跳起来,冲到门外。起初,我们总是兴冲冲地随他一起冲到门外。渐渐地,我们厌倦了,照旧坐在那儿。有时我们随他出门,抬起头巡查整个天空,看了好久好久之后,才会顺着父亲指的方向,看到遥远的天边有一个黑点儿。因为我是姑娘,所以我对此并不感兴趣。而父亲则会站在那儿久久地观察,然后会说:"哎呀呀,那真是一只雄鹰啊!"或者说:"不过是一只大鸟!"说完才会转身回屋。他曾经说:"我家的老爷子坐在家里就知道天上飞过去的是什么鸟,我呢?差多了。只知道山鹰和秃鹰飞过去的情形。"为什么他们坐在家里就知道天上的事儿呢?小的时候,我只怀疑过,却没有研究过。为了将父亲的狩猎生涯写出来,我在成为了作家之后,曾经多次与他长谈。在一次长谈中,他向我揭示了驯鹰手们的奥秘。我问他:

　　"爸,我从小亲眼目睹了您猎获山鹰,并将它们驯养成猎鹰。可是,您坐在家里,怎么就知道天上的飞禽呢?"父亲深思片刻之后,便打开了话匣子:

　　"驯鹰手懂得飞禽的语言,这句话并不是无稽之谈。因为驯鹰手们在生活中长期仔细聆听山鹰等各种飞禽发出的声音,熟知并能分辨飞禽们在什么样的情况之下发出什么样的声音。一只飞禽看到了不同的物品,不同的场景,自然会发出不同的音讯。例如乌鸦、喜鹊、麻雀等鸟类一般生活在我们的家园周围,看见天上的山鹰,听到它们从天上传来的鸣叫,这些鸟类就会发出:"山鹰来了!"这样可以分辨的音讯。这时,如果你走出门外,一定会看到在蓝天飞翔的山鹰。也就是说,我们得到了音讯才会出门察看,不会无备而来,搜索整个天空。山鹰有它自己的飞行路线,它总是在山峦间盘旋。所以,只要你放眼山峦,肯定能看到它矫健的身姿。在民间,人们这样描述:"山鹰总是在山峦盘旋,旧渠总是流淌混浊的水。"这说明哈萨克人很早就知道山鹰飞行的路线。而家园附近的鸟类看到不同的鸟类就会发出不同的声讯。乌鸦、喜鹊等鸟类看见山鹰发出了声讯,狐狸听到了之后,马上就会找个地方藏起来。各种动物和鸟类互相都知道对方的语言。夏天,草场上的白臀麻雀能在一瞬间看见秃鹰,并发出"喳、喳"地声讯。听到了这种声讯,旱獭马上就会钻进洞里。而秃鹰则审视着凶残的食肉飞禽,秃鹰看见了山鹰会发出独特的声讯。我父亲就这么说过。他还说过那些老道的猎鹰手们知道什么样的飞禽在什么样的场合发出什么样的声讯。他们会将这样的识别经验传授给徒弟们。我们可以从此看出哈萨克民族的驯鹰手们在识别鸟语方面已经达到了相当高的水平。

二、捕猎飞鹰

　　父亲在他的一生中,捕猎过十几只鹰,而且全都被驯化,然后让他们去捕猎狐狸。后来,他们一个个都成为了猎鹰。究竟是它们原本就雄性十足,还是后天驯化得好,我说不清楚。驯养的鹰成了猎鹰,犹如幸福之鸟落在肩上一样,给全家带来莫大的快乐。

　　火候到了的时候,体格健全的野鹰或者是还在窝里闹腾的雏鹰都可以被驯化为猎鹰。父亲猎鹰有三种办法。即将雏鹰驯化为猎鹰;在野地里支起捕鸟网,逮住野鹰加以驯化;支起机关套逮住秃鹰加以驯化。鹰会将窝儿筑在很高很高的悬崖上,毒蛇爬不过去,人也够不着。

人们说,阿勒泰山峦的鹰与其他地方的鹰差别很大,独特性强。由于阿勒泰山鹰的肩头羽毛呈乳白色,也叫"阿勒泰白肩鹰"。这个名词作为一种地域象征词汇融入了哈萨克民族的语言。在阿勒泰山中部,有连绵起伏的山岗从东向西延伸,越往上,绿色越少,呈现出悬崖峭壁,奇峰叠起的地貌,峰间白云飘绕,最后与蒙古人民共和国的山脉相连。

人们常说:秃鹰和山鹰站在都尔根山峰鸟瞰周围。这时,秃鹰说:在额尔齐斯河汇聚的喀纳斯湖边有一头带犊的母牛在行进。而山鹰则说:那不是带犊的母牛,而是带着小老鼠的母鼠。它们俩个争相不下,然后决定结伴飞到喀纳斯湖边去实地看看。结果,正如山鹰说的那样,那不是带犊的母牛,而是带着小老鼠的母鼠。这个故事说明山鹰的目光是清澈锐利的。而秃鹰的目光则不然,它会将芝麻看成西瓜,从而使自己心惊肉跳。

细柯热尼河东部的山峰向下延伸便化作像五指般一样齐驾并驱的山梁,并直抵河岸。山梁之间的深谷里长满了茂密的森林,一片郁郁葱葱。山梁的个别陡坡由于滑坡而呈现白色,越往上越险峻,除了轻盈敏捷的野山羊之外,任何野兽都无法攀援。而山鹰秃鹰就在这些险峻的山峰搭窝筑巢。父亲就在这一带,掏了几个鹰窝,获取了三、四只雏鹰,所以,这一带从1960年开始被人们称为"山鹰之窝"。1963年,人们搬迁到中部草场的时候,父亲开始追踪一只山鹰。他观察那只山鹰每天飞出飞进的窝巢,衔回来的食物,知道那是一只正在孵雏鹰的山鹰。他开始做猎获雏鹰的准备工作。有几次,他骑着好马,天蒙蒙亮时出发,去察看鹰窝和地情,天擦黑才回来。他制做鹰座儿、鹰爪索带和眼罩。

他恳求母亲给自己缝制山鹰卧具,制作细皮条绳,母亲则揶揄他说他是白日做梦。不管别人怎么说,父亲全神贯注于那只山鹰的行踪。有一天,他准备好了一切,便带着三位可靠的小伙子,带着捕猎山鹰的装备,向山鹰筑窝儿的方向挺进了。鹰窝筑在一座险峰中部的一块磐石上,那个磐石呈灰褐色,像一座房子那么大,高约五十米,相当宽。无法从底部向上攀援，比较陡峭，下边是深谷，一块石头滚下去只能落到谷底。他们几个人来到磐石下，坐在那儿休息了一会儿，等待着山鹰出去觅食，中午时分，那只山鹰终于出了窝，它围着这一带盘旋了几周之后，便扶摇直上蓝天，飞向了远方。父亲则带着同伴绕到了险峰的后侧，开始往上攀援。他们向下边看了看，便觉得头晕目眩。几个同伴吓得心跳如鼓，甚至不敢左右看一看。但是，他们又不得不服从坚持己见的父亲，只好尽力帮助他。对山鹰的酷爱，使父亲铤而走险，终于登上了险峰。他们每一个人都备有十二抱之长的皮绳、毛绳、一共八条长绳。然后将它们两个两个地并在一起，拧成四条结实的长绳。他们将一条长绳的一头拴在悬崖上长着的一颗巨大的忍冬上，一头拴在父亲的腰际。为了防备崖石撞伤身体，父亲反穿起了皮襖，毛皮朝外，外边又包裹着用树枝编成网眼的披罩，然后拿起准备装雏鹰的卧具，顺着绳子往下滑动，小伙子们在上边慢慢地放绳子。绳子放到了一大半，便到了鹰窝那儿。窝里有两只已经褪掉了绒毛，扑楞着双翼的小小的白色雏鹰。它们俩个瞪着灿灿发光的小眼睛，张开小小的翅膀，脑袋向上仰着，发出嘶嘶的叫声，摆出了反抗的架势，毫无怯意。父亲轮流交替地打量着两只雏鹰，然后掏出了自己喜欢的那一只，放进了卧具中。他扯了扯长绳，示意小伙子们往上拉。小伙子们首先将装着雏鹰的卧具拉了上去，然后开始拉父亲。看起来，往上拉要比往下放难得多。父亲以前善于拉着长绳往上蹭，现在却只需要有人往上拉。上面的三个小伙子使劲往上拉着，把拉上来的长绳一圈一圈地套在一个大石头上。有时，绳子拉得动，有时拉不动，因为绳子会挂在崖壁上的忍冬或刺梅上。就这样，费尽周折，父亲终于爬了上来。他们小心翼翼地护着小雏鹰，欢天喜地地回到了阿吾勒，而且家里人还举办了一次不大不小的喜宴以示庆贺。

三、满屋飞禽

大概是 1967 年冬天吧，有一天，我回到了家中，不料满屋都是飞禽，两只山鹰、两只红隼、一只游隼、一只白头灰鹫，还有两只乌鸦。山鹰和红隼在里屋，其他的飞禽在外屋。那时候，牧民们的生活很艰苦，都住在一两间土坏房子里。有些土坏房的顶上直掉沙子，墙壁上掉土块。而且房子也不是私有的，谁家在哪一年住什么样的房子由大队的领导们来安排。所以，人们都认为修缮房屋是多余的事情。到了冬天，人们只在里屋生火，并在里屋做饭睡觉。而且，在这间有火的暖房里，总是拴着病弱的牛犊和小羊羔等等。也就是说，这间房子即是人居住的地方，也是牲畜居住的地方。照现在城里人的观点，这一切简直是不可思议的。我们家也有这样的两间房子，但是里屋宽大，大约三十平米，房子中间有三根柱子，将屋子一分两半。正堂是用土堆起来的大台子，铺着麦杆、芦苇，再上面铺着花毡，又松又软，舒服极了。正像人们所说的那样：我温馨宜人的家，我快乐歌唱的睡床。虽然家中没有高档的家俱，但非常干净整齐。可能是我长年在外，已经习惯了城市生活吧，我回到家中，觉得有些异样，而且有一股冲鼻的动物飞禽的腥味儿。门边上，还拴着一头两岁的小牛犊，再往上一点，支着一个飞禽架，上面站着两只红隼，一只游隼，它们都蒙着眼罩。然后靠窗户的两个鹰座上站着两只山鹰。一进里屋，就能看见这些飞禽，仿佛屋子已经被它们占据了似的。而外屋，更是满满荡荡的：屋子的一个角落堆满了行李，旁边是一只被拴住了爪子的白头灰鹫。另一个角落里是两只乌鸦，被拴在木桩子上。它们为了生计，啄吃着面前的鸟食，看来已经习惯了与人类亲密接触了。屋子中央的大柱子上，挂着准备喂养飞禽的肉食——狐狸肉。门边上还拴着两只牧羊犬：吐玉根和吾夏尔。它们从前是真正的飞毛腿。后来在与猞猁搏斗时受了伤，现在正在疗养。这两只狗

200

一下子就认出了我,并呜呜地低吠着撒娇。这就是我思念已久的家,但看起来却象一个动物的窝儿,飞禽的巢。

"它们是怎么回事?你们又是怎么回事?"我问母亲,还嗤了一下鼻子。父亲坐在窗前,用刀子往木盆里削狐狸的肉,给飞禽们准备食物。为了饲养刚才的飞禽们,看来他们每天都很忙碌。他们听明白了我的意思。过了一会儿,父亲才神色凝重地说:

"你说这是怎么回事?你难道对这一切都陌生了吗?这是阿勒泰的白肩山鹰,那是凶残的游隼,这是红隼。"而母亲和弟弟们则忙不迭地向我介绍这些飞禽的来路。捕猎飞禽的网是母亲亲手织的。捕猎喜鹊、乌鸦也有弟弟们的功劳。我有点被折服了。

"你们是怎样捕猎这些飞禽的?"我问道。这些飞禽原来都是他们拉网捕获的。最初,乌鸦、喜鹊、隼都自投罗网。他们只好一次一次地重新拉网。后来终于捕到了一只山鹰。另一只山鹰以前就有。最近大弟又捕获了一只鹰,正准备送给一个朋友呢。

"你们会怎么处理这些飞禽?"我又问。父亲说:"灰鹫折断了腿,伤好了就放飞它。游隼和红隼是别人交待的。回族人喜欢游隼,会驯养它去捕捉狐狸。而喂养红隼是一种消遣,驯养好了,夏天可以带它到喀纳斯湖边捕捉野鸭、大雁。"

四、狼崽

渐渐失去平衡的大自然也会给人类带来不小的压力。大约是1960年年底吧,我们这一带的狼陡然多了走来,它们成群结队地袭击各个阿吾勒,咬死圈里的牲畜,使牧民们叫苦不迭。当时,与我们公社相邻的是劳动者公社。在一个伸手不见五指的夜晚,一群狼袭击了他们的一群羊,并且咬死了一多半。那个时候,一窝带羔的羊群大约有近千只的羊,狼真是贪得无厌而凶残的野兽啊,它们只吃下去了几只羊,却咬死了许多羊。这群狼接二连三地又袭击了其他几个羊群,咬死了五、六个或十只左右不等的羊,而且还咬死了一些独自散游的大畜。所以,这一带的牧民们几乎彻夜不眠,从夜幕降临到天亮,各个畜群都能传出守护牲畜的男人们发出的喊叫声,牧羊犬的吠叫声,还有巡夜的人们身下的坐骑发出的蹄声,人们高高低低的交谈声。这一切使所有的人无法踏踏实实地入睡,更不敢在夜里独自出门。

　　1969 年的冬天,我也经历了一次被狼群围追堵截的险情。那是在二月份,天气非常寒冷,还下着中量的雪。从公社出发到我家所在的阿克哈仁村,对骑马的人来说,也不过三、四个小时的路程。因为次日是礼拜天,我想回家看看。日头偏西的时候,我下了班。然后到单位的马厩向马倌要了一匹好马和马鞭,穿上了暖和的棉衣,骑上马一溜烟跑了起来。刚走出不远,太阳就落山了。这一带是人烟稀少的荒野。因为我经常走这条路,所以不害怕。两个小时之后,我来到了一个叫托斯特的地方。这时,天空全黑了。我对这条路了如指掌,径直赶路。我放马奔跑,身穿皮大衣,头上是狐皮帽,热气蒸腾,睫毛上挂满了霜花。这时,身下的坐骑猛地扬了一下头,仿佛被什么唬了一下。不一会儿,我就听见了狼嚎声,紧接着,又传来了令人毛骨悚然的一片狼嚎声。我的心咚咚直跳,不由自主地扬起马鞭抽打着坐骑。坐骑左左右右地张望着,竖起耳朵,发出了喷鼻声。我顺着坐骑张望的方向看去,只见远远近近有许多绿色的亮点,那是狼的眼睛!顿时,我魂飞魄散!在这危急关头,我突然想起狼是害怕火的。褡裢里装着准备带回家的一捆报纸还有一本哈萨克语的长篇小说——《林海雪原》。我还买了火柴和茶叶。我手忙脚乱地掏出了火柴和报纸点起了火。一张报纸可以烧好一会儿。幸好那天夜里没有一丝风,火静静地燃烧着。报纸烧完了,我就掏出心爱的长篇小说《林海雪原》一页一页地撕掉烧着,心里默默地说:邵剑波,英俊的小伙子,小白鸽,美丽的姑娘,对不起了,实在对不起了!你们的爱情曾经使我伤心垂泪,今天为了活命,只好把你们和你们的爱情烧了,可你们永远在我心里!后来,纸烧完了,我就开始划火柴。就这样,一路折腾到了峡谷出口的平原地带。一直被阴云遮住的月亮也钻出来了,周围一片白茫茫的,没有一点阴影,狼群的嗥叫声也越来越远了,一路放蹄奔跑的坐骑浑身汗渍渍的。晚上十点钟,我终于赶回了家,我吓了个半死。母亲听了我的讲述,赶紧提起斧头拍打着我的前胸以压惊。而父亲则责怪说:"你还有没有脑子?这种时候,你怎么敢一个人在荒野行路!"

这一年的冬天,由于成群结队的狼不断袭击畜群和人,政府就组织猎人打狼。消灭狼群的一个办法就是弄死它们在春天产的狼崽子。有些人甚至更狠毒,它们给狼下毒。那年冬天,父亲毫不顾忌地猎杀成年狼。到了春天,又开始杀它们的幼崽。尽管如此,他并不滥杀,会等到狼崽长大一点儿,皮毛厚实一点的时候再动手。狼崽的皮毛清一色的都呈深咖啡色,毛很光滑,绒毛很长,人们争着用它的皮子去做皮帽。父亲按照他人的交待,甚至带回来过几只活狼崽,让别人抱养。狼崽刚刚睁开双眼时,肉墩墩的身体象灌了铅似的很沉,喜欢吃肉食,很难喂养。这个时候,我们家也喂养了一只狼崽。人们常说:人抱养的狼崽也会向着大山嗥叫。这话不假,不论你对它们有多么好,它们都不会跟你亲近起来。它们不大想见人,一见到人,就会钻进洞里,或者钻到任意一个物品下面,背着身子躺在那里。它们不会象狗崽们那样很快就熟悉环境,嬉戏玩耍。狼崽对靠近自己的人会发出猎猎声,脾性暴烈,任何时候都板着个脸。而抱养的狐狸崽子则与养狗崽子差不多。你给狐狸崽子起个名字,转身再叫一声,它就会循声而至。它会撒娇,会抓挠你,抢走你的物品到一边嬉戏玩耍。狐狸崽很快就合群了,你如果将手指放在它的嘴里,它就会假心假意地嚼一嚼,但不会下狠。它还会做鬼脸,笑呵呵地打量着人们。它的举止可爱而有趣儿。所以,人们才这样形容行为举止可爱的孩子:瞧这个孩子,像狐狸崽子一样可爱。只是它身上有一种冲鼻的狐狸臊味儿。而狼崽则与之大相径庭。令人瞠目结舌的是狼崽无一例外地继承了狼的凶残本性。在我家这只狼崽还没有完全睁开眼的时候,父亲将它抱回了家,一直养着。在它成年之前,从没有得到过母狼的喂养抚育,但是,它怎么就知道自己是一只狼呢?你如果在它面前丢一块肉,它就会发出狺狺声,然后咬一口,将那块肉压在身子底下,再一口一口地吃掉它,我们常常为它的举动而捧腹大笑。那个时候,周围一些也喂养了狼崽的人们都说狼崽不好养,又没有多少肉可以喂它们,所以都把狼崽子杀掉了。而我家的那只狼崽子一直都被拴起来喂养,慢慢地它成了一只雄赳赳的公狼。只要放开它,它就会扑向任何牲畜。它年幼的时候,每到搬迁的季节,我们就把它驮在驼背上带着。等它成年之后,不便再驮了,父亲就给它戴上项圈,系上绳索牵着它随驿对行进。这可是浩浩荡荡的迁徙途中一道风景线啊,沿途的人们即惊愕,又赞叹,也有点恐惧地打量着高高地骑在马背上,一只手高擎猎鹰,一只手牵着一只公狼的父亲。遇到那些已经住下来的阿吾勒,牧人家的猎犬们会结伙冲公狼吠叫,孩子们也跟着起哄,一路尾随不散。这种时候,公狼会呲牙裂嘴地发出狺狺声,抖动着光滑的皮毛,摆出一副进攻的姿态。当它还是狼崽的时候,与我们很亲近。渐渐长大以后,除了父亲之外,谁也制服不了它。可能是因为喂养得好,它渐渐地长成了一个凶悍的公狼。后来,乡里的领导们与我们订了协议,准备将它送到动物园去。但是,还没有来得及送,它就丧了命。那年的十一月份,我们家搬迁到了一个叫克里特克依的冬窝子过冬。有一天,母亲走到拴着的公狼身边,往它的食盆里倒食物的时候,楞不丁儿被它死死地咬住了裙边,母亲吓得没有了神儿。幸好父亲也在那儿,他立即操起了身边的铁锨当头给了它一下,把它打死了,救下了母亲。就这样,我们一家人亲眼目睹了这个由家人从小喂养,疼爱有加的小狼崽如何变成了一个忘恩负义的恶狼的整个过程。

五、谁来赔偿被狼吃掉的马驹?

雪后晴天,父亲骑着喂养得很好的雪青马出去狩猎,他提着一只大棒。刚刚下过一场雪,将地上所有的印记抹得干干净净。父亲在茫茫的原野寻找着野兽的踪迹,走着走着便发现了一只狼的踪迹,它刚刚从这儿横穿而过。他马上跟踪追了过去。翻过一两座山梁之后,就看见了那只狼。在长于追踪,身手敏捷的坐骑的帮助之下,追了三、四里地,父亲就把狼打死了。当他坐在地上与同样气端吁吁的坐骑歇息的时候,看见三个乘骑的人顺着自己刚才的足迹走了过来。不一会儿,他们就来到了父亲身边。原来他是父亲的熟人,叫霍加,身边的两个人是他的两个儿子。

霍加匆匆忙忙地向父亲问了安,并跳下了马背,用马鞭狠命地抽打着那只死狼,并吼道:"你这个该死的刽子手!操你祖宗的!你竟然吃掉了我儿子的马驹!杂种!"他恶狠狠地抽打那只狼。这时,父亲劝道:"老人家,别再打死狼了。狼呀,让所有的人都叫苦连天。我知道您心里不好受,这只狼就归你了!"霍加听了之后,就捡起了狼,将它绑在了坐骑的后猷上,扬长而去,一声也没吭。父亲也没有怎么再意。可事后一想,那位老人拿走了他的劳动所获,而且连一个招呼也没有打。这让他心里不怎么痛快。有一天,他专程来到了霍加老人的家,在铺开餐单喝茶的时候,父亲瞅了空儿说:"老兄,我很尊重您,把打的狼送给了您。而您呢?甚至不念我的苦劳,什么也不留。这是为什么?"可霍加老人却不能理解父亲,直嚷道:"哎哟,那只狼不是把我儿子的马驹吃掉了吗?"

六、狼也靠计谋生存

1960年初,父亲还是一个牧马人。那时,每年冬天,牧马的小伙子们都留下家眷，单身去后山牧马。额尔齐斯河边有一片丘陵地带叫阿克达拉。阿吾勒里的三个小伙子住在简易毡房里，然后轮流来放马。当时，与父亲在一起牧马的人中有他自己的一个远亲，也算是一个朋友，叫卡斋。有一天，轮他值夜班。天气非常寒冷，但很晴朗。皎洁的月亮，群星闪烁，雪地上仿佛散满了珍珠灿灿发光，使牧马人心旷神怡，目不暇接。周围一片寂静，没有一丝风，只有马匹踩着雪地的声音，揪吃枯草的沙沙声，以及偶尔的喷鼻声。那年的冬草不错，马群漫步游牧。卡斋将坐骑放在草地上，背靠着沙丘上的一窝梭梭柴歇息着，不时地瞅一瞅马群。过了一会儿，马群靠自己一侧的几匹马好像受到了惊吓，但其他马匹却没有什么动静，还在吃草，连头都不抬一下。卡斋心想可能是一场虚惊。过了一会儿，他又朝那一侧看了一眼，这才看清是一只青狗摇晃着尾巴，腹部贴地往这边挪动。长斋心想这只青狗可能是随某一个牧马人一起过来的，也就没有怎么再意。明晃晃的雪地上，什么都看得清清楚楚。他看到那只狗越是接近马群越撒娇，打着滚儿，摇晃着尾巴，一步一步地往前挪动，离它不远的地方有一只怀胎母马看了一眼那只青狗，然后打了个响鼻，不一会儿又恢复了原状，低下头啃吃草了。卡斋将这一切都看在了眼里，想把那只狗叫到身边。这时只见那只青狗猛地跃起，咬往了那匹怀胎母马的喉咙。母马声嘶力竭地叫了起来，并将青狗拖出了几丈远，然后倒了下去。原来那是一只青狼，它甚至已经给母马开了膛。马群见状炸了群，卡斋绊在草地上的坐骑也带着脚绊一蹦一跳地随着马群跑走了。而卡斋看着眨眼之间发生的这一幕惊慌失措，腿都软了。等他回过神儿来，大声吼叫的时候，那匹青狼才丢下母马逃走了。

就这样，看起来长相与动作都像青狗的一只狡猾的青狼蒙骗了马群，也蒙骗了牧马人，可见狼不仅仅依靠凶残，也依靠计谋生存！

那个时候，眼睁睁地看着马匹被吃掉，是莫大的罪过。因为这件事情只有父亲和卡斋叔叔知道，所以他们后来在向上面报告时，就说牧马

206

人因为整夜未合眼而在黎明前打了个盹,那匹牧马才被青狼吃掉了。就这样,作为惩罚,上面扣了卡斋叔叔一个月的工资,还在党内严厉地批评了他。那件事情过去后,卡斋叔叔多次绘声绘色地给我们讲叙了这次狼骗人的事件。

七、猎人计谋

猎人捕猎时的计谋因猎物的习性而异。各种猎物都有其独特的嗅觉、灵敏度,以及攻守计谋。猎人也据此形成自己的计谋。尤其是猎人会根据猎物的嗅觉而决定自己的穿戴、装备,以及所使用的计谋。熊、狼、狐狸等野兽都有非常灵敏的嗅觉。据说,它们甚至能从野兽的踪迹分辨出对方与自己是否有血缘关系,或者能分辨出对方的兽种来。猎人们经常巧妙地利用野兽们的嗅觉。而笨拙的猎人失手之后,不会反省自己的计谋不灵,反而会根据民族的禁忌或信仰来进行猜测。父亲则不然,他是一个只相信自己的倔犟猎人。其他猎人说:"根据某种禁忌,不能这样做。"父亲则回答:"我倒要看看这样做究竟有什么后果!"并会立即动手干起来。这是因为他有着非常丰富的狩猎经验。他对与自己朝夕相处的野兽飞禽的活动、习性都很有研究。所以,狩猎专业对他来说,并不显得有多么艰难或神秘。有时,他在准备兽夹的时候,会用干净的土将兽夹认真地擦拭一遍,以便去掉异味儿,而且会自言自语地说:"瞧瞧吧,狡猾的家伙们,看看究竟是你们狡猾?还是我狡猾?"父亲最得意的狩猎计谋就是在安置兽夹之前,会除去自己身上和兽夹上的气味,他总说我们只能发出动物的气味儿。平时,父亲穿戴很整齐、干净。而母亲整日忙忙碌碌的,只为清洗整理父亲的衣服,将他的衣服铺在爬地松上或薄荷草滩上。有趣儿的是,他有时会让动物油发臭,然后去使用。所以我们常常觉得他浑身都散发着动物的腥味儿。我们问为什么,他则回答:"动物油的腥味儿能将人体的味儿压下去。而猎物们会久久地在兽夹前徘徊,寻找异味儿。在没有把握之前,它不会轻而易举地去吃兽夹上的肉食。而父亲这样做也算是一种计谋,即不让狡猾的野兽们觉察自己的行踪。

八、熊在我家的毡房外边蹭痒痒

1963 年,父亲成了牧马人,我家也住在了牧民队。那一年,已经到了十一月份,人们该从上游草原搬迁下来了。不料,公社做了一个决定,说是为了保存和节省秋草场,不让人们搬迁,对擅自搬迁下来的人家将给予惩罚。但是,大自然的规律比公社做出的决定厉害多了。大自然随即用暴风雪、寒冷将那些依然居住在上游草原的牧民们赶下了山。四畜的情况非常不好。牧放的绵羊夜里甚至不入圈,而是朝下山的牧道上跑。对于公社的决定,人们能听进去,但牲畜却听不进去,跑得快的牲畜一口气跑到了平原;跑得不太快的牲畜也到了中部草原。这使牧民们忙得不可开交。原本已经草木枯黄的草原更加萧条,一边下雪,一边融化,使草场变得一片泥泞,到处都滑溜溜的,这使迁徙的牲畜无法稳步行走,有的牲畜滑到了,碰在了树上,岩石上,有的牲畜摔断了腿,有的牲畜被劈开了,有的摔断了脖子,到处都可以看到牲畜的死尸。邻居家有一群马,走到一个叫霍热木得克的地方时,集体从山坡上滑落下去毙了命,只有几只小马驹保住了命。那时候,父亲有一匹四岁棕马,也在这次灾难中死掉了。在搬迁的牧道上,由于役驼滑倒无法再站起来,一路上到处是摔碎了的毡房顶圈架、撑竿。在那条像狼牙一样参差不齐,崎岖不平的牧道上,女人和小孩子们牵着坐骑,胆战心惊地走着。叫嚷声,争吵声响成一片,他们都哭哭啼啼的。丢掉了牛犊的母牛发出震天的哞叫声。正常年份,牧民搬迁是一次草原盛会,特别风光,可这一次,在短短的一个星期里,牧民们叫苦连天,狼狈不堪。经过这一次惨重的损失之后,政府收回了那个具有"创意"的决定,还将做出这样错误决定的领导请去开了会,让他"端正了思想"。但是,这次事件使牧民们的生产和生活过得很艰难。等到公社下发了下山通知的时候,牧民们早已经逃到了中部草原。只留下了个别的毡房。所有的牧民们都在搬迁。那个时候,役驼很少。谁家什么时候搬迁,需要用几峰役驼搬迁,完全由大队的领导说了算。

由于役驼没有到来,我们一家人被困在了一个叫吾勒加波拉克(毒草叶之意)的地方,周围的牧民们全都搬走了,没有一只役驼。孤伶伶的毡房被夹在两座大山之间,冒着一股要死不活的饮烟。父亲出去找丢失的马匹已经有三、四天了,家里只有母亲、我、妹妹和弟弟。也没有牛奶,我们只饮喝皮囊里的酸奶。家里只有一点点柴禾,所以不能一直生火取暖,潮湿的柏树枝燃起来很费劲。那天,白天我们眼巴巴地盯着大路,然后早早就睡了。不一会儿,我被母亲的喊叫声吵醒了:

"吁,这头牲灵想干什么呀?"她用拳头捶打着自己一侧的毡房栅栏。

"妈妈,怎么了?"我问道。

"可能是遗留在哈纳依家旧营盘上的那只癞公牛吧,它可能恋家了,才来到了咱们家毡房前。它一直不停地在毡房外围蹭着,我真怕它弄翻了毡房,这头畜牲! 哎呀,滚开!"母亲的声音很大。但是,外边却传来了低沉的嚎叫声,十分陌生。母亲立刻跳了起来,捅开了地灶上的火堆,并投入了柏树枝。她一边使劲敲打着放在火堆边上的一只大铁皮盆。外边那个被我们认为是"公牛"的家伙吭叫着,冲着毡房放食物的右下侧狠狠地抵了几下,我们就听到了毡房的木栅栏发出的吱吱嘎嘎的声音,而且毡房向里侧了一下,正堂那边的几根撑竿跳出了木眼,挂在了毡房的彩带上。我吓得没了神儿,一下子钻进了被子里,弟妹还在睡觉。母亲一边使劲吹着冒着青烟燃不起来的火,一边又拼命地敲打着铁皮盆,忙得不可开交。一直在冒青烟的火堆腾地燃烧起来了。这时,毡房又发出了吱吱嘎嘎的声音,然后,外边的那个庞然大物发出

"嗵,嗵"地脚步声,离开毡房远去了。母亲把白天省下来的柴禾一顾脑儿全部扔进了火堆里,一边不停地敲打铁皮盆,守着火堆,披着衣服,一直坐到了天亮。等天大亮以后,我们才敢出门。门外留下了一片脚印,有点像人光着脚留下的脚印,但又显得阔大一些。那是我们第一次看到熊留下的脚印。次日对我们来说是非常严峻的一天,但是,父亲带着役驼及时赶到了。我们笑着迎接了他。

经过这一场人为的灾难之后,人们陆续搬迁到了中部草场,稳定了下来。有一天,家里来了许多人喝茶。母亲给他们一五一十的讲述那一天夜里的惊险情形,说:

"熊呀,在我家毡房外边蹭痒痒。"这时,我父亲的朋友夏尔达克幽默地说:

"看来呀,熊这种动物比人聪明,它十分清楚自己的敌人。而我们不过是个卓勒德巴依似的人了。由于我们分辨不出自己的敌人,所以只有当别人给我们指出这个才是你的敌人的时候,我们才煞有介事地去出击。"大家都被他的话逗笑了。他说的这番话其实是双关语。那个时候,有一个从小就是羊倌的老人,叫卓勒德巴依。有一天,几个宣传员到了他家做思想宣传工作。他们费尽了口舌之后,便问他:

"那么,请您说一说谁是我们的敌人?"

"我呀,整天放羊,在野地里转悠。听说人们将那个公社领导叫做敌人。但是,我没有见过它,也不认识它。"他说的这番话传遍了阿吾勒。这时,夏尔达克又说:

"而柯孜汗才是熊的死敌。除了他家,熊会去撞谁家呀?那时候,你家住在毒叶滩的上游,我家则住在它的下游,也是独家单户的。可熊怎么没有去光顾我们家。你们谁还听说熊关顾了其他人家了吗?"他狡黠地看着大家。

"没有听说,但是,我们倒是听说咱们的塔巴热克大哥深更半夜出去给熊行大礼了。"父亲说道,人们又笑了起来。而这件事当时也在阿

210

吾勒传了起来。那是 1960 年年初,野兽飞禽对人的袭击陡然多了起来。而政府所采取的措施则是消灭野兽飞禽。如果狼和熊吃掉了牲畜,那么,凶巴巴的公社领导仿佛要把牧民吃掉似的。每个畜群都安排人彻夜值夜,大队领导们则窜来窜去检查各个畜群。有一天,那个叫塔巴热克的牧民的妻子围着畜圈大声喊叫,累得精疲力尽,就进了毡房,躺在灶火旁边。塔巴热克睡觉很轻,他突然听见门外牧羊犬吠叫着,便跳起来穿上衣服,他以为是检查人员来了,便连声答应:

"好了,这就来了。"他穿戴好出了门,想让检查人员知道自己家的人一夜未睡,便向牧羊犬吠叫的方向快步走了过去,只见圈羊的那块崖石下边站着一个披着毛茸茸的皮大衣的人。他连忙说:

"您好吗? 你平安吗? 我刚刚进了门。"而对面的"那个人"则发出了吼叫声,并拔下了一棵爬地松,扔向了他,然后转身离开了。塔巴热克这才知道来的不是大队的检查人员,而是一只熊,他吓得慌慌张张地跑回了家中。这时,父亲说:

"那天我不会在家,否则,我会让那只熊吃尽苦头的。"就这样,人们用轻松戏谑的话题延续着有趣儿的谈话。

九、与熊搏斗

1970 年仲夏,人们都迁到了夏牧场,安顿下来了。虽然父亲安置了几次兽夹,都没有猎获一只熊。为此,他有些急躁不安。那个时候,那一带的熊已经不多了。既默默不语又神秘的大自然之娇子不仅仅只是羊圈里的羊。公社每年给猎人们下达狩猎任务:必须猎获多少头熊,多少头狼,多少头狐狸。而且一家人的生计也与此紧密相连。谁也不会去想它们是已经濒临绝种的动物。父亲是一个心灵手巧的人,是一个能使青铁块在手底下变得像面团,能将黄金拉成丝线的工匠之子。牧民们的马掌、马钉什么的都由父亲打制。我们家里总会有野兽的血迹,总会有冒着烟的打铁炉。如果他正在打制马掌,就会用铁钳子夹着烧得通红的铁块放在铁板上,仿佛拿铁块出气似的,狠命地用铁锤锤着铁块儿。这种时候,如果有人跑来对他说:

"报喜了!报喜了!兽夹夹住了野兽!"

他马上就会扔掉铁锤,激动得心都跳出来似的。平日里,他总是穿着宽大的白色衬衫,白色长内裤。听到好消息的时候,他甚至会忘记穿外衣,匆匆忙忙地光脚穿上被哈萨克人称为"憨黑蛋儿"的黑帆布棉鞋跑出去。如果有空,他顶多会回过身来取下挂在撑竿接口上的短剑。那时候,父亲的猎枪已经被公安局收走了,他狩猎时只带短剑、长矛、大棒。他翻身上马,甚至忘掉取下马绊子。他这副风风火火的模样,常引得母亲和乡亲们捧腹大笑。每当这种时候,母亲就会忙进忙出地为父亲准备各种物品。

落入兽夹的熊最初拖着沉重的兽夹能走出一公里左右的路程,来到细长河谷一个叫驼羔颈湾的茂密雪松林中才会倒下去。有一天,父亲放置的兽夹总算夹住了一头熊,那只熊拖着兽夹就逃向了这一带。这儿有公社直属机关来这一带砍伐树木的三十多名汉族、哈萨克干部职工。他们听说熊被兽夹夹住之后,都跑到那儿去观看那只拼命挣扎的熊。听到消息之后,周围的牧民们也带着褡裢赶了过来。他们都是来看热闹的,而且也知道熊的肉、脂肪、器官等可以入药,都想分一点儿。这种时候,谁也不会提起狩猎的危险性。甚至有人说:"从柯孜汗一次次地狩猎来看,熊这种野兽并不怎么凶残。"

这一次掉入兽夹的是一只大棕熊。父亲仔细地看了看,知道兽夹夹住了这只棕熊踝骨以上的小腿骨部位。而小腿骨如果折断了,野兽就可能丢弃兽夹逃走。这时,高耸的雪松茂密的树枝会形成黑房子一样的黑洞,棕熊躲在里边,对人们咆哮着,你甚至看不到它,除了子弹之外,没有任何办法可以将躲在茂密的雪松树枝那一边的熊拖出来。冲动的小伙子们一个劲地用石头去打棕熊,它也纹丝不动。人们也无法用大棒、长矛将它捅出来。最后，父亲只好在套马杆上绑着长绳，想把棕熊套住再拖出来。他将套索的一头交给强壮的小伙子们，让他们乘机套住棕熊。如果棕熊扑上来，就用大棒使劲打，他自己说着靠近了棕熊。

"棕熊会发急，别扔石头！它会狗急跳墙！"——尽管他这么叮嘱，但是那些冲动的小伙子们仍然不停地向棕熊扔石头。而父亲靠上前去，想把套索套在棕熊的脖子上，这使棕熊暴跳如雷。棕熊为这一群将自己当成嘲笑的对象加以愚弄的人恨得咬牙切齿，拼命挣扎着。这时，它的小腿骨猛然地折断了，它摆脱了铁制兽夹，从茂密的雪松树中跳了出来。父亲看见棕熊从兽夹里抽出了断腿，马上喊道："快跑啊！棕熊逃脱了！"看到从黑处猛扑过来的棕熊，人们吓得丢了魂，他们甚至不敢回头看一眼就逃走了。那些扯着套索和准备抢大棒的小伙子们都是信得过的，壮壮实实的。一看这情形，一个个甩掉了套索，扔掉了大棒也一溜烟跑了。刚才围成一团的三十多个人瞬间一个也不剩了。所以，棕熊一下子扑向了离自己最近的父亲。刚开始的时候，站立着的棕熊一下子抱住了父亲，开始咬他的后背和脖子。父亲护着头，将头扎进它的前胸，并和它搏斗起来了。谁也不想丢掉性命，他竭尽全力想从刀鞘里拿出刀子，却被棕熊发觉了，它狠命地咬住了父亲的胳膊。刀子从父亲已经麻木了的手上掉了下去。父亲与熊拼命搏斗着，他们俩儿双双倒在了地上。一会儿是父亲在上面，一会儿又是熊在上面。父亲已经筋疲力尽了，而熊毫不在乎。当他将父亲压在身下的时候，父亲简直就看不见了。搏斗中，父亲瞅了一眼熊，看到的是冷酷和凶残。在那一刻，它绝对没有将所面对的人视为生命，只看作是可以填饱肚子的食物。情况越来越危险。这时，父亲突然想起熊不践踏死尸，所以就想装死蒙混过关。所以。他憋着气，躺在地上一动不动。棕熊好像要看一看父亲是不是真的死了，便将趴在那儿的父亲拉来扯去，折腾了好一会儿。然后，长吼一声，便走了。看来，这时候，棕熊顾不上填饱肚子。这只凶残的野兽经过搏斗才脱离了危险,它也很想逃离这个令它魂飞魄散的地方,所以它拖着断腿,很快地逃遁了。由于流血过多,父亲变得虚弱无力。他为了让寻找自己的人们很容易找到,所以竭尽全力爬到了一块卧石上躺了下来。

有趣儿的是那些逃跑的人们。那个地方的山谷里住着三、四户牧民,每年夏天,他们都会在这度夏。而那一群逃跑的人顾不上其他人,自顾自地向这几户人家那儿奔去。听到处边有响动,这几户人家的牧民们都出门眺望着。只见三十几个人从对面的坡上闹哄哄地冲了过来。再仔细一看,人群中还有一只一瘸一拐地奔跑着的棕熊。看到这个情形,这几户牧民家的人们也四散开来,夺路而逃。在这一群慌忙逃生的人中,有我家的一个朋友,他是一个牧马人。慌乱中他甚至没有觉察出自己与那个棕熊正在并肩奔跑,而棕熊也没有觉察出来。从开始逃命到到达刚才那个住着几户牧民的地方,他们俩几乎是并驾齐驱的。当喊声震天的人们到达这儿之后,那只棕熊才将那个牧马人甩在了身后,它从这几户人家的毡房中间穿过之后,径直到了河边,"嗵"地声跳进了河水中,游到了对岸。那个牧马人也一直跑到一座毡房前才停止了脚,坐在地上直喘粗气。人们说那只瘸了腿的棕熊竟然跑得很快,连骑马的人也难追上,它很快地钻进了树林里,并翻过了一道山梁。看到棕熊翻过山梁,人们才醒过神来,才有好心人返回去找父亲了,人们都以为他已经被狼吃掉了。找到他之后才知道还活着,而且神智还清楚。看到他并没有受到惊吓,大家都很高兴。他因为流血过多而变得很虚弱。既便如此,他还在给人们出主意,指挥他们将自己抬走。人们立即砍下柳木,做了一副简易的担架,用两匹马架着,当天夜里送到了阿勒泰地区医院。他的伤势很重,脖颈、两肋、两只胳膊的肌肉都被撕裂了,几处骨伤,全身上下有一百二十多处伤,到处都是熊的爪印和牙印。医生们立即进行了抢救治疗。他住了两个多月院,还好没有留下什么残疾。

有些人说:"柯孜汗已经吓破了胆,以后,他再也不会猎熊了"但是,江山易改,本性难易啊。后来,我父亲依然猎熊,而且,从这次猎熊事件之后,父亲绝不再怜惜熊这种动物了。直到1973年,他又猎获了三只熊。从这次事件之后,公社开始很好地对待父亲,给他补发了工资。而父亲认为,保住了性命是最大的福祉,所以没有多想。只是说:如果我手中有枪,我那次会轻而易举地打死那只棕熊。

虽然他是一个职业猎人,但地方政府收走了他的猎枪,再也没有还给他。他对此有些不满。而我们则对与父亲一起狩猎的那三十几个强壮的小伙子们竟然没有一个人用棒子打棕熊,也没有想起来返回去救父亲而感到大惑不解,感到惊愕! 俗话说:平日里都是勇士,而真正的勇士又在哪里? 说实话,我们对他们只顾看热闹,要紧关头却丢下父亲各自逃命的作法非常生气。但是,我们也不想把责任推给他们。但是,棕熊不扑向父亲,也会扑向他们中的任何一个人。而且还是父亲喊叫着让他们离开的。对他们中没有一个敢于反抗这件事儿,我们有时感到很好笑,有时又感到很遗憾。

从此以后,再也没有听说熊袭击了畜群这样的事了。公社也没有给猎人下达打熊的任务。而且那个时候,社会舆论也开始关注保护动物这个问题了。

1980年年底,狩猎生产结来了,动物开始受到保护。而且,只有在阿勒泰的深山老林里才会有各种动物。在我们红石村所占据的地域里,有牧放九万只大大小小的牲畜的辽阔草场,但却看不见一只熊。当然刽子手不仅仅是父亲一个人。近来听说有人在喀纳斯湖边的山上发现了熊。

老天保佑,它还没有灭绝。

十、猎熊

我父亲一生曾经猎获过二十多头熊。他在1963年至1984年间曾

215

经是公社的专职猎人。他将猎获的兽皮和兽肉都上交给公社打猎办公室。不论牧获有多少，父亲的工资也与这儿最优秀的牧马人的工资是一样的。但是，父亲没有怨言，他能向公社交纳多少猎物，他就有多么高兴。仅在1965年到1975年的十年间，他就猎获了23头熊交给了公社。1965年8月份的一天，他竟然猎获了两头熊。那时候，政府禁止牧民持枪，所以，父亲是用原始工具来进行捕猎的。

十一、狩猎期

宰杀牲畜的时候，长辈会说："你们没有罪过，我们没有食物。"但是，在生活中，猎人们不只为获取食物而狩猎。有时，他们也会因种种理由而狩获猎物，狐狸因为有一身光滑柔软的皮毛，大象因为有珍贵的牙齿而丧生。最初，人们只为裹腹和遮体才狩猎。渐渐地，人类开始认识了自然，知道了如何利用兽皮、兽骨、兽器官，将飞禽走兽当成自己的财富加以利用，并通过各种礼节习俗认识自己的过错。

哈萨克民族有一个生活习俗：不吃未经宰杀的死兽死禽的肉。这种民族民间信仰对保护食肉动物十分有益，减少了人们为食物而狩猎的数量。猎人不会盲目地在四季随意狩猎。

为了获取皮张需要狩猎时，他们会等待野兽褪掉旧毛，长出新毛，绒毛成熟的时候再去狩猎。在阿勒泰山峦，狩猎生产一般始于哈萨克历法的十一月份。也就是说，野兽的皮毛成熟了，它们倒霉的日子也就到了。野兽的皮毛成熟的时候，猎人是坐不住的。在哈萨克民族的谚语中，这样来形容那些无恶不做的人："看来他的皮毛成熟了！"这类的言语与猎人们的狩猎生活息息相关。也就是说，狼、狐狸这类野兽的皮毛成熟的时候，猎人才会猎获它们。哈萨克猎人们不会去动那些皮毛没有成熟的野兽。

春天，所有的飞禽走兽都会脱皮换毛，兽皮的质量很差，变得很薄，兽肉也很瘦，不能食用。这时狩猎，会被认为是一种浪费。为获取食物而狩猎的活动一般是从七月底开始的，因为食草动物这时已经膘肥体壮了。当大雁和野鸭飞来或离去的时节，猎人们才会去射猎它们。因为每年的五月份飞禽开始筑巢、卵蛋。秋天，幼禽长大了，猎人们就开始射猎飞禽了。

以前，哈萨克猎人一般都是在人们搬迁到夏牧场的时候，开始捕猎熊。熊的肉是不洁的，穆斯林不得食用。后来，人们认识到熊的脂肪、肉、胆、掌都可以入药，所以猎人们早早地就开始猎熊了。而有些时候，因为熊是野兽中比较凶残的，所以总是首先成为猎人的靶子。

在哈萨克民族的狩猎生产中，猎人们十分注意保护动物，允许它们安居乐业，繁衍后代。这种保护意识来自于古代的自然崇拜——人类与大自然，与动物应当和谐平等地相处。古代的圣贤们则将珍惜和保护飞禽走兽当作生存的目标，制定并遵循相应的礼仪禁忌，使之成为人们自然而然的生活习俗，行为准则。而且其中的一些习俗甚至与狩猎中的神秘现象相互交融，形成了口口相传的神话传说。关于狩猎，猎人们常说：不要将窝里的幼崽弄死，否则你就是找死。也就是说，猎人们一般不会捕猎还未出窝的熊崽、狼崽和狐狸崽等珍稀动物幼崽，认为这样会遭到天神诅咒，遭到报应。哈萨克人认为羚羊、鹿、白天鹅等动物飞禽是神圣的。猎人们不会故意踩坏飞禽正在孵化的蛋，伤害雏鸟，认为这样会连累自己的后代。从哈萨克民间故事中，我们可以了解到人们甚至不会伤害一只麻雀，因为会遭到麻雀的诅咒，并连累自己的孩子。麻雀这样诅咒伤害自己的人类：

"我是一只鸟，名字叫麻雀，

我是一只鸟，身上只有一片肉。

在你父亲独自上山时候，

我会诅咒你的母亲死去，

留下你一个人孤伶伶。"

总之,每年的春节,猎人不会狩猎,因为这是动物飞禽孕育后代,筑巢孵蛋的季节。这说明哈萨克人也尊待传宗接代的飞禽走兽,他们同样不想看到动物飞禽受到伤害的悲惨景象。对游牧民族来说,绿色草原有多么重要,那么,对那些象羊群一样漫步牧放的野兽也同样重要。草原民族在描述自己的故乡时,会非常骄傲地写道:大雁归来,野鸭飞起,野马奔驰,温顺的野兽们像绵羊一样游牧。"

大风吹来的俄罗斯文化（节选）

萧　云

老塔城三件宝：牛粪、芨芨草、二转子媳妇满街跑。这是塔城过去广为流传的民谣。

牛粪是用来烧火煮饭的燃料。当时塔城的煤炭开采得少，价格昂贵，普通人家买不起，所以每到春夏秋三个季节，外地来塔城的人，在晚饭过后，总是能见到许多大人小孩背个柳条筐，在夕阳西下的黄昏中，在马路上或者郊外的草地上拣拾牛粪的情景，久而久之，这种现象就成了塔城的一道独特风景。据说当年塔城有一种非常好吃的面饼，就是放在牛粪火中烧出来的。其制作方法是先把一堆牛粪烧透了，然后用两个铁锅，把面饼放在中间埋到火堆中，过半个小时，把铁锅拿出来，里面的面饼也烤熟了。听了这种制作面饼的方法，许多外地人或许都不想吃了，可是他们来到塔城，在不知道的情况下拿起这种面饼，一吃就放不下了，他们会说从来没有吃过这么好吃的东西。只是现在，这种面饼除了深山牧区，在塔城城里已经找不到了。

芨芨草是西北地区普遍生长的一种野生植物，在《汉书·西域传》里就有记载。因为它的茎秆极为柔韧，而且生长茂密，塔城人不但在春天把它们当做非常好的牲畜饲料，还广泛地用于家庭日常生活中，比如

219

扎扫把,绞绳子,编织床垫、门帘、锅盖等物,有些手艺高超的人,还把芨芨草编制成凉鞋,夏天穿上下地干活,既方便又省钱。

"二转子"是民间俗语,指的是生活在塔城的俄罗斯人和汉族人结婚以后生下的孩子,这些孩子大都有棕黄色的头发、白皮肤、蓝眼睛,看上去非常漂亮。

塔城地区的俄罗斯族,差不多都是从俄罗斯迁来的。根据有关史料记载,这种迁移规模较大的有三次。第一次是沙皇俄国时期,根据沙俄强迫我国签订的不平等条约,许多俄罗斯商人陆续进入新疆,并在包括塔城在内的许多地方建立居民点,从事商业、手工业活动,以后就在我国定居下来。第二次是俄国十月革命以后,被红军打败的白军中的一部分人,裹挟了许多难民流窜新疆境内,后经当局的劝说和动员,其中的大部分遣返回国了,只有一小部分人几经周折,先后在乌鲁木齐、伊犁和塔城等地落户,过着自给自足的生活。当时的新疆政府称他们为归化族。第三次是 20 世纪 30 年代初,日本帝国主义发动了"九一八"事变,侵占了我国的东三省,我东北人民奋起反抗,后因敌强我弱,东北义勇军被迫退入苏联境内。在苏期间,他们中的很多人都娶了苏联媳妇。苏联当局出于国内安全的考虑,将这些华侨及其俄罗斯亲属陆续遣返回国。据当时塔城行政官员估计,数年之中,经塔城被遣返回国的华侨就达万人之多。这些华侨和俄罗斯媳妇结婚生下的孩子被当地的人称为"二转子"。可他们自己却不认可这种称呼,总觉得有歧视意味,他们说自己是俄罗斯族。

塔城的俄罗斯族既有白种人的血统,又有黄种人的特征,参加社会活动时都讲汉语,使用汉文,而在家庭内部,或在与本民族人交往时,他们也讲俄语,使用俄文。他们既有汉族名字,也有俄罗斯族名字,如塔城侨协的阿纳多利和妮娜就是这样的,他们的汉族名字分别叫张富来和王光胜。

流浪来塔城的人

阿纳多利的父亲早年是从河南洛阳一步步走到塔城来的。那一年黄河泛滥,冲毁了一切,许多人家都没有粮食吃。听人说新疆生活好,挣钱容易,18 岁的父亲独自一个人,步行 11 个月来到了塔城。塔城是座边境城市,距离其它地方都很遥远,塔城周围的市民出行都要乘坐雪撬、马车、牛车或二饼子车。当时来塔城谋生的外地人很多,他们中间有河南人,还有天津杨柳青人。在当地人眼里,杨柳青人大部分是开商店和药店的,有钱,河南人都是靠体力劳动挣钱糊口,贫穷。阿纳多利的父亲凭着 14 岁就跟人当木匠学来的手艺,在塔城市中心租了一家店面,做起了木工活,生意很是红火,所以比别的河南人生活相对要好一点。

当时正赶上苏德战争,苏联人民的生活极为困苦,阿纳多利的母亲因为肚子吃不饱,就和家人商量,在一个晚上,跟着农庄里的其他人一起,偷偷越过边境线来到了塔城。当时,中国的边防还属于有边无防的状态,边境附近的居民可以自由走动,有时候他们早上把牛羊放出去,晚上一看吃过了对方的边境线,立即跑过去赶回来,这在当时并不算犯法。居住在边境线两边的居民,每到过年过节的时候,你到我家来做客,我到你家去串门,亲近得像一家人一样。时间久了,你嫁给我一个姑娘,我娶你家一个媳妇,大家都成了一家人。

阿纳多利的母亲那时候还是个小姑娘,在塔城没有亲人,来了以后靠给别人当保姆、刷房子维持生计。在一次偶然的场合,她认识了阿纳多利的父亲,经过一段时间的相互了解,两人相恋了,可是到了准备结婚的时候,两人都发愁了。俄罗斯人虽然对青年男女之间谈恋爱的事放得很开(在塔城就有"小伙子翻墙狗不咬,姑娘丢了娘不找"的民谣),可是对婚姻却十分重视。按他们的习惯,一对男女青年认识后,经过一段时间的接触和恋爱,就要由男方的家长出面请一个媒人到女方家去求婚,去的时候,要带一个面包,还要在面包上放一撮盐递给准备求婚的那个姑娘。在俄罗斯人的风俗中,"列巴加盐"是珍贵的食物,具有重要的象征意义:面包代表着富裕与丰收,盐则有辟邪之意。如果姑娘不接面包,就是表示拒绝,如果接过面包并将面包亲手切开,就表示同意,之后双方家长才能共同商定婚期,准备嫁娶的事情。

阿纳多利的父亲和母亲都是从外地来的人,在当地没有亲戚和长辈,为了结婚,他们各自请来朋友帮助,才完成了这个幸福而复杂的求婚过程。按阿纳多利母亲的要求,他们的婚礼在教堂里举行的,由教堂的神甫给他们主持,阿纳多利的父亲还按俄罗斯人的习惯,和新娘交换戒指,以表示相互敬爱和忠诚。

出国又回来的汉族人

妮娜的爷爷是挑着货郎担来到新疆的杨柳青人,他在塔城停留了一段时间后,听说邻国的生意好做,就继续挑着担子到苏联去了。在西伯利亚,他认识了一个俄罗斯姑娘,两人结了婚。"九一八事变"后,东北义勇军失败从满洲里退入苏联境内,苏联就把这些中国华侨集体驱赶到一个很荒凉的地方,在中国政府的多次协调下,苏联政府终于决定把这些人交还中国。妮娜的爷爷就是和第一批东北义勇军从塔城回到祖国的。

妮娜的爷爷永远也忘不了当他们坐上马拉爬犁来到巴克图口岸,看到飘扬的中国国旗时激动的心情,大家几乎不约而同地从马拉爬犁上跳下来,对着国旗激动地跪下,有些人甚至把脸埋在茫茫的雪地上失声痛哭。当时,妮娜的爷爷带着妻子和 3 个孩子,他们虽然不会唱歌,但也很庄严地和大家站在了一起。来到塔城后,全城的老百姓敲锣打鼓地涌上街头,给归国的同胞敬酒献茶,这些场面,一直到老都留在妮娜爷爷的大脑深处。

因为塔城地方小，安置困难，东北义勇军在塔城休息了一段时间后，就分成了三部分，一部分去了伊犁，补充当地的边防力量，一部分去了乌鲁木齐，准备等待时机回东北继续抗日，还有一部分因为家人和身体状况不能长途跋涉，只好留在塔城就地安排工作。当时，塔城有许多俄罗斯侨民，为了让妻子在远离家乡的地方不感到孤独，妮娜的爷爷决定全家留在塔城。

为了全家人的生活，妮娜的爷爷和几个从苏联回来的华侨，开始在附近的裕民县从事酿酒工作，阿纳多利的父亲则带着全家人回到自己的村里种地。妮娜爷爷的土作坊酿制的白酒虽然没法和现在的酒相比，但在当时的条件下，还是受到了阿纳多利的父亲和其他人的欢迎。解放以后，政府动员酒厂搞公司合营，妮娜的爷爷就把酒厂交给国家，自己回到塔城乡下种地。

妮娜的父亲长大后，成了一名长途汽车司机。他在一次拉货的时候，认识了在酒厂工作的妮娜的母亲，两人聊天才知道，原来妮娜的姥爷也是山东人，年轻的时候为生活所迫闯关东，从东北满洲里去了苏联，在苏联的他认识了妮娜的姥姥，两人结了婚以后，回到了伊犁。相同的经历和相同的家庭使他们很快地相恋，结婚以后，他们把家安在了塔城。

东北义勇军留下来的人

齐学正的姥爷，早年在河北吴桥耍杂技，听说新疆生活好，就挑着担子一边做生意，一边走路，一年多以后才来到塔城。在塔城待了一段时间后，他又去了苏联，和许多出去打工的人一起，在金矿上挖金子。有一天，齐学正的姥爷收工后上街买东西吃，突然看见一个怀孕的年轻女人晕倒在地，他把这个女人抱到附近的医院，医生告诉他，这个女人没有病,她是饿晕的,只要吃点东西就好了。当时,俄罗斯正处于战争时期,粮食供应紧张,人民生活异常困难。齐学正的姥爷拿出自己刚领到的工钱,上街给那女人买了几个面包,女人吃完后果然好多了,齐学正的姥爷看女人没事了,转身准备离开,可女人却拉住他不放,坚决要求跟着他走。

经过了解,这个女人叫娜塔莎,跟着丈夫去了塔城,生了一个女儿后又怀孕了,为了让她的母亲前来照顾她坐月子,丈夫返回国内寻找她的母亲,却不幸失踪了,她只好把孩子寄养在别人家里回国寻找丈夫,可是不幸她丈夫回国后感染伤寒去世了,她四处找不到工作养家糊口,这才饿晕在大街上。齐学正的姥爷很同情这个女人,就和她结了婚,一年之后,进入苏联的中国东北义勇军准备坐火车返回中国,他问娜塔莎愿不愿意跟他走,妻子二话没说就收拾东西,带上她的母亲和兄弟跟他上了火车。

齐学正的父亲齐国树 15 岁的时候,去东北投奔大爷,"九一八事变"后,他和大爷一起参加了东北抗日义勇军,失败后又一起跟部队撤退到黑龙江一带,在过江的时候,大爷不幸掉到江中淹死了,他只好随着部队来到满洲里进入苏联。

东北义勇军回国后,齐国树按父母的意愿,寻找早年来塔城的一个远房姑姑。在当地政府的帮助下,他来到姑姑家,看到了寄养在姑姑家姥爷的大女儿,两人一见钟情,于是就和这个姑娘结了婚,留在塔城。他们婚后生了五个孩子,大女儿玛莎从石河子医学院毕业后,成了一名优秀的妇产科医生,在兵团工作了十几年后调回塔城,直到退休。大儿子齐学正先是在一家被服厂学徒,后来又调到塔城市铸造厂,当了十几年的铸造工后,又干了十几年的汽修工。

1962 年的伊塔事件后,齐国树周围的许多人都回苏联了,可他说什么也不走,他说自己是中国人,塔城就是他的家。在他的影响下,他的儿子齐学正和女儿玛莎也都留在了新疆,在"文革"中,他们被别人误解为苏联特务,可他们依然没有后悔过自己的选择。现在,他们都已经是 70 多岁的老人了,生活得非常幸福。他们说,他们周围以前在伊塔事件中出走的人,有些人这几年已经陆续回来了。在国外,他们只有少数人生活得还可以,大部分人的生活并不如留在塔城的这些人。特别是苏联解体后,有一段时间,他们几乎每天都生活在黑暗中,想起当年离开塔城的情景,就非常后悔,说早知道中国的经济发展这么迅速,当初说什么也不会离开塔城。

定居在塔城的俄罗斯人

克拉娃是齐学正的妻子,她的妈妈利孜比她爸爸小 20 岁。爸爸小时候给地主放猪,不小心猪跑了,他怕挨打,就跟着一伙人跑到苏联,在一家金矿当矿工,认识了克拉娃的妈妈。两人结婚后,生了 3 个孩子,苏联遣返华侨,她毅然带着 3 个孩子跟着丈夫回到塔城。在塔城他们找不到工作,丈夫就上街卖菜、卖瓜子,她则去给人家刷房子、洗衣服,用以维持全家的生活。

利孜共生了 13 个孩子,她虽然不识字,却让所有孩子都吃饱了肚子,还坚持让他们上完高中。在那些艰苦的日子里,别人家给点东西,她舍不得吃,把东西仔细包起来,等到回家给孩子们吃。当时,孩子们小,不懂事,把母亲拿来的东西吃完了才想起母亲,于是,她饿着肚子笑着告诉孩子们,已经在别人家吃过了。解放后应苏联政府请求遣返苏侨,按政策,利孜他们可以回苏联去,可是他们却说什么也不走,说中国就是我们的家,我们哪里也不去。伊塔事件后,数万边民被裹挟外逃,大量的土地荒芜,满山的牛羊没有人管理。为了解决这个问题,政府从外地调来好多代管人员,帮助他们种地放牧。利孜看他们忙不过来,就主动带着家人,协助地方政府把那些没有人管的羊群赶回来,放在自家的羊圈中。羊下羔了,她担心小羊冻死,就白天晚上地守在羊圈中,母羊下一只,她就抱回家一只。那一年,她家代管的母羊和小羊一只也没有出现问题。

克拉娃参加工作不久,母亲就生病去世了,她死的时候,克拉娃才想起来,自己连一件衣服也没有给母亲买过。母亲生前孩子多,在生活上非常节俭,每到过年过节,她和孩子们的衣服和鞋帽,都是自己做的,家里能不花钱的地方,她都自己动手解决。在克拉娃的印象中,她从小到大,母亲每天都在忙碌着,有的时候做家务,有的时候出去挣钱。家里的孩子长大以后,她还是继续保持着这种习惯。孩子们都劝她在家待着,可她怎么也不习惯。克拉娃家有一个很大的院子,刚搬来的时候,母亲就带着孩子们在院子的空地上种植各种水果和蔬菜,秋天吃不完就送给周围的邻居,大家都非常喜欢她。母亲还在院门两边栽种了许多花卉,春天到来的时候,蝴蝶和蜜蜂围着鲜花飞舞,引得村里的孩子们都好奇地过来观看。

克拉娃的母亲非常喜欢唱歌,有的时候在外面干活回来太辛苦,就会叫来周围邻居和朋友,坐在院子的葡萄树下唱歌跳舞。她说这样,一天的疲惫就消失了。母亲会唱的歌儿很多,有《小路》、《红莓花儿开》、《莫斯科郊外的晚上》等,歌声优美动听,克拉娃在很小的时候就学会了它们,在每年的家庭聚会上都要给亲朋好友们演唱。

现在,克拉娃已经搜集了上百首的俄罗斯民歌,闲下来的时候,就和丈夫齐学正一起唱。她结婚的时候,苏联境内的亲戚想办法给她买了一台留声机带过来,作为她结婚的贺礼。"文革"开始的时候,有一天下午她突然被一群红卫兵抓走了,孩子们吓得躲在家里不停地哭泣,齐学正得到消息赶过来,红卫兵告诉他说,克拉娃是苏修特务。齐学正问他们有什么根据,红卫兵说从他们家搜出了一台发报机。齐学正一看,原来是家里的那台留声机,他给红卫兵小将解释,人家不相信,把东西送到有关部门经过鉴定后才把人放出来。

到了20世纪90年代,可以回故乡探亲了,克拉娃和丈夫到母亲的家乡去做客，只待了短短的两个月，他们就住不下去了，不顾亲人的劝阻，坚持要提前回家。走到边境线时，看到远方的国旗和中国的边防军人，她和丈夫忍不住抱在一起痛哭，别人问他为什么哭？她说想念祖国。因为从心里，她一直认定自己是中华民族大家庭的成员之一，她的祖国就是中国。

亚洲中心的脉搏

陈　漠

纪晓岚的笔

虽然每年夏秋季节不在乌鲁木齐居住,但我还是在这个城市里居住得太久了!跟纪晓岚两年半的乌鲁木齐时光相比,我几乎是一个关于乌鲁木齐时间与生活的富翁,仿佛有永远也花不完的时间,有过不完的好日子。

然而,在读了纪晓岚的 160 首《乌鲁木齐杂诗》和《阅微草堂笔记》中的 80 则乌鲁木齐杂记之后,我发现,我所有的乌鲁木齐光阴似乎都白过了。因为时至今日,我连一篇关于乌鲁木齐的文字都没写。好像这是一个与我无关的城市,我只是冬春时节借居于此,而此地也借一些消费者出来购买我的蜂蜜,买卖完成之后,它是它,我是我,谁和谁也没多大联系。因为,毕竟还有更多的时光需要我到伊犁草原的蜂场上去度过。

先不说纪晓岚作品的内容如何,他写乌鲁木齐的这些作品至少填补了中国文学两个空白,即《乌鲁木齐杂诗》是中国第一部城市诗集,45

万字的《阅微草堂笔记》是中国第一部长篇散文集。甚至可以说，直到今天，纪晓岚也是最集中生动和最大容量抒写了乌鲁木齐的作家，其凝炼的笔调、鲜活的文体、开放的胸襟和在乌鲁木齐这样的地方对世界四大文明的兼容并蓄等，令人心神大振。

《阅微草堂笔记》是一部值得一读再读的书。蔡元培说："清代小说最为流行者三：《石头记》(《红楼梦》)、《聊斋志异》及《阅微草堂笔记》是也。"就在人们把《阅微草堂笔记》当作中国第一部长篇散文来阅读的时候，偏偏有人将其列入小说之中。如果说《红楼梦》是长篇小说、《聊斋志异》是短篇小说集的话，那么，《阅微草堂笔记》则是笔记体小说集。

小说也罢、散文也罢，按照最新文体划归方式，我们也许还可以称其为后现代派文学或跨文体类作品。其实，形式也许并不十分重要，重要的是纪晓岚提供给我们独特的文学享受和强烈的文字震撼力。我们甚至可以说，纪大学士通过他的笔，艺术地复活了历史，并把237年前的乌鲁木齐活灵活现地展现在面前，供我们观赏，从而使乌鲁木齐和作家本人同时具备了文学意义上的经典性。

让我们来读一读纪晓岚的乌鲁木齐故事吧——

《冥罚》讲的是，一对倾心相爱的男女终未成眷属，女孩只好随她所不爱的军校丈夫王某驻防到了乌鲁木齐。王某到伊犁差运军械时，妻子的恋人千里寻访来乌。两人短暂幽会后，想到终究还要离别，便相约殉情同死(共枕卧，裸体相抱，皆剖其腹死)。谁知，来到冥府后，冥官发现虽为羞事，但女子阳寿还没活完，就鞭杖一百下，把她赶回阳间。乌鲁木齐办事大臣巴彦弼审理此案时果然发现，该女子臀部杖痕一片(视其股，果杖痕重叠)，于是说道："既然冥界已惩罚了她，那么，这种错误就不必重复量刑了！"就宽恕了这位痴情女子。纪晓岚也对这对相爱而无法自主结合的男女给予极大的宽容和同情，并赋诗一首："鸳鸯毕竟不双飞，天上人间旧愿违。白草萧萧埋旅榇，一生肠断华山畿。"

《卖药道士》讲的是，一位道士在乌鲁木齐卖药，很多人说，这位道士擅妖术。据说,有人看见他晚上在旅馆住宿。临睡时,从腰间的葫芦里倒出两粒黑药丸。转眼间,这两粒药丸变成貌似天仙的两位少女陪他睡觉。天亮后,两位少女飘然而去,他则继续出门卖药。记得明朝人陶宗仪在《辍耕录》讲过这种事,认为这是道士的采生魂术,用吃马肉的办法可破解此术。正当纪晓岚准备强令该道士吃马肉时,同为流放犯的原知县陈题桥却阻止了他。

《风穴》讲的是,唐太宗在《大唐三藏圣教序》中所说的风穴鬼难之地,好像就是今天的吐鲁番、鄯善以东的百里风区。这里是风的巢穴。在沙漠里行走的人听到有人喊自己的名字,答应一声后就有去无回了。风穴像大井一样藏在南山,风会不时从中间吹出来。出风时,几十里外先听到波涛声,过一会儿风就到了。所过之处,宽不过三四里,可紧急躲避。躲避不及的,就把大小车辆用粗绳绑在一起,任其像大江之船一样颠簸。如果一车独行,则车轻如叶片,飘飞到哪里,就不知道了。昌吉有个名叫徐吉的遣犯,被大风吹飞了200多里才落下。徐吉后来说,被风吹飞时,他感到如醉如梦,身体旋转得像车轮,眼睛不能睁开,耳朵里像有万鼓齐鸣,口鼻仿佛被什么东西堵住了,好半天才能呼吸一口气。正如火气的源头在巴蜀,黄河的源头在和田的昆仑山一样,这里也应当是风的源头了。

《彭杞之女》讲的是,昌吉遣犯彭杞妻子去世了,17岁的女儿身患重病。因耕种官田,无法照顾女儿,他就把她扔进树林,生死由命。凄厉的哭声让人揪心。另外一位遣犯杨熔找到彭杞说,他愿意把这个可怜的女孩子抬回家治疗,死了他安葬,治好了让她做他的妻子。彭杞同意了。然而,半年后,该女孩还是死了。临终时,女孩感激杨熔恩德,并表示,既然有了伉俪之盟,那么,生时不能如愿,死后愿与他做夫妻。因此,整整4年间,两人夜夜相会,梦中交欢。对于这个饱含人性深情的凄美情爱故事,纪晓岚深有感触地说,它比卢充金碗、宋玉瑶姬都更为生动感人啊!至于夜夜梦里欢爱,他博览群籍也从没见过,可谓天下之奇呀！

《阴间军册》讲的是，乌鲁木齐提督巴彦弼在梦中由冥官告知，阴间有黄红紫黑军册，记录军人在阳间的功过。《梦与非梦》中，有人把真事当梦境，也有人把梦境当真事。《女子变狼》中，乌鲁木齐军校王福等救人射狼，不想竟误中妇女。更没想到的是，这妇女竟然也变成了一只狼。

打开这部不算太厚的《阅微草堂笔记》，你会发现自己恍若进入一个时空迷宫，阴界、阳界、人界、冥界、兽界、物界……所有的故事列队走到一起，等你观赏。你肯定会发现不同层面上的多个乌鲁木齐，以及千奇百怪的乌鲁木齐故事和人物。你会恍然觉得，原来乌鲁木齐这么精彩和丰富呀！乌鲁木齐还可以被这样表述！那些平凡小事，充满人性光芒的行为及各类人物，到作者笔下，竟然被表述得如此准确、凄美和迷人。纪晓岚用笔复活了精神意义上的乌鲁木齐。

此外，纪晓岚通过160首《乌鲁木齐杂诗》教我们学习了如何更为细致和准确地观察并进入生活。他要我们知道，仅仅养蜂卖蜜、生儿育女还不够，要想办法悉心体会那些本质的事物，同时要学会感觉和表达。要把那些湿润的、细微的、幽冥的、甚至是可能的事物拣选出来，在心灵世界中给其注入应有的温度，之后来抚摸和思量。要诗意地居住、感知和发现，要把现实世界和生命——在本分而有力地维持住的同时，使其在人类的天空下绽放出璀璨的光华。

这160首杂诗中，无论风土、典制、民俗、物产、游览，还是令人惊奇的神异部分，纪大学士都以其敏锐的视觉和浪漫主义的情怀，给身旁的景物和人群以热情关注。读他的诗作，你甚至能感受到这位237年前的作家、学者在乌鲁木齐时的呼吸与心跳，能看到他心中的世界和眼里的乾坤，能体会到当时乌鲁木齐的风吹草动和万千风情。

《阅微草堂笔记》里，有一篇专写乌鲁木齐的文章，认为乌鲁木齐是一个男人在梦中得到的儿子的名字。这个名叫乌鲁木齐的人最终竟然在乌鲁木齐过了一辈子。

但在《乌鲁木齐杂诗》中，乌鲁木齐成了纪晓岚尽情发现和抒写的地方。在看到三面环山的乌鲁木齐城的地势是东高西低，城内之水全部向西流淌，城区居民不用井水，仅用渠水就能引水浇灌时，他欣然写道："半城高阜半城低，城内清泉尽向西。金井银床无处用，随心引取到花畦。"短短四句，就把乌鲁木齐的地理地貌和水流走势等情景活灵活现地表述出来。

作为世界上离海洋最远的城市，地处亚洲大陆地理中心的乌鲁木齐干旱少雨，所以，乌鲁木齐市周边农民从来不靠天吃饭，所有土地均靠冰雪消融后的流水浇灌。80岁的白发老农一生的全部耕种经验就是雪水灌地，甚至想象不出雨水浇地时的样子。纪晓岚在《引水灌田》中如是写："山田龙口引泉浇，泉水唯凭积雪消。头白农夫年八十，不知春雨长禾苗。"

这种适度的夸张，对写真景物的反衬，以及奇异的想象等，使纪晓岚的诗作具备了鲜活而浪漫的情调，豪放的情怀和蓬勃的思绪跃然纸上。即使到了几百年后的今天，我们还是无法不对作者深怀敬意。因为他似乎说出了我们今天的生活。他当时曾倡导兴修龙口水库，蓄水灌地。他的后辈乌鲁木齐人在他离开一个半世纪之后，终于修建了乌拉泊水库和红雁池水库、猛进水库等。当我们日复一日地享用这些龙口水库里的天山雪水浇灌出的粮食的时候，我们应该想一想诗人纪晓岚及其诗作。他曾明确说过："良田易得水难求，水到秋深却漫流。我欲开渠建合闸，人言流堰不能收。"

身为流放者，纪晓岚对乌鲁木齐产生了深厚的感情。在《流富不归》中他说，乌鲁木齐"到处歌楼到处花，塞垣此地擅繁华。军邮岁岁飞官牒，只为游人不忆家。"而在民俗篇的第一首诗中，他又写出了乌鲁木齐人的豪饮景观："一路青帘挂柳荫，西人总爱醉乡深。谁知山郡才如斗，酒债年年二万金。"这种诙谐浪漫的笔调，以及汪洋浩荡的气魄，令人对边地乌鲁木齐骤然间心驰神往起来。纪晓岚的潜台词很明显,这是一个非同寻常的地方,是那种雄浑辽阔、豪情奔放之地。不来此地的人切勿妄谈感受,来到这个地方的人——来一次就会记住一辈子。

这160首诗基本上都是写乌鲁木齐风物的。据说,这是他在离开乌鲁木齐返回北京的路上写作整理出来的。每天两首,80天写完,走一路写了一路。也许,所有这一切,都得感谢纪晓岚随身携带的笔和砚台。假如没有这些东西记录和呈现,他在乌鲁木齐的痕迹也许早就被时间的风雨吹打得杳无踪影了。

作为发配边疆的犯人,按理说,除了食品衣物,别的一概不许携带。但纪晓岚想,要是连笔墨纸砚都不能带,那还不如把他杀了算了呢!于是,他几次上书乾隆皇帝,请恩准他带一个砚台和一支毛笔去乌鲁木齐。乾隆善心一发,批准了。纪晓岚高兴坏了,当即在砚台上刻诗一首:"枯砚天嫌似铁顽,相随同出玉门关。龙沙万里交游少,只尔多情共往还。"

纪晓岚,名昀,字晓岚,又字表帆,清朝乾嘉时期杰出的文学家、编纂家,任礼部尚书、协办大学士,1805年3月14日去世时,已有82岁的寿路。一连多年,乌鲁木齐人都以纪大人称呼他。

纪晓岚天资聪慧,过目成诵。他有夜视的特异能力,夜晚不点灯都能看书。进清朝翰林院后,乾隆皇帝失手将一孤本图书掉人火盆中,多页被烧。纪晓岚凭记忆补齐残页,乾隆对其赏识有加。30多岁任翰林院编修,掌管经史,并纪录皇帝起居。44岁升补贵州都匀府知府。他把长女嫁给了两淮盐运使卢见曾的孙子卢荫文。

1768年,扬州两淮盐运亏空1000万两盐税案发,乾隆大怒,下令追究历任盐官之罪。皇帝身边的文学侍从纪晓岚想给大他35岁的亲家卢见曾通风报信,又怕被人发觉,最后想了个办法——在一个空信封里装了一把茶叶和一把盐,把信封上,让人送到卢见曾家。卢见曾一看,恍然大悟,据此读出"盐案亏空查抄"六个字,于是,迅速转移家产,

233

查抄官来后，一无所获。得知纪晓岚走漏消息后，乾隆令其"充军新疆，效力自赎"。

当年8月，纪晓岚来到离乌鲁木齐只有60公里的昂吉尔图，凛气刺骨，百感交集，哀叹道："茫茫天山路自哀，千里坎坷到边塞。仲秋塞外风刺骨，何日自赎来路归。"

到乌鲁木齐后，乌鲁木齐办事大臣温福问他除了读书写字外，有何专长？他回答："仅此而已，别无所长。"温福就留他在千总衙门文案房当差。第二年，温福调任福建巡抚。临走前，他把侍奉他的24个婢女分赠给僚属。纪晓岚一介书生，不善自理衣食，温福就把其中一个名叫夏荷的婢女赠送给他。据说，夏荷后来给他生了个儿子，留在新疆吉木萨尔县。

温福对驻防大臣——新疆乌鲁木齐提督巴彦弼特别交待，要关照纪晓岚。同时还答应纪晓岚，进京如能面君，一定要在御前伺机提及，为他开脱，以便他早日返京。

1771年正月，由于乾隆想编纂《四库全书》，故经首席军机大臣刘统勋推荐，纪晓岚终于"恩命赐还"，返回内地。5月抵京，10月诏见于密云。

在乌鲁木齐的两年半时间里，纪晓岚住在九家湾自建的木屋里，每天早上到衙门听差。他给自己的屋子起名叫阅微草堂。阅微取见微知著之意，草堂则学杜甫。

民国十二年(1923年)，新疆督军杨增新十分尊敬纪晓岚，就在同乐公园(现人民公园)仿建了一座阅微草堂，以纪念他为乌鲁木齐所作出的巨大贡献。1998年，阅微草堂翻修重建。

清同治时期，乾隆时期乌鲁木齐的文字档案在妥明、阿古柏之战中被焚，因此，纪晓岚的《阅微草堂笔记》和《乌鲁木齐杂诗》不仅以其重大文学价值彪炳青史，而且为乌鲁木齐留下了极其珍贵的历史资料，深受景仰。

作家与一个地方的相遇是偶然的,甚至是难以预料的。但正是这种偶然,却蕴含了无尽的可能和神奇而神圣的生活状态。可以说,没有纪晓岚的到来,乌鲁木齐不可能成为那么多人如此辉煌的记忆。而没有乌鲁木齐这样一个令人心醉神迷的地方,纪晓岚也许不会有如此多的奇妙才思与奇文。他们彼此认识并造就了对方。

回北京前,纪晓岚特意到迪化(乌鲁木齐)关帝庙、城隍庙,叩头上香,并题写了"获持乾坤"、"神灵遐被"两块额匾。后来,一块随庙宇焚毁,另一块被人用作案板,残缺不全。

但他的诗文却很好地保存下来,并被一代又一代人传读。

现在我们再读一首他写葡萄酒的诗吧:"蒲桃法酒莫重陈,小勺鹅黄一色匀。携得江南风味到,夏家新酿洞庭春。"

时间之美

即使在冬天,每过一段时间,我都会爬上红山,看一看红山塔。要是时间长了没去看,就会觉得心神不宁,有一种空落落的失重感。

是的,看红山塔让人心里很踏实,也很舒服和宁静。看一眼红山塔,再看一眼乌鲁木齐东部高耸人云的博格达雪峰——看看这些东天山上静穆冷峻的伟大头颅,你会感到一种伟大的安慰。仿佛红色的实心塔和光芒四溅的万年雪峰也用幽深的目光望着你。一种空前的安宁感会瞬间淹没你。

这是一座9层实心红砖宝塔。塔基高1米,塔身平面呈六角形,塔顶有重叠宝葫芦形陶瓷塔尖。这座10多米高的塔高耸于海拔910米的虎头峰上。虎头峰西端绝壁断崖,峥嵘险峻,整个山体呈赭红色。

1788年到现在,红山塔已直着身子在红山顶上站了整整220年。二百多年的时光,塔看见了多少生命的细节和世事风云啊!塔满腹心事,满眼辛酸。

那时候,到新疆云游的兰州道人悟元子给红山看了风水,乌鲁木齐都统尚安派人修建了这个红塔。而这一切已经是乌鲁木齐市正式建城22年以后的事了。

暗红色。时间的颜色。220年的光阴已刻写进了塔身,刻写至每一块砖头的肌体和缝隙之中。它们呼吸着每个日子,又诉说着每个日子。它们接收光芒,又挥洒光芒,以实体的方式站着,沉默地言说,无声地呼喊,喊到最大的声音时,就让声音彻底消失。塔以端正站立的方式,变成时间的幽灵,而红砖一直肩并着肩,所有的砖变为同一块砖,所有的呼喊变成同一个喊声。

活了这么久,你害怕吗?我每次去看的时候,你的周身变得酥软和模糊了。比如,红砖的棱角已经消失和正在消失,每级塔层的阶面也被持续风化及磨损,甚至整个塔身都在被时光剥落、侵蚀和缩小。你像一个干巴老头,皮肤松弛,个头变小,深陷时间的黑洞,无以自拔。你经受所有时间的磨打,经受风吹日晒、沙尘袭击、严寒摧残,以及强烈地震的摇荡。但无论如何,你坚持在这里,艰难而坚定地站着。你接受一双又一双目光的打量与触摸,也回望给每双眼睛同样的目光。你迎接每一代观赏者,同时也无声地送走他们。

正是这些斑驳的砖面,让我们深切怀念数百年前建塔者的手,他们搭建在红塔四周的木梯,以及他们看向手里红砖的每一缕目光。正是这个被风沙磨打得有些圆润和苍老的塔身,让我们一眼看见了时间。看见了时间的脸和沧桑岁月,同时看见了时间的重量及质量。而通过时间,我们又看见了一种踏实的情感,以及坚韧和坚定的生命。

现在,红山塔是乌鲁木齐市的标志性建筑。它是一种图腾,像乌鲁木齐人的精神阳具,日夜挺立在城区的最高处,守护着人们,也被几百万乌鲁木齐人守护着。一天又一天,这座红塔以仁慈而宁静的目光,给每一位乌鲁木齐人带来无尽的希望和祝福!

这既是时间之美,也是时间的力量。只有在这种力量之中,我们每个人才能走得稳当又健康。

就我本人来说，我喜欢看满身蘸满时光碎屑与风霜痕迹的红山塔，喜欢看到这种来自时间深处的幽暗光芒，以及塔所带给我们的正直、高贵、坚定和无可动摇的品质。塔几乎一句话不说地说出了一切！这多厉害。在这种坚忍不拔的伟大而高贵的形象面前，我们的一切忙碌都是无效的。我们这些喋喋不休又俗不可耐的人群过于委琐。我倾其一生也活不过一座塔。——无论在时间刻度上，还是在现实世界和精神领域，我们都是个小矮子。

我的意思是，一座魅力无边的建筑摆在那里，可以以其时间的光芒和精神能量，一声不吭地打败我们。我甚至固执地认为，红山塔的面容之美，超过了乌鲁木齐所有小丑或所谓的英雄的脸。塔的高度高过所有的高！

现在，大家习惯上都称乌鲁木齐为现代化都市。这一点没错。由于城市的急剧扩张和现代化进程的高速度推进，人们都在手忙脚乱地修房子、奔小康，至于城市建筑的人文特点、个性魅力及美感等问题，似乎一时还顾不上。

一方面，我们为人们的富裕梦而高兴；另一方面，我们又为人们在慌慌张张的加速度忙碌中的美感缺失而遗憾。很想说，这种毫无建筑个性和特点的乌鲁木齐我们不要。但我们的声音太微弱了。加速度的所谓现代化的洪流及滚滚车轮听不到我们的呼喊。这有点像面对自己无可选择的生活。我们一边拒绝、挣扎和愤怒，一边无可奈何地面对这些高楼大厦，甚至我们每个人都得住进这种千楼一面的钢筋混凝土方块楼里。这实在是一种无奈又悲哀的事情。

事实上，除迷人的红山塔外，乌鲁木齐曾经是个建筑艺术极其丰富的地方。刘荫楠先生在两卷本的《乌鲁木齐掌故》一书的第一部分，几乎全部在讲述乌鲁木齐昔日的建筑之美。乌鲁木齐老城的建筑艺术、边城木结构的古建筑审美，老红庙子、城隍庙、老文庙、红山嘴子……这是该书前几篇文章的标题。

在第一篇文章《乌鲁木齐老城的建筑艺术》中，刘荫楠通过方位、规划、水运、气象、地理、经济、军事等方面，讲述了清朝乾隆三十一年（1766 年）开始修建乌鲁木齐城以后，城市建筑艺术不断发展完善的情形。

他说，那时的乌鲁木齐城区分城里和关外。城里是一个周长约 8 公里的正方形城池。四周的城墙上有 4 个正门，即东边的惠孚门、南边肇阜门、西边丰庆门、北边景惠门，还有小东门、小南门、小西门 3 个偏门，以及南梢、西梢两个更小的门。关外主要指城外。乌鲁木齐东南西部三面环山，天山冰川水沿乌鲁木齐河从城区自南向北流去。河谷中的城市呈带状分布，依山傍水，秀美无边，是公认的风水宝地。

乌鲁木齐的古建筑主要是佛寺、清真寺、商店、四合院、阁楼亭台，以砖木结构为主，形成封闭式院落为基本群体的独特格局。砖木结构建筑具有造价低、工期短、材料易得等优点。乌鲁木齐古建筑实际上已形成并充分体现了土木文化的精深内涵和特殊风韵。

现存于乌鲁木齐市人民公园的丹凤朝阳阁，显然是木结构古建筑的典范。该建筑与阅微草堂、醉霞榭等附属建筑是 1918 年兴建、1922 年完成的。当时的大文人杨飞霞、商界人物杨绍周、苗沛然等 50 多人因感激杨增新的不杀之恩，筹集民间资金，请来天津杨柳青籍高级木工崔大师、王恩荣、西安籍瓦工李天喜等能工巧匠设计建造，原名杨增新公祠，1933 年由清朝举人阎毓善更名为丹凤朝阳阁。

这是一个采用天山上等红松木修建的精美建筑。结构上以柱、枋、梁、檩、椽等组成木质骨架。立柱架在屋基上，柱上架梁，梁上加柱，构成殿体主框架，并用木头部件将其相互连接。从宏观上看，木头是巨大压力，但又是巨大体积的支撑者。而微观看，每个部件都极其精确地相互咬合，智慧而奇巧。这里不用一钉一铁，榫与卯的铰接只靠木头本身——木头支撑木头，木头连接木头，木头依靠木头……木头们手拉手,肩并肩,在产生巨大张力的同时,又产生了与巨大外力相抗衡的内应力,既防倒、防腐、抗震,又是精美绝伦的艺术品,可谓天地间人类智慧的奇迹。

丹凤朝阳阁仿北京故宫太和殿建成,为二层单檐歇山顶式建筑,绿瓦飞檐,翘角凌空。横枋侧枋上的孔雀戏牡丹、百花争艳、百鸟争鸣等图异彩纷呈,使这座古色古香的近百年的建筑引人关注,成为中华建筑艺术的代表。

乌鲁木齐现存的类似古典建筑大约还有二三十座。解放北路春风巷的文昌阁是纪晓岚亡故后,由民间筹资修建,距今约有203年。刘鹗在这里写出了《老残游记》续集,茅盾在这里写出了《白杨礼赞》。这个高约16米的三层重檐建筑,青瓦饰面,檐角高翘,龙凤朝天,室内假门、假墙、假道密布,秘密机关甚多,丹青古籍保存完好。

200多年前,驻防乌鲁木齐西边九家湾古城的清军修建了老红庙子,内塑关帝像。整个建筑玲珑别致、雕刻华丽。乌鲁木齐市前进路15号的文庙是一处儒教院落式庙宇建筑,内供孔子和关羽像。文庙飞檐翘首,文气十足,是乌鲁木齐极为精粹的古典建筑之一。

此外,妖魔山塔、陕西大寺、汗腾格里清真寺、塔塔尔寺、明德路基督教堂、天主堂等,都是乌鲁木齐极具古典风格的精美建筑。它们都是我们可以像红山塔一样亲近与叩访的迷人的去处。

事实上,无论城市的现代化进程如何高速推进,乌鲁木齐依然是一个建筑风格变化较多的城市。哥特式建筑、欧式建筑、伊斯兰教建筑、汉藏建筑、波斯建筑等应有尽有。这种多元化的建筑艺术构成了乌鲁木齐色彩斑斓的建筑群体,成为我们无法回避的全新艺术景观。

我注意到,所有这些令人着迷的建筑作品中,有两种核心构成要素必不可少——土和木。红山塔的砖是用红土烧制而成的,丹凤朝阳阁、文庙、红庙子等基本上由木头构架而成,汗腾格里清真寺、天主堂等,也由红土瓷砖贴墙、木头构建或铺设地面。我进一步发现,汉语中存在的

"在"字，原本就是由木和土构成的。存在即合理。我突然意识到，乌鲁木齐所有有价值、有味道、有美感的建筑，原来都在无声而有力地把持着一种健康而正当的存在状态与方向啊！它们让我们知道，什么样的建筑才是正确的，什么才是魅力和美。

植物出自土地又存活于土地。所以，在的本意应是土地。土地有自己神圣得无可替代的力量。

不仅仅是植物，世界上绝大多数生命——包括人类，均出自泥土、占据泥土，最终又归于泥土。泥土就是我们的呼吸和命脉。

印第安人有一段千古流传的誓词，平实、智慧而令人难忘：

只要月亮还在升起

只要河水还在流淌

只要太阳还在照耀

只要青草还在生长

简单的四句誓词竟然一下子点明了一切生命存在的四大要素：月球引力带来潮汐，使大海获得哺育生命的节律；河水的流动使人类文明和生命得以存在；阳光照耀使生物获得温暖与能量；作为世界上重要植物形态的青草哺育动物，并使生态环境及生物链得以平衡。

换个说法，这些重要得要命的物质，几乎没有一样不直接或间接地与土地发生着密切的联系。月光照耀地球，使大地明亮而充满诗意。太阳光耀我们，使大地生机无限。海洋存在于土地之间，河流在土地之上运行，草木在泥土里繁盛。这一切似乎都在告诉我们，任何时候，都不能离开本质的生命和质朴的力量太远。

或许可以说，在乌鲁木齐，我们是见过美的人，我们曾经与大美相遇。

很久以来，也许因为我们活得过于浮躁和摇摆不定，我们一天更比一天不像我，或者根本就不是我。因此，我们需要追本溯源，需要知道自己究竟想要什么东西，以及想追逐什么东西。我们需要去看看红山塔或丹凤朝阳阁,需要抓住某种踏实而具体的东西,借以安抚自己,支持自己。我们需要抓住这些安然可靠的东西,使自己免于陷入虚无和迷惘。

这些精美的建筑似乎并不刻意去追求美丽,它们本身就是美。

回乌鲁木齐后,萨仁最喜欢去的地方有 3 个:看红山塔、去大佛寺和逛商场;她最喜欢去的商业区还是二道桥的新疆国际大巴扎。她说,每回去大巴扎,就是为了看这些高大建筑群墙体上迷人的伊斯兰风格的米合拉甫拼花砖。

这些墙砖来自泥土,淳朴而富于质感,像迷宫,也像童话王国。

城市意象

亚 楠

早市

那个晨曦微露的早晨,城市刚刚苏醒。

踏着星光,我静静地漫步在深秋的斯大林街头。

倏忽间,城市一下子沸腾起来。

仿佛昨夜的风,人声鼎沸也是我们这座城市幽远的风景。

高低错落的节奏,缤纷着人们生活的热望。那一刻,我看见喧嚣的早市热闹非凡。

五谷丰登。瓜果飘香。

异彩纷呈的物品,琳琅满目。动物,植物,大的,小的,生的,熟的,有生命的,无生命的,太阳缓缓升起,此刻的早市,一派繁荣、祥和气象。

新鲜的蔬菜闪烁着晶宝的露珠,所有的鱼呼吸着新鲜空气,鸡鸭们瞪大眼睛,这陌生的世界让它们如此惊奇。

奶茶养育着我们,以及那些真诚和豪爽。

我不知道,城市的脉搏每天是否都这样跳动,就像远天的夕阳,明天还会照常升起……

242

也不知道今夜的风,是否还会猛烈吹来?

而此刻,那颤动的目光里,太阳的气息让我备感关切。

脚手架

在这座边城,拔地而起的高楼大厦,如雨后春笋。

解放路以西的那些地方,搅拌机耸起了一个城市的希望。

随着季节的变迁,脚手架一天天疯长,就像不断扩容的电脑,城市也在高速膨胀。

我看见,走向城市的农民兄弟,汗水和脚手架,支撑着他们一生的幸福、快乐。

以及那些谜一般的忧郁和向往。在我们这座边城。

江南春城曲径通幽,溪水潺潺,城市花园的确美丽如画,苹果小区散发着沁人心脾的芬芳。

而那片被称作上海城的地方,高高的脚手架,延伸着边城人渴望腾飞的蓝色梦想。

我知道,在这个多雪的冬天,那些人,那些脚手架,让我们不再寒冷。

街舞

快乐仿佛就这么简简单单。

一架老式录音机,一支耳熟能详的乐曲,就能让快乐轻松地写在他们的脸上。

那个傍晚,一群人舞蹈着进入我的视野。

我知道,这是一座城市的活力。欢快的节奏,鲜活着一方水土,也激活了我们疲惫的心。

跳舞的人似乎很随意,看不出他们有表演的意思。就这么忘我地舞动着,快乐便与他们同行。

夕阳渐渐褪尽了色彩。

那些舞蹈都好像有些累了,音乐戛然而止。

我看见,带着快乐和满足,他们与匆匆赶路的行人一起,静静地融入了夜幕中……

流浪汉

八月的一个早晨,太阳刚刚升起。

城市的那一隅角落,我看见三个流浪汉相依为命。

他们蜷缩在那里,清冷的风阵阵吹来,瘦削的脸上充满了苦涩和忧郁。

我仿佛看见,那浑浊的目光里,写满着悲伤。

是谁敲打着青铜般的瘦骨?

是什么让他们如此无助?

也许,那些遥远的往事不堪回首,也许未来的路也不那么好走。可是我知道,他们是相依为命的兄弟。

冬天就要来临了。

那三个流浪街头的人,那三个难兄难弟,我已经好久没有见到他们。

还在城市,或者乡村的某一个不知名地方,继续做着春天的梦吗?

大雪飘飞的夜晚,你们是否还那样。

相濡以沫,情同手足?

维吾尔庭院

是花园?

还是果园？

你看吧，一盆盆，一丛丛，一片片，满园芬芳，鲜亮了我们的眼睛。玫瑰花舒展着灿烂的笑脸，美人蕉传递着热烈的企盼。

紫罗兰做着春天的梦，郁金香陶醉了远方的游子。此刻，高贵的兰花正洋溢着迷人的芳香……

而那些挂满枝头的苹果，葡萄，海棠，还有水灵灵的梨，是院落主人一生的梦吗？

哦，我明白了，爱花的人就像花一样，美就永远活在他们心里……

六根棍

那些年，在我们这座边城，六根棍是主要的代步工具。

我们亲切地称它为"马的"。

如今的城市，出租车像蚂蚁一样多的时候，马的反而弥足珍贵。

在伊宁南市区，乘马的走街串巷，本身就是一道风景。

那个阳光明媚的清晨，一群远道而来的诗人，坐在马的上，满眼的欢乐，灿烂。

就像维吾尔人院落里，

盛开的鲜花一样。

蹄声如韵，快乐是永恒的主题。

古老的往事，就在滚动的车轮上咀嚼，

爱情，或者淡淡的忧伤，此刻，

都被风吹向遥远……

斯大林大街的那些桃花

三月的阳光，暖暖地洒在一群维吾尔少女的脸上。

在伊宁这座飘满花香的城市，

快乐总是那么纯净、鲜亮。

匆忙的脚步，拉长了城市的背景，

春天就这么款款而来。

在斯大林街，盛开的桃花红灿灿，饱含深情，

此刻，正向我们传达着春天的问候。

熙熙攘攘的人群忙碌着，

物华天宝，一派盛世气象。

走在淡淡的花香里，我感受着这座城市的温暖，清新的空气以及那些快乐往事。

哦，我知道，在斯大林街，这春的使者也在向我们传递幸福、祥和的气息。

亲情散文四题

樟　楠

一把红薯皮

公元 2010 年 5 月 12 日,父亲去世一周年之际,我们兄弟姐妹共同商议为父亲和先前去世的母亲同立一块碑,作为永久的纪念。

碑文是大哥代表我们撰写的。其中"父母勤俭持家,含辛茹苦养育8 个儿女"十几个字常常萦绕在我的脑海。我眼前也常常浮现出父母节俭度日的一幕。

那是"文革"中期的一天。父亲和大妹一早去了二十多里外的县城卖红薯,天都快黑了,还迟迟不见回来。母亲等不来面和菜,翻翻见底的面袋说:"蒸点红薯吧。"不大工夫,饭就做好了。母亲端上来一大盘红薯和一大盆清水煮红薯叶子菜。饿狼似的我们几个娃儿三下五除二就杯盘狼藉了。我最后离开饭桌时,把一个稍大点的红薯递给还没上桌的母亲。母亲接过去说:"这个留给你妹,我把坏的剥了吃。"说罢,母亲拿起一个坏红薯,剥去大半截子黑斑,就着剩下不见半点油星子的红薯菜汤吃开了。正吃着,父亲被一个邻村大哥搀扶着一瘸一拐地进了门。全家人一下子都愣了。

原来，拉车的大黄牛第一次上街，被迎面开来的拖拉机吓惊了。瘦小的妹妹拽不住缰绳，大黄牛发疯似地拉着车子飞奔起来，驾辕的父亲跟不及，栽倒在地。架子车从他的脚脖子上碾过。妹妹吓得直哭，父亲疼的直叫。一些路人见状，主动上来帮忙。大黄牛被制服了。散落满地、摔得烂稀稀的红薯也被好心人帮捡到了一起。父亲一一谢过他们后，就近找个地方摆了摊。那天，天气不大好。一会刮风，一会打雷，街上没有多少行人。大概因了父亲咬着牙、忍着疼坚强的表情，因了妹妹含着泪、带着哭乞求的目光，顾客还算"盈门"。没多大会儿，父亲就便宜地卖完红薯，随便买了些面菜，带着沮丧，拖着伤脚，一瘸一拐地驾着车子往回赶。

天渐渐黑了下来。艰难的车轮，一步一挪到了五里塬顶。父亲的脚脖子肿得老大，疼得实在走不动了。五里塬坡，路窄坡陡。白天走都有些发憷，摸黑走就更提心吊胆。如果再下大雨，那可……"咋办呀，咋办呀，谁来帮帮我们父女啊！"妹妹扯破嗓子的哭喊随风飘荡在黑沟峡谷，很是瘆人。说来还算幸运。恰在这时，一个邻村的大哥从县城回来碰上了，二话不说，便把父亲扶上车子躺下，驾着车子下了五里塬大坡。

我们听完，都不禁打了个寒噤。母亲边擦眼泪边拿起父亲买来的面菜就要去做饭。父亲摆摆手说："这么晚了，别做了，给娃儿们留着吧。"我借着黄豆粒大小的煤油灯光，看见父亲吃力地挪到饭桌前，一把抓起我们几个娃儿剥掉的红薯皮，大口大口地吞了起来……

后来，我进了城结了婚有了孩子后，常对妻子和女儿说起古人那句名言："俭，德之共也"，说起父亲那句话："富日子是省出来的，要节俭。"多年来，我也养成一个"吝啬"的习惯，不管是我请客吃饭还是别人请我吃饭，我都坚持吃不了兜着走。每当看到有人打包，我心里就暗暗欣慰，眼前也总会闪现出父亲手抓红薯皮的一幕。

那一幕，是父亲美德的特写画，是我们人生的必修课。

给红薯平反

又到了烤红薯飘香的季节,大街小巷,一个个蓬头垢面的男女,推着小车,用浓重的河南腔招徕着过往的行人。金秋的边城多了一道勾起我所仇恨的红薯的风景。

我仇恨红薯的历史可以追溯到 22 年前。那时,我在乡下的公社中学念书,学校离家里远,吃住只有在学校。因家里穷,搭不起灶,每周要从家里背一大兜红薯和红薯面馍馍。一天三餐,日复一日。没多长时间,我的胃就不行了,大口大口地吐酸水,一阵接一阵地疼痛。可吐了、痛了过后,仍得以此充饥。因为要活着,要读书。这样的日子一挨就是许多年。

上世纪 70 年代末我参军了。那时候,入伍动机里夹杂了一丝难以启齿的杂念:到部队上能吃白面大米,等于乡下人天天过年。这一吃,就再没有见过红薯的面。期间,我甚至讨厌别人提起红薯。因为一提起"红薯",我就不由得反胃吐酸水。所以,我不止一次发誓:我这辈子不吃红薯也不想它。我甚至武断地要求自己的妻子和女儿也不准吃红薯。理由是:红薯不是好东西。的确,它不知伤害了多少人对生活的感情,摧残了多少人原本强健的身体……

然而,这是红薯的罪过吗?

走进今年的金秋,我收获了 38 个人生。在并不躁动和多梦的季节,我却反复做着一个梦:梦见红薯流着泪向我申诉,梦见自己大口大口地吃着流泪的红薯。梦醒时分,我便不住地思索着、评判着并没有属性的红薯,路过烤红薯摊时,还忍不住要多瞅几眼,多呆一会儿,闻一闻那甜甜的、淡淡的芳香。那天午饭,女儿问吃什么,我脱口而出"烤红薯"。这可乐坏了女儿,妻子到街上一下子买了好几公斤烤红薯。我像一个饥饿的人扑在面包上,狼吞虎咽地吃了个够。出奇,胃也没酸没痛。

于是,我想到了给红薯平反。其实,我,不仅仅是我,还有许许多多的人,都应该感恩红薯,是红薯这个投入少、收头重的食物,填饱了我们的肚子,救了我们的命。如果当年没有红薯,在那个工人不好好做工,农民不认真种田的荒芜岁月,我们许多人可能走不过来,走不到今天。

记住红薯,也就记住了历史;忘记了红薯,就意味着背叛。

二月初二龙抬头

人活一生,除了自己的出生、结婚、生儿育女,还能有几个值得纪念的日子?我有一个,那是个十分平常的、只有乡下人才过的小节气:二月初二——龙抬头,摊煎饼、吃炒豆。

把二月初二作为我人生中最值得纪念的日子,源于公元 1968 年。那年我 10 岁。

在那个众所周知的岁月里的一天,读四年级的我和同学们参加了多半天的批斗会,批斗的是大队老支书。他的罪行很简单,只抓生产,不抓革命,走资本主义道路。那时,我还弄不清什么是资本主义道路,只知道不抓生产就吃不上饭,就要饿肚子。散会了,我肚子饿得咕咕叫,跑回家拿了个凉红薯,就和伙伴们一起去麦地拽面条菜,晚饭好让妈妈给摊煎饼。

二月初二,为什么要摊煎饼我不得而知,就连村上许多老人也不甚清楚。他们只是虔诚地从他们的祖辈父辈那里继承了这个习俗,或者叫传统。摊煎饼,就是把白面和成稀糊糊,再掺进面条菜,然后摊到平底锅上烙成薄薄的一层饼。二月初二,吃不吃煎饼,本是无所谓有和无所谓无的事,可不知为什么,那天我特别渴望吃到它。也许是成天"红薯汤、红薯馍,离了红薯不能活"的伙食把我吃够了,想换换口味改善改善,吃点好的吧。

世上的事常常很怪，你越是想得到的东西就越是得不到。太阳快下山的时候，我和伙伴们每个人都拽了大半篮子面条菜。回到家，我把菜篮子往锅台上一放，朝里间屋喊了声："妈，菜拽回来了，给我摊煎饼。"还没等母亲回话，我就一蹦子跑出门和伙伴们玩去了。

天完全黑了下来，我和伙伴们兴高采烈地蹦着、跳着、唱着、叫着"吃煎饼了，吃煎饼了"各自跑回家。可万万没料到，迎接我的不是香喷喷的煎饼，而是母亲那阴沉沉的脸和一大碗黑糊糊的红薯面条。

"我不吃。你为啥不摊煎饼。"我声嘶力竭地质问母亲。母亲哆嗦着嘴唇说："来不及做了。""啥来不及做，还不是你懒。"我这话一出口，母亲手里的舀饭勺咣当一声掉在地上，面容苍白，神情木然地看着我。父亲耷拉着脑袋，坐在灶火角一声也不吭。我好像受了多大委屈似的，眼泪夺眶而出。母亲的泪水，也顺着那削瘦的脸颊哗哗地往下淌。衣衫褴褛的姐姐、哥哥、妹妹、弟弟，谁也没有心思吃饭了。

晚上睡觉前，大姐把我叫到炕沿边说："妈这几天不美（不舒服）。家里的白面也没有了，咋摊煎饼？你咋一点事都不懂。这么大了，还惹妈生气……"天哪，这些我怎么就不知道呢？

那一夜，我失眠了，翻来覆去睡不着。我责备自己，诅咒自己，后悔不该责骂母亲。但我一直困惑不解：二月初二，天上的龙都抬头了，被称为龙的传人的地上的人为何还耷拉着脑袋，抬不起头呢？

光阴荏苒，稀里糊涂又过了10年。党的十一届三中全会刚开的当儿，我应征入伍了。离开家的那天，为我送行的乡亲们拥了一院子。心情沉重的我，多么想在分别之际对母亲说一声"原谅我10年前那个晚上……"可母亲泪人似的，让我无法启齿。几个姑姑、婶婶一再劝母亲别太伤心了，说当兵是好事，能穿新衣服吃白面馍。然而，母亲好像什么也没听见似的，一个劲儿地流泪，一个劲儿地重复："妈对不住你。妈对不住你呀！"说得我心里阵阵酸楚。我终于也抑制不住汹涌的感情波涛，潸然泪下，扑通一声跪倒，给母亲磕了一个响头。之后，我罪人一般地扭过头去,再不敢迎视母亲的泪眼。母亲啊,我的妈妈! 我无法宽恕当年竟是那么不知心疼您、体恤您。

敲锣打鼓的人群簇拥着把我送上了扎着大红花的手扶拖拉机。

车要开了,我的姐姐气喘吁吁地跑过来塞给我一个手绢包着的东西说:"妈给你路上吃的!"路上,我打开那个手绢一看,里面包的是几张薄薄的、软软的、油花花的白面煎饼。我是就着泪水吃下的。

参军后,家乡一年一个样儿地变,喜讯一个接一个地往部队传。用母亲的话说,现在不是吃不上煎饼的年代了,咱庄稼人也"洋"起来了。吃的是白面馍,穿的是料子服,住的是新楼房,看的是大彩电,日子过得美着呢。这几年,每到二月二前,母亲都要弟妹们写信问候我,问我能不能回去吃煎饼。

真是无巧不成书,八年前的二月初二,我和妻子刚吃过煎饼。我那宝贝女儿就呱呱坠地了。我的人生中又多了一个对二月初二的记忆。我曾为我的女儿能在这"龙抬头"的吉祥之日降临人世,高兴地喝醉了酒。但女儿至今还不知道她的父亲曾在这一天,因为没有吃上煎饼而生气、骂娘、哭鼻子,留下了对母亲的终生歉疚。

今春,我终于了却了母亲的一桩心愿。趁出差的机会,在二月初二这一天从新疆回到了我阔别多年的中原小寨,吃上了年逾古稀的母亲给我摊的煎饼。但饼里掺和的不是面条菜,而是碎肉末和小青菜。

吃完饭,我走出家门,整个乡村已经炊烟缭绕了,股股香味扑鼻而来。我猜想,家家户户可能都在吃摊煎饼了。

啊! 二月初二,龙的头真的抬起头来了。

生日蛋糕白蒸馍

农历三月初七是我的生日。结婚 26 年来,每年这天临近,妻子都要问我生日怎么过? 我总是用"不过"两个字回答她。可今年到了知天命的我却怎么也拗不过她,几经"谈判"达成协议:请几个好朋友吃顿饭,但不买生日蛋糕,就买上一个白蒸馍。

白蒸馍是河南人的叫法,也就是城里人说的白面馒头。

生日这一天,朋友兴高采烈地到齐后,服务员端上来我特殊的生日蛋糕——白蒸馍。自然,大家非常惊诧、纳闷,问我究竟。《祝你生日快乐》乐曲响起,我在吹灭象征50岁的5根红烛之后,解开了尘封心底34年的谜底。

那是"文革"后期的1974年。邓小平复出后大搞"智育回潮",我以优异成绩考入公社(现叫"乡")高中。学校离家十多里路,我每周背十八个红薯面馍住校。每月交一块五毛钱搭学校水灶。所谓水灶,就是馏馍馍外加一碗馏过馍馍的开水。那些年,"文革"闹的家家都在吃黑窝窝头,有的人家连窝窝头也吃不上。

有天下午我回家取馍馍,母亲揭开锅的一刹那,我突然发现黑乎乎的一屉窝窝头中间有个白蒸馍。我正纳闷儿,锅里为何蒸了一个白蒸馍?还没等我开口,母亲迅速把白蒸馍塞进我的馍袋子说:"拿到学校明天溜热吃。"我执意不肯要,拿出来塞给母亲说:"您身体有病,您吃吧。"母亲说:"妈是大人,有病挺挺就过去了,没事的。明天是你的生日。妈本来想给你煮个鸡蛋,可几个该死的老母鸡成天咯咯叫,就是不下蛋。这个白蒸馍拿去吃了,庆贺庆贺。"当时,我知道白蒸馍的面粉是供全家十口人喝汤用的。我这一吃,全家人好几周就见不上白面星子了。

第二天早上,我把白蒸馍小心翼翼地放进学校水灶笼屉里,按母亲的嘱咐,多包了好几层布子。心想,别人的眼睛再犀利,从外边也看不到里面包的是什么。

终于等到上午最后一节课下课,我第一个冲到伙房前排队。大师傅抬出的十几个大笼屉一字排开,我走到放馍馍的第个一笼屉,可怎么也找不到我的馍兜子。我又顺着笼屉一个个找,也没有发现我的馍兜子。当时，我还天真地以为哪个同学拿错了，站在笼屉前等啊等，直等到五、六百人的最后一个同学拿走了笼屉里最后一个馍兜子。我才十分沮丧、气愤、委屈地离开了那排空荡荡的笼屉。那个生日的那顿饭，又气又恨的泪水填饱了我的肚子。我甚至诅咒那个偷吃了我白蒸馍的同学，噎死、撑死。

毕业后的第三年，我偷偷报名参军。拿到入伍通知书的那天，我本想母亲满是欢喜。可没想到，母亲哽咽着一个劲儿地追问"你为啥要去当兵？"我说："为了吃上白蒸馍。"母亲看着我倔强的样子，埋下头不住地哭泣。

今天，无论是城里人还是乡下人，白蒸馍只是一顿饭中的一道主食而已。可那年那月，它却成了我至高无上的追求。

追求可以改变人的一生。怀揣着要吃上白蒸馍的追求，我从一个士兵走到部队团级领导干部，又走上今天厅局级领导岗位。

这就是我把白蒸馍当作生日蛋糕的理由。

我的话讲完了。朋友们怔怔地看着我，有的眼里噙着泪花，有的表情异常沉重。我端起酒杯说："今天是我的生日，也是当年那个偷吃了我白蒸馍的同学的生日。至今，我都不知道他（她）是谁，但我知道那个白蒸馍对他（她）更重要，相信他（她）今天和我一样天天都能吃上属于自己的白蒸馍。我们也祝他（她）生日快乐！"

血　亲

熊红久

完全是为了对父亲这个称谓的怀念,我更喜欢将爷爷称之为祖父。对于一个十三岁就失去父亲的人来讲,祖父的称谓至少让他仍牵扯些许与父亲有关的温情,就像一条瘫痪的腿,虽然丧失了行走的功能,却仍然具有形式上的慰藉,似乎父亲仍活在他出生的那个山清水秀的被叫做耒阳的湖南小城里一样,只不过是通过另一双有些浑浊的眼睛,在不倦地凝望着我们。虽然从新疆的博尔塔拉到湖南的耒阳,相隔着几千公里,但我仍能感受到这种千里之外的温暖,这或许就是那种被称之为血脉的亲情吧! 一条可能我们今生都不曾享用却永远也无法割断的生命的脉搏。

父亲去世之后,祖父便成为我们直系血亲中唯一的男性,在我三十八年的生命轨迹中,他只是天尽处的一颗小星,在记忆里或明或暗地存在,更像一篇片言碎语难以连贯的传说。以至于小时候听到邻居孩子们发出脆生生的爸爸、爷爷的呼唤,我就会辛酸地低下头,好像是自己做错了什么,一下子竟被两个长辈所遗弃。

从火车启动的那一刻起,我的心情竟忽然变得忐忑起来。我知道祖父就生活在铁轨的另一头,我要去探望的是这个与我相隔万水千山,因他而成就了我的生命却又与我现在的生活毫不相干的老人。

　　我八岁或者九岁的时候,在父亲的教导下曾给祖父写过一两封信,按照生活的推理,应该收到回信或者黑白照片什么的,却记不真切了。父亲的离去,就像横架在江面上的桥被洪水冲断,南北之路一下子失去了可以连接的纽带。母亲又带我们举家搬迁了两次,便彻底断了与祖父的联系。直到前不久有父亲旧时同乡找到我,说去湖南见到祖父了,他让同乡一定打探我们的消息,转达他的思念之情,让孙儿有时间回来看看。同乡说,这是一个九十多岁的老人,在涕泪纵横下交代的嘱托,还递给我了一张字条,是口内我二叔家的电话。望着同乡凝重的表情,那一刻我忽然觉得在自己灵魂深处蛰伏的血亲因子被激活了,这个仍健在的创造了我父亲的父亲,这一刻成为不可遏止的动力,在不停地敦促我——回老家看看!

　　我小心翼翼地拨通电话,几声长音过后,听筒那端传来了极浓的乡土方言,我大声地介绍自己,二叔他们终于弄清了我的身份,音调明显地兴奋起来。短暂交流之后,我又听见一个呼唤我乳名的带着粗重气喘的声音,从听筒那端颤颤巍巍地摸索过来,苍老而含混,一下子就显露了他的辈分。这次通话使我大略知道,祖父的身体还好,就是耳朵有些失聪。我终于没再犹豫,冥冥中我感到,仿佛祖父的生命就是在守望着我的这次探亲。

　　火车在有节奏地向东行进,所有的景物纷纷倒向身后,像被车轮抛弃的时间。如果时间能重新站立起来的话,我想;在四十年前的某一个黄昏,衣着有些凌乱的父亲也坐在南下的火车上,他肯定也伫立在车窗前,极目向着心绪所至的方向远眺。他离家太久了,弹指十年,大漠风沙把稚嫩的幼芽磨砺成了一株顽强的红柳,回头看见一岁多的女儿拥围在母亲的怀里酣睡,父亲的眼里肯定增加了不少的责任和自豪。同样是在火车上,同样是心系那座江南小城,同样是探视一位老人,现在的我与当初父亲的感觉肯定大相径庭。对于祖父,我甚至没有一个完整的概念,全部堆积起来的猜想,也只能从年龄上去推断他的外形:挂着拐杖,佝偻着腰,浑浊的眼睛,干瘪的嘴唇,这可能是我对所有耄耋老人最格式的认识。

列车乘务员报出了前方的站名。对于小城的名字我并不陌生,在二十多年的各种履历表格的栏框里,我的祖籍早已被固定在了这片从没涉足又无法割弃的土地上。

下车的人不是很多。这是一个普快火车只停两三分钟的小站,许多的特快列车呼啸而过,在行驶的线路上根本不会泊留。我有些悲哀,这几十年被我烂熟于心又让临终的父亲难以瞑目的故土,竟显得如此的无足轻重,以至于连许多火车都不屑停靠。但肯定没有后悔,毕竟我找到了真正的属于自己的心灵家园。就像我们无法选择自己的母亲一样无法选择故乡,那么无限关注和真挚热爱,成为此行的最终目的。

的士开往一个叫永济的小镇,在行驶的空隙,我欣赏着路两边苍翠的景色,或一个池塘或一片林子,都让人感觉绿得湿漉漉的,像刚从洗衣机里捞出来似的,这与我们北方深秋的干燥枯黄形成了鲜明的反差。我不知道,一个被这青山秀水滋养的孩子,猛然间背井离乡,去万里之遥的新疆谋生——那可是四十多年前的新疆呵!满目的芦苇和盐碱交织的蛮荒,所要承担的情感思念和生存压力何其沉重啊!这就让我更加困惑了,父亲既不是随屯垦戍边的战士集体转业扎根新疆生产建设兵团的,也不挂响应"上山下乡"号召到农村大有作为的知识青年,那他为什么要独自一人去闯荡在现代人看来都很神秘的新疆?作为长子,祖父为什么没将他留在自己身边?这些已成为我心中沉淀已久却百思不得其解的谜团。

十几里山路被车轮越读越短,感到离谜底越来越近了,我甚至已经闻到了小镇的味道。司机说,绕过前面的那道山梁,就是永济了。我用手机拨通了电话,二婶在那头大声喊话,费了一些口舌我才弄明白:爷爷和叔叔们去路口接我去了。

257

远远地，看见几个绰影站在路边，往山坡眺望，我想祖父一定伫立其中。

　　靠近后，出租车还没完全停稳，车门就被拉开了，几个叔叔热情地拥围我下车，而后引领到离车四五米远的一位老人面前，那个自称二叔的人说，这就是你爷爷！

　　他几乎就是我想象了一千遍的样子，拄着拐杖，胸背微驼，波涛一样的皱纹一浪高过一浪，望见我时，他干瘪的嘴唇不住颤抖，并不停地呼唤我的乳名。我上前紧紧握住他嶙峋的手，感觉很凉，这与南方十月的天气不太相称。

　　我几乎是搀扶着祖父走进家门的，一幢外墙粉刷很新，内部没有装修的四层小楼，昭示着农村现今生活的殷实。二叔给我沏杯茶，我用左手接过——自进屋之后，右手始终被祖父的双手饺子馅一样包裹着，执著而贪婪，好像丢失多年终于被找回的宝贝。他在不停地向我询问，用我一知半解的湘语，我也文不对题地回答，用他也弄不太明白的普通话。我想我们一定很像两部电影里被剪接在一起的两个故事情节，背景不同却交流得有滋有味。由于我没用过多的心思来回答提问，所以可以更加仔细地端详老人。这张面孔将我记忆里父亲的形象一下子从二十多年前的缥缈往事里打捞出来，虽然祖父现在的年龄与父亲去世时相差了整整五十岁，但我依然能捕捉到他们最神似的特征，这些同出一门的烙印，直接触摸到我最柔软的情感，一种认同的亲近，不能自已。那双青筋暴露的手，被我轻轻托在掌心并不停地爱抚，在幻觉里，我仿佛回归成了几岁时的父亲，顽皮而任性，或蝶绕在祖父的前后，嬉戏玩耍，或伏膝在昏暗的灯下，聆听比祖父更老的传说……是谁创造的距离将三代人的情感搁浅为荒漠？是怎样的时光将往日的欢乐掩埋成沉沙？想到这些，祖父的面孔在我的视线里，变得凝重起来。

　　吃饭的时候，祖父费力而勤勉地往我碗里夹菜，还不停地叨念：我孙儿吃苦了！我们没照顾好你，不要生爷爷的气。这种父爱般的关怀，倏然凿开了我压抑了二十多年的情感泉眼,由心酸、委屈、艰辛和忍耐铸就的堤坝,在激动中訇然溃塌,通过恸哭肆无忌惮地释放出来。我把脸深埋在祖父的双手里,尽情抽泣。当平静下来抬起头时,我看见祖父灰暗的脸颊上被透过窗棂的光线映照出两行曲折的亮光。

大约在一周的时间里,祖父什么事也不让我做,整天陪着他聊天,由于时差的缘故,甚至我还没有起床,祖父就站在了我的床头,将内衣甚至袜子一一递给我,而后转身,颤颤巍巍地将牙膏挤到牙刷上,再去接一杯清水。望着他认真的背影,这种近似的父爱,慢慢打湿了我的视线。

又过了些时日,我开始慢慢向二叔问及相关父亲的旧事。先是出生地,而后是成长的过程,像认真地审阅一道必做的数学难题,最后的答案都蕴藏在一步一步的运算过程里。

二叔说带我去看看他和父亲出生的地方。

一辆半新的面的载着我们,前往距永济乡十几里路的一个叫小溪铺的村子。道路不宽,和刚下过雨有关吧,车轮不时地把泥泞路面的浊水溅起,两旁偶尔滑过几株小树,也是水淋淋的,像没被甩干的衣服,很快又被颠簸的车轮丢到了身后。几头水牛,很田园地伫立在收割完的稻田里,依然保持着四十年前的悠闲姿态,仿佛这种恬静,从来就没离开过。

这条蜿蜒曲折的路就是当年父亲离家出走的路么?恒久的岁月已经把多少生命抚成灰尘,却无法抚平这条窄窄的小路。看来,生命的跌宕远不比一条小路坚强。

车子停靠在一处有几幢破旧土房的慢坡上,二叔指着不远处的一片旷野,告诉我,那里就是他和父亲年少时栖息的家园。破败的老屋十几年前就已被推倒,改造成了稻田。怎样仔细端详,也看不出破绽,蓬蓬勃勃的绿色植物,早已把陈旧的往事当做营养,从根系滋补进了叶脉,沉溺于绿浪的旧屋,竟能被时间掩盖得如此缜密,像一艘被海水颠覆的古船,从水面上看,风平浪静,波澜不惊,好像从来就没发生过故事。

我随二叔穿行在村子里,不时地有熟人打招呼,他们黧黑的脸看上去与屋顶铺设的陈旧青瓦极为相仿,似乎也涂了一层湿淋淋的泛绿的青苔。二叔说,由于人多地少,又没有其他技艺,这些老邻居们过得并不富裕,大部分只是刚刚解决了温饱。二叔说,自己也幸亏是传承了祖父的医术,才得以脱离这块贫瘠的土地,到乡里开了药铺。经过几年的艰苦创业,才置下这份家业,否则也和乡亲们一样,家境羞涩,面色铁青的。

贫困的生活滋养不出红润的面庞。

二叔告诉我,祖父在八十五岁高龄的时候,只要身体允许,仍要亲自出诊。直到听力越来越差,身体也愈发羸弱,出诊的担子就落在了二叔的身上,尽管附近村子许多乡亲都还欠着他的治病钱,二叔说,像爷爷一样,不管什么季节,什么时间,是否有钱,接到病情,他都要立即出发,这是爷爷一贯的为人之道,也是经常教诲的从医之德。

下了一道坡,眼前豁然开朗起来,明晃晃的宽阔河水,挡在了我们面前。所有通向前方的视线都溺水河里,道路被淹死了,给人以无处可逃的绝望。好在水流还舒缓,像漫不经心的午睡,缺少了雷霆万钧的阵势,河流显露出了女性的优柔和妖娆。不时穿梭而过的几叶小舟,让我们领略到了出路的狭窄和跌宕。这就是耒河,当年你父亲就是搭乘小船从这里逃生的。二叔盯着河水,好像仍能发现父亲的踪影一样。逃生?为什么?我十分困惑。一言难尽啊!二叔索性坐在了江边,面对时间一样穿流的江水,我知道,他的思想已经溯源而上,回到了四十多年前。

祖父出生于医生世家,幼年时就聪慧好学,经过曾祖父苦心培育和自己的不懈钻研,医术渐高,二十出头,就子承父业,可以独立会诊下处方单了。经过多年创业,终于建造了一座相当气派的宅子,也购置了一

260

些田地,家成业就,衣食无忧。谁也无法料到,也正是这些东西,酿成了祸水,土改时祖父的成分被划入了"地主"。

在那个全民动荡、国事不稳的年代,地主成为被"运动"的主角,众矢之的。宅、田被没收,自己被批斗。在一次"教育"过后,村民兵连长连踢带打,又押着祖父游街示众,被折腾得奄奄一息。年轻气盛的父亲,义愤填膺,忍无可忍,趁着夜色,一把火烧了民兵连长家的柴垛。事情暴露后,村委们连夜召开会议,要坚决镇压"反革命",被祖父救治过的一个村委,借解手之机,迅速将消息透露:让父亲赶快出逃,越远越好,否则必不保命!

父亲揣着家里仅有的几元钱,连换洗衣物都未带,连夜出村,落荒而逃。祖父一定是靠在村头槐树下,牙关紧咬,老泪纵横的。茫茫夜色,掩盖了父亲出逃的脚步,也掩盖了他生死未卜的命运。这一走,就是十年的音讯阻隔。

至于父亲为什么出逃到新疆,我已无从考证了,但我想,依据当时的历史条件,多数人的想法是:蛮荒的新疆,由于地广人稀,"政治波浪"要平静得多,水浅,翻不起大浪。

父亲这次从南方出逃,纯粹是偶然事件,却造就了我们兄妹三人诞生新疆的必然,这多少让我有些不平,倒不是我不爱自己的家乡,这有些像穷苦人家的孩子羡慕邻家富裕的生活一样,但绝不会因此就怨恨自己的父母。无法选择的出身和成长环境,早就把我们的个性锻造得与之匹配了,只是潜意识里觉得,较之于西北,我更应该生长在江南水乡的环境里,或许我的情感会更具水的灵性,某位江南韵味的娇美女子会成为我的爱人。于是就深刻感觉到,自己的命运是带有某些宿命的,就像一只被贩出草原的小羊,颠沛流离的命运,最终导致小羊在出生之前,就已经背井离乡了,遥远的绿色只是梦的故乡。

祖父被平反后,多次找到从新疆回湖南探亲的老乡,费尽周折地探寻父亲的消息。几经辗转,八九个月后,一封磨损的家书,终于转交到了父亲的手里,面对熟悉的小楷,父亲早已泣不成声。当即向领导申请:回老家探亲!

带着祖父从未谋面的妻子和一岁多的女儿,父亲第一次踏上归乡的旅途。现在的我已经无法去触摸父亲当年的感慨了,但却可以按照思维定式去探秘当时的情绪轨迹,因为不管时间如何转换,人类的亲情因素是相对稳固而持久的,在当时交通和通讯极为落后的条件下,这种相思,甚至会堆积得更为迫切。由此我想,一个当初才十九岁就被迫离家出逃的毛头小伙,现在终于能够携妻带子奔赴故里了,那种感慨、那种激动、那种心酸以及惴惴不安的心态,岂是可以用诸如归心似箭、心潮澎湃、思绪万千等成语所能涵盖的,作为长子,父亲一定认为,所有的苦难都是他必须要面对和承担的。

二叔告诉我,探亲假满后,祖父曾极力劝说父亲留在永济,协助打理药铺生意,被父亲拒绝了,说自己是团部的医疗干部,都十年工龄了,妻儿的户口也都在那边,最终他还是返回了新疆,回到那间破旧的用土块砌成的连队医务室。

祖父很早就向聪慧的父亲传教医术,父亲也深得其道,并考取了地区卫校,如果不是那把火,父亲将被安置在乡医院工作。最终,父亲把他的技艺,发挥在了边疆。由于缺医少药,父亲常常翻山越岭去采集草药,并用铁锹、锄头在屋前垦出两亩荒地来,种植各类稀缺药材,医伤治病。十年的时间,已成为当地知名大夫。刚正不阿的个性和对医学孜孜以求的态度,与当时贬低知识的社会形态发生激烈的碰撞。从湖南探亲回来不久,父亲终于在一次意识形态交锋的固执己见后,被卷入了"浩劫"的"牛棚"之中,和大多数经历过那场磨难的人一样,父亲一直用伤残的躯体和宁折不屈的秉性扛到"运动"结束,扛到被平反,扛到医院查出他被打坏的肾脏发生癌变。从没低过头的父亲,最终没能扛过病魔的重压,用自己四十一岁的生命,拱出一个低矮的土坟,把我们全家的希望和悲伤都埋进土里,再听不见瘦小的母亲和三个未成年孩子跪倒坟前的哭声。

你爷爷得知你父亲去世的消息,哭了整整三天,不吃不喝。二叔的话把我走远的思绪又扯回河边。逝者如斯的水,毫无表情地流着。当初你父亲回老家探亲如果留下来,不回新疆了,也不至于……唉!你爸爸的医术非常高超,他在探亲的一个多月里,帮爷爷治好了很多疑难病人。谁知他这一走,就再没回来。我回头看见了二叔红红的眼圈。

回家的路上我一言不发,思绪一直无法从追忆里走出来,直到上楼,看见祖父正端坐在八仙桌前一笔一画写着小楷,才慢慢着陆现实。二叔说爷爷每天都要练习写三至四页毛笔字,这两年已经写了几十本了。我凑近细看,字迹遒劲圆润、闲逸流畅,而内容竟都是他一道道行医的中药处方,这让我十分惊诧于他超强的记忆力。

我原计划在耒阳待上一周,再到广州、深圳等地去看看,这些发达的改革前沿,除从报纸、电视上浏览之外,我还从未亲临感受,既已近前,不去总觉心痒。

我的意思被翻译给祖父后,受到激烈反对,他开始更早地起床候在我枕边,儿童化地用木棍顶住门,以显示他坚决的态度。我想,他一定要把自己当年没有尽心的父爱补偿在了我的身上,或者一个九十多岁的老人已经触摸到了生命最后的脉动。对我而言,任何地方都还有机会去看的,而于他,这第一次的谋面,或许就是诀别。从老人浑浊的眼光里,我看到了近乎卑屈的祈求,这让我的脚步深陷其中,只得留下来。甚至觉得,我是在替二十多年前就离开我的父亲在陪护祖父。但祖父仍不放心,以至于他每天书写小楷时,必须有我陪坐在身边。完成额定工作后,我们再搬出椅子,并排坐在二叔的药铺外面,让和煦的阳光簌簌地落满我俩全身。二叔恰到好处地举着相机出来,让我站在祖父后,祖孙俩第一次被放进同一个像孔里,影像把我们阻断的隔代人,连接了起来。

尽管对湘南方言我几乎是一无所懂,但仍会全身心地投入到祖父的讲述之中,只不过我消费更多的时间来阅读他发表在面孔上的更详尽的与老有关的细节,并身不由己地把印象中父亲的段落叠加在祖父的篇目上,我知道他们重叠的部分,就是我流淌的血亲,就像我的叔辈们见到我,马上就能找到我父亲的影子一样,这种与生俱来的元素,就像接力棒,传递着整个家族血脉的畅通。

有时候祖父也会一手拄着拐杖一手领着我去屋后的小山坡上转转,他蹒跚的步履恰当地注解着"岌岌可危"的成语,他的脚步随时都会倒下,但却没有停止。其实这只是一片他走了九十年也看了九十年的土地,哪里沟坎,哪里池塘,早就了如心镜了,但他仍要坚持出来,像一个十分尽责的仆人看护着主人交代的家园。他常常会伫立于村口的老槐树下,嘟哝的话语黏附在干瘪的唇间,含混不清,我不知道他是在倾诉还是在祷告。他的这种举动总让我把一个溺水者紧攥的双手与漂浮的木板联系起来,只不过,漂浮的是家园,紧攥的是目光,沉溺的是生命。或许任何一个人,只有到了耄耋之际,才能读懂分秒的内涵。记得二叔告诉过我,祖父连县城都极少去的,但这并不妨碍他对这片土地的眷恋,他把自己老在了这里,成为另一棵标志性的槐树。

归期终于到了,一夜未寐的祖父坚决步行将我送到路口,与来时不同的是,这次他冰凉的手被我紧紧攥着。一路上祖父没有过多地说话,我能听到他喉管里发出的滞留的粗气声,汽车跟在我们身后,有着显而易见的敦促的味道。我忽然有了一种逼真的预感,这或许是一次生离与死别交织的再见,手的温度告诉我,已无法拽住他日渐变冷的生命,我聆听到了一种物质脆弱的断裂声,就像被泥沙尘封太久碳化后出土的文物,稍一碰,就会碎成粉齑。我轻轻抱了抱他枯瘦的骨骼,像搂着一个未老先衰的孩子,而后挥泪转身。刚拉开车门,却被叫住,祖父像是才回过神来,急急忙忙把手伸向胸口,哆哆嗦嗦掏出一个信封交给我,从信封的表面,我触摸到了祖父细若游丝的体温。

我不停地招手,让他们回去,即使行驶很远了,回头仍能看到一竖微驼的黑影,勾描在身后苍茫的背景里。

打开信封,里面是一张塑封好的照片:老人端坐在椅子上,笑容水一样顺着面部阡陌的皱纹慢慢流走了,余下一幅干涸的河床和略显僵硬的造型,而孙子则俯下身子,把自己的微笑悬挂在老人的颊边。两张面孔如此近距离平放在一起,引我身不由己地去仔细鉴别他们形神的异同。我想,即使是家族成员,他们的外部特征也应该是按照遗传学的渐进程序阶梯式进行的,而我和祖父之间断去了父亲的顺延,就像下楼梯时突然悬空的台阶,这种情形让两张没有过渡的面孔对接在一起,就显得稍有些唐突,但这并不会因此而减弱我情感上的认同。

我把照片放进了贴胸的衬衣口袋,似乎这样才能让祖父感受到我发自内心的跳动,才显示出我对先辈生命的一心一意的呵护。

回到新疆的前两三个月,我每周都会同祖父通电话,其实他愈发失聪的双耳已经听不见我说的保重身体之类的话了,但我却可以想象出他的神态和表情,这根细细的光纤,把他浓重的湘音从几千里之外,拽到我耳边,让我感受老家的存在。

工作一忙,电话慢慢就稀了,半年多后,忽然二叔打来电话,说祖父受了风寒病倒了,情况不甚好。我赶忙从邮局寄了些钱过去。三天后的子夜,二叔再来电话,哭诉着告诉我,说爷爷走了,说他最后要看的是与我的合影。说留下的遗产是四十多本小楷书册,里面记录着一千多例疑难病症的治疗处方,对今后的行医大有裨益……

我坐在床头,没有流泪,只木然地端详着我与祖父唯一的合影,觉得生命是如此短暂,忘记了他已是一位鲐背之年的老人,仿佛前面的日子他都在替别人过着,在我的时间刻度里,祖父和我一起度过的不过才半年的时光。我认为是自己的这次探亲,将他生命驱赶到尽头的,如果他怀揣着一个无法实现的期盼,或许这信念会支撑他咬紧牙关,再翻过一道坎的。而今愿望已经实现,稍一松懈,便被时间绊倒了,让这张薄薄的照片,成为永恒。

265

祖父的离去让我的祖籍成为一个虚妄的概念，从生理学角度看，往上我已经再没有了直系血亲。从地理意义上说，老家已经成为一个没有码头的水域。

　　我迷失了几十年才找到的亲情，在我的惦念里只停泊了几个月，就又丢了，而且永远也找不回来了，这使得我所有与"父"有关的情节，开始溃散，一种心痛，覆盖了全部的神经。

　　我跪在黑暗里，点燃了一堆纸钱，看着升腾空中的火焰，多像一双颤抖的手呵！祖父，指向你出生的家园。

总有一天你们会回来的

朱子青

    冬天眼看就要来了,我又一次想起了父亲,想起了长眠在地下的母亲,我已经无法照顾母亲了,但得照顾好父亲。我一直认为自己正当年轻,又是家里的老大,应该尽力让年老的父亲安享晚年,让弟弟等其他的亲人生活的好一些,这是我的使命,现在想来这比我的理想更为迫切与沉重,但不知为什么我常常一想到这些就感到紧张,同时内心就充满矛盾,过后就有一种神圣感促使我尽快行动起来,将眼前的事办好,所以我现在又一次打电话动员父亲来城里过冬。

    父亲听了我的话感到十分为难,他说再等等吧,雪还没有落呢,家里头还有好多的活要安顿!我想象不出家里还能有什么活,父亲一个人守着一院空荡荡的房子,我们每月按时把钱打到他的卡上,家里安装了自来水,也没有养什么牲畜,父亲曾说地全部给别人家种了,还能有什么活呢?就是找活干也似乎找不到了。我想这一定是父亲在推辞,他只是不想来城里罢了。可是我却会一遍遍地思念父亲,在繁华的城市里,在忙碌的工作之余。我的脑海里一直回旋着那些凄凉的景象,父亲孤伶伶地坐在炕头,坐在黑夜里,一锅一锅地抽旱烟,门外只有风声或者屋檐上流下的雨滴……在多少个这样的夜晚,我希望父亲能够说出一句话，打破黑夜的苦寂，或者给我打个电话，但父亲很少这样做，似乎不屑这样做，或者他的身子太虚弱了，为了保存体力！我一直担心父亲有一天会被黑暗突然间吞噬。

母亲去世后我本来是要将那一院房子卖掉的，我给老房子拍了好多照片，包括家具、农具，老房子的每一个角角落落，还有村子里的路、树，我小时候跑过的沟沟洼洼，我想母亲不在了，家可能就不存在了，尤其看到那么多叫不上名字的孩子时，我就感到自己不属于这个村子了。可每当我想起父亲一个人守在那院老房子的时候，我就十分地想卖掉它，也许只有这样才能逼父亲来到城里，同我们住在一起。我曾经为这样的想法感到庆幸，我想自己是这个家的老大了，我完全能做得了主，完全可以给父亲的晚年带来幸福。没有想到的是，父亲看出了我的想法后变得沉默起来，更不愿来城里了。我曾经嘲笑父亲小气，一辈子没干出什么惊天动地的事来，到了晚年还是这样前怕狼后怕虎的。其实我知道父亲是舍不得他置办的那些家具、锅碗瓢盆，以及那几间破房子，在我眼里，这些东西送人都没有人要的，守着那一堆东西做什么呢？父亲说还是农村住着舒坦些，住在城里的高楼上，就像连根拔起了一样，农民怎么能离开土地呢！我对父亲的态度有些生气，心里想他太自私，只考虑自己的心理感受，完全不理解儿子的心思。但父亲一直沉默着，我感到我们之间隔着十万八千里，隔着千山万水，或者父亲已经不在这个世界上了一样，这让我感到痛苦极了。

我对父亲说，城里开始供暖气了，房子里暖和极了，你来吧，不用再每天烟熏火燎地抱树叶烧炕，不用再边拉风箱边炒菜，城里头还是方便！父亲又一阵沉默，接着语重心长地对我说，他不想来，你们兄弟总有一天会回来的！他言下的意思是希望我能尽快回来在村子里生活。他坚信，有一种力量会推着我们回来。父亲的话让我感到不可思议，我怀疑父亲是不是老糊涂了。我说我们不可能回来了，父亲说，三十年河东，三十年河西，你们总朝前跑，不回头看一看，你们要相信世上很多事是重复轮回的。我说我们都有了城市户口,在城里买了房子,不可能回去了。父亲说虽然你们兄弟都有城市户口,你母亲已经过世了,但村里人都知道咱们家有四口人,咱们家有四口人的地,村子里给上面交税,包括唱戏摊派等各类费用,我都是按四个人交的,我乐意这样交税费,每次交给村长的时候,村长都十分高兴。我就是要让村长以及村子里所有的人承认你们兄弟仍然是这个村子里的人,我要守着村子里分给我们家的那几亩地,守着那二亩果园,另外抽时间开些荒地,种些树,加盖两间房子,我知道你们有一天会回来的,而且会拖家带口,到那时如果地里产的粮食不够吃,如果房子不够住,你们肯定会怪我的。

我说你都说些什么话呀,我们怎么会回去种地,你不是已经把地给别人种了嘛!父亲说,这些年我没把地给别人种,那样人家会骂咱的,不种地的农民算什么呢?地是农民的依靠和身份证明,有地在就感到踏实,怎么能将地丢了呢?咱家的每一亩地我都精心地伺弄着、平整着。想当初在你们兄弟成长的时候,地出了不少的力气,它把你们养大了,你们就出去到城里挣钱了,本应该是你们的地我只好替你们照管了,但这些地终究还是要回到你们手上的。现在你们不再吃咱们地里的粮了,也应该惦记着咱家那几亩地的恩情。这两年我啥都没种,就是想让地缓一缓,我想等你们回来再耕种的时候,那时候别人家一亩打四百斤,我们家地会打八百斤的,到时候我们一大家子人一定够吃了。

我还是觉得父亲说的话有些不可思议,我说你身体还好吧!父亲没有接我的话茬继续说。为了让村子里的一些孩子也知道我们兄弟,父亲拿着照片给这些孩子看,让这些孩子对着我的照片喊叔,还有的让喊爷爷,说我们有一天要是回来让他们这样叫,不能乱了辈份。那些孩子有的笑着跑远了,有些好奇地把照片看了又看,一遍遍地问我们会不会开汽车回来,会不会回来在村子里修高楼,会不会给他们买好多电脑,会不会带好多好吃的方便面、糖果等电视广告中的零食!父亲听到孩子的话失望透了,但为了让孩子承认我也是这个村子里的人,只有违心地对孩子们说会的,会带回来这些东西的。

听到父亲这样说,我突然变得伤感起来。父亲接着又说,现在村子里空荡荡的,人站在山头上喊一声,村子里到处都可以听到回音。有些女人说村子真大,还有些孩子也这样说,这让父亲十分地生气,只有老汉们不会这样说,他们都觉得村子太小了,年轻人是因为村子太小才跑到外面去了,如果村子大一点,也许他们就不会跑出去了。为了让村子大一些,父亲他们几个老人几次同邻村的老汉干架,实际上是他们侵占了邻村的土地,但他们还是不承认,邻村人说他们人老都老了,还有侵略者的野心,他们也有儿孙,他们的儿孙有一天也会回来的,那时候寸土寸金,一寸土就能救活一口人的命……他们的话,说得父亲低头回来了。

我想现在城里人得老年痴呆症的很多,是不是父亲也得了这个病,但我所见到的病人语速十分地慢,而且反应十分迟钝,但父亲反应很快、思路很清楚。这时父亲接着又说,我要等着你们兄弟回来,我有好多的事情要交待,活人不是那么简单的,如果你们回来了却什么也不会干,人家会指着我的后背骂先人的,再说我到了你妈那边也不好交待。你们耕不会耕,种不会种,五谷不分,四体不勤,只能被别人瞧不起。现在城市里不安全的因素太多了,城市越来越不适合人居住了。父亲来过一次,远远地看到城市被沙漠戈壁包围着,他说有一天我住的那个城市会变成沙漠的。在城市里,尤其是冬天,雪落下来就是黑的,连那些麻雀都黑不溜秋的,这样的空气能养人吗?街上车多的像蚂蚁一样,满街都是汽油味,他还说我们给他买了好多的保健品,那些对身体都是有害的啊!父亲有些忧心忡忡!我在家也看电视,看到你们喝的奶粉里有化肥呀!现在地里头都不上化肥了,前些年地里上化肥,得癌症的人越来越多,现在都不上化肥了,可现在你们城里竟然有人还往奶粉里加化肥!想当初你爷爷活了九十多岁,活到不想活的时候给我们打了个招呼就睡着了。现在你们吃火锅、吃辣椒酱、还让孩子吃什么洋垃圾,我从电视里看到报道了,说这些全是脏东西,都是有毒的,但为什么你们知道有害还是要吃呢?吃这些东西能像你爷爷那样安然地走吗?我听说你们那养的鸡不长毛,吃什么特殊饲料,有的长三条腿,三只翅膀……还有人长了巨大的瘤子,我一想到这些就感到紧张,担心等不到你们回来,担心你们想回的时候浑身没有力气。你们还是赶快回来吧,把我孙子一定要带回来!不能让我孙子受毒害。

父亲语气缓缓的,但有一种不可抗拒的力量,他说,你们回来我得给你们交待些事情。有好多事情你们得学会,你们要亲手掰一次高粱,割一趟麦子,要打一次连枷,赶一回牛车,种一亩西瓜,上树摘一回果子,在荒地里烧一次玉米棒子或洋芋,在家里宰一只鸡,在门前的枣树下剥一只羊。我得让我的孙子认识糜子、荞麦、菜籽、麻子、豆子、苜蓿、芨芨草、荨麻……等等杂粮以及草儿,认识许多庄稼与杂草、野花里的小虫子、野蜂,哪怕被草扎伤,被小虫子蜇咬,我都是高兴的。另外,你也得学会唱社火曲子,你们再不学唱,这些东西就从这个世上消失了,这些曲子纸上没有,孩子的音乐课本上没有,但这些都是祖辈口口相传的,我如果不传给你们,就是对祖先不肖啊!

我想象不到父亲突然变得这样健谈,似乎这些话是我逼出来的。如果我不是一而再,再而三地逼他来城里,他大概不会说这么多的。

父亲说,家里的背篓、席包、囤、箩、筐、笸、三条腿的圆凳、五斗橱、三屉桌子、高低柜等等生活用具与家具还都在,劳动用的铁锹、锄头、铧犁、磨盘、碾子、笼梢、斗、升子、铡刀、镰刀、架子车……你们都得会用,每当我看到这些擦拭得发亮的农具与家具,虽然有些老钝与陈旧,也许值不了几个钱,但你们不能什么东西都拿钱来衡量啊!我还是希望你们从我手上接过这些东西。还有你母亲经常做过的饭菜,细长面、搅团、糊糊、小米粥、豆腐、面筋……你们也得会做,我相信你们的胃还是适应这些食物的,胃是从小惯的,你们小时候爱吃的老了也爱吃,不要总认为山珍海味好吃,那不适合你们的胃啊!父亲说只有我们把这些

271

东西都会了，他才会放心地去，才会大大方方地去见我母亲、我的爷爷。父亲说他在房前屋后种了好多树，有花椒树，花椒树结花椒的时候不能让怀娃的女人动，这是你妈说的；他还种了杨槐树，槐花可以蒸馍吃的；他在地里还种了荞麦、糜子等杂粮，父亲说人是吃五谷杂粮的，酸甜苦辣都要尝尝，这样对身体有好处。他还种了些苜蓿，说可以养牛、驴、马、鸡、狗、猫……父亲说，到那时，当你们这茬人一齐回来时，村子里一定是五谷丰登、六畜兴旺的样子，这就是太平盛世啊！这是咱祖辈多少代的期望，我们以前一直无法实现这种念想，只好写成对联贴在门上，等到你们回来的时候，这个理想就都实现了。这是对先祖的最大的孝啊！娃呀！

电话那头的父亲突然呜呜地哭了起来，我听父亲这样说，心里头也难受了起来，我只好对父亲说，好的，好的！我想我同意父亲的意见，一定会使父亲感到安慰的。父亲听到我答应的声音，顿了一下又说，院子里有老鼠、树上有雀雀，只是现在很多年没见喜鹊了，房子的橡隙里它们的一些小雀雀的巢，尤其是燕子的巢你们一定不要乱动。另外檐前我挂满了红辣椒、院子里玉米架上有黄玉米棒子，也有黑玉米棒子；粮房里的囤里装满了小麦，还有一些杂粮，这些年我一直积攒着粮食，为的就是等你们回来，这些粮食是安全的，放心的。我听说你们吃的面粉里也有毒，这真是丧尽天良啊！谁还敢相信什么呢？回来吧！我把房子里里外外都收拾得整整齐齐、暖暖和和、干干净净，就等你们回来呢！村子再小，再穷也是你们的归宿啊！回来吧，回来在地里干活，让孩子在地里玩，你们成天对着电脑，这样下去四肢会萎缩的，你要写的那些密密麻麻的字，像梦中的胡话，它们不是世界的全部，再说人不能总被梦强迫着！

我对父亲说，好的，好的，我会尽快回来的，你安心养好身体。

父亲说，最近村子里接到了上面的命令，要将村子里原来的老宅子全部推平填掉，而且进行荒地平整。听到这个消息后，他们几个老汉商量,要挡住这个命令,他给村长说了几次,他担心上面来人会把村子搞得目面全非,如果这样的话,娃娃们就更不愿意回来了!村长说,邻村已经动作起来了,推土机的声音整天响在他的耳边,他也心烦。父亲说,邻村推得动了风水,死了好几个年轻人,都好端端地在半夜死了。村长听了也有些害怕,父亲说,丑子为了等儿子回来,想多开点荒地,被土打死了,人压成了肉饼,我们不能让丑子白死了,我们为了多争一分地,与邻村的老汉也干过架,我不能白与他们干了。村长说怕顶不住上头的命令。父亲说,无论娃娃们走了多久,村子里的山山水水,沟沟坎坎,每一棵树,每一条路,都记着他们,也等着他们呢!如果推掉了村子原来的模样,就意味着拒绝所有走出去的年轻人。有些孩子眼睛瞎了,但能闻到村子里的气息,如果推得到处是生土味,娃们回来也是不习惯的。村子里有些娃娃断了胳膊,瘸了腿,他们从小长在村子里,熟悉所有的路,如果这样平整一下,他们的手脚也是难以适应的。还有一些牲畜,不知能不能呆得住,如果硬要这样下去,有一天我们这个村子就不存在了。父亲竭力想说服村长,看似公心,其实他怀有私心的,他担心我们回去找不到过去村子里的样子,找不到小时候的感觉,怕回到村子里跟在另一个陌生的地方没有两样,从此我们兄弟永远地变成流浪者,永远地离开故土,像两只飘在空中的风筝一样孤苦无依……

父亲说完,似乎有些沮丧,猜得出他为这个命令而日夜难眠,他在半夜里坐在炕头一锅锅地吸旱烟就是为了这个,他盼我们回去已经有些心急如焚了。我边安慰父亲,边说我放下手头的工作就会尽快回去的,我怀疑父亲真的病了。父亲说,不要开车,昨天牛娃用打工挣的钱买了摩托车,骑着回来,没想到还没有骑到家,就被摩托车驮着飞下了悬崖!我一时不知该说什么话!开始有些吱吱唔唔,父亲听了我这样说就挂断了电话。

我不知该怎么办才好!也想象不出父亲心目中六畜兴旺、五谷丰登的太平盛世是个什么样子!只是觉得对不起父亲,对不起我们家的

273

那几亩地，我能感受得到，父亲千辛万苦养大我们，把我们送进城里头，他有些难过，有一种白养丁的感觉。可我确实是身不由己啊，我对不起自己的亲人，我没有能力完成老大的使命，没有能力让他们过得好一些。

挂掉电话良久，我的耳边还响着父亲的话：三十年河东，三十年河西……总有一天你们会回来的！

拜问雕像

武夫安

　　我来的时候这里已经是一座现代化的城市了，你来的时候这里是一望无际的黑戈壁，寸草不生，没有人烟。这是因为你来得比我早。我们俩在至今还在冒着黑油的山上相遇了。可是我们俩却相视无言，因为你是个雕塑，你是一个有着传奇色彩的人，而我是一个现代人，是一个匆匆的过客。

　　你的名字叫赛里木，你是在上个世纪初的 1912 年来到这里的，咱们相隔了一个世纪。你在这片天地上留下好几个版本的传说，但是每一个传说都很美丽。

　　传说你弹奏的都塔尔乐曲很迷人，在当地人听来那就是天籁之音，正是这曼妙的乐曲在一个叫阿依克孜的少女心里掀起了情窦初开的波澜。于是，无论是黄昏的胡杨林里，还是午后的戈壁滩上，只要有赛里木的都塔尔乐曲，就有一个姑娘深邃的目光和潮湿的心境随乐曲飞扬。

　　时间是夏天煎熬的太阳，岁月是冬天戈壁滩上的冷风。却没有阻断那浪漫故事情节的发展和延伸……

　　年轻力壮、英俊潇洒的赛里木和貌若天仙的阿依克孜把爱的音符演绎到美妙绝伦的境界。

然而,贫穷和陋习就像魔鬼城刮起的阴风,肆无忌惮地践踏着赛里木和阿依克孜情感的天空和草原。

　　当地有名的千户长,财大气粗,横行乡里。他看上了貌美如花的阿依克孜,强硬的逼婚让阿依克孜的家人屈服在了千户长的淫威之下。阿依克孜清澈如水的眼睛里蓄满了忧伤,赛里木的都塔尔也不再悠扬。

　　于是,赛里木决定带阿依克孜出走,古老的爱情故事在赛里木和阿依克孜身上演绎得淋漓尽致,悲情而浪漫。经过几天几夜的奔走,缺衣少食的赛里木和阿依克孜已经到了穷困潦倒的地步,美丽的阿依克孜高烧不退,生命危在旦夕。

　　天无绝人之路,在关键时刻,他们被一个好心的哈萨克牧民救起。憨厚淳朴的哈萨克牧民听了他们的爱情故事感动至深,被他们的执著勇敢打动。哈萨克牧民真诚地把他们留了下来,一起放牧,一起打猎,赛里木和哈萨克牧民亲如兄弟。

　　一次赛里木独自外出打猎迷失了方向,于是,他凭着感觉和记忆寻找回家的路。然而,当天快黑的时候,赛里木还是没有找到回家的路,最后,他想找一个较高的山岗来辨别回家的方向。当他来到了一座小山上时,他惊讶地发现,这座山上到处都是黑油泉在咕嘟咕嘟地喷涌着。

　　关于地下黑油的事,赛里木曾经在父辈人讲的故事里听说过,有黑油流淌的地方就是风水宝地。

　　赛里木决定在这里安家,他将妻子阿依克孜和哈萨克牧民兄弟也一起接了过来。赛里木开始了全新的生活,从此开始了他掏黑油卖钱的生涯。

　　在西域的历史上赛里木可能就是第一代"石油人"了。从此赛里木在这里一住就是四十多年。

　　现在的黑油山已经成为克拉玛依的一道风景线。

　　我和朋友伫立在黑油山上,脚下是喷涌的石油凝结成的沥青板结

276

块。心中有许多的感慨,一座小山包成了中国西部石油的记忆。不远处的克拉玛依市林立的高楼大厦不亚于沿海开放城市,而这座城市的根,抑或城市的血脉,就是这座黑油山。

优美的传说走进了历史,历史也同样印证着传说的影子。"小地名黑油山,距省城 680 里,昔发现油泉甚多,现存仅 9 泉……"这是著名的地质学家翁文灏在《中国矿产志略》中的详细描述。而见证这一历史的是新中国地质工程师张凯。1954 年春天,张凯与前苏联专家为新中国寻找石油来到了黑油山,当他见到在这里掏油为生的赛里木时,其震惊、感慨、激动的心情是后来人无法想象的。如今,在黑油山上,轮到我与站立成雕塑的赛里木相遇了。这是两个时代的相遇,两个世纪的相遇。

昌耀：独行在诗歌荒原的西部刀客

李东海

昌耀，是中国诗歌的奇迹。十三岁参军入伍，在朝鲜战场负伤。回国后，又涌向支援西部的潮流，来到了青海。后因两首心灵的诗歌而罹难入狱。他一生的执着，一生的热血，一生的艰辛，让人潸然泪下。在我还没出生的时候，他就写下大量优秀的诗歌；在我成为诗人时，他依然写着那么多的优秀诗歌；在我为他讴歌的时候，他已入土六年！

时光的脚步在我们辛酸的里程中总是走得太慢，而在我们快乐的生活中又总是走得太快！我为昌耀的艰辛，耿耿于心。十几年前在读他的诗歌的时候我心潮起伏。五十年前，他写下了《鹰·雪·牧人》：

鹰，鼓着铅色的风

从冰山的峰顶起飞

寒冷

自翼鼓上抖落

在灰白的雾霭

飞鹰消失，

大草原上裸臂的牧人

横身探出马刀，品尝了

278

初雪的滋味

1956.11.23

这是独立高山，仰望苍天的感觉；鹰的巨翅，冬的寒冷，横刀立马的牧人，让初雪显得苍凉而悲壮。在 20 世纪 50 年代，中国现代诗歌写出这样高傲不凡气质的实在不多。这是一首真正意义上的诗歌，在当时，也就艾青、牛汉、曾卓写出过这样的诗。这首诗的感觉，可能直接来源于昌耀自己的原形。那鹰，就是他自己，而且他用一生，完成了这一鹰的形象。

昌耀对于生活总是报以热情和真诚，而生活给予昌耀的却是苍凉和残酷。可昌耀从来没有愤愤不平地抱怨过生活。就像青海风马在他的《漫话昌耀》中说的：“当时，十三岁的昌耀拿了家中的一条毯和一支牙刷，开始了他的窘困之旅，那时的昌耀大概不会知道，一条荆棘密布，险象环生的诗歌道路正从他的脚下伸展出去，而源自朝鲜或大西北山地中的雪正在为他构筑陷阱。”

昌耀在青海大草原上尝到的初雪的滋味，是甜净的吗？

昌耀是一直用自己的文法和路数写诗的人。昌耀成功了。但他的成功不是靠离奇、炒作、闹炫和恶搞，而是让诗孜孜不倦地忠实自己和生活。所以他的诗，有自己的灵魂和思想。在青海高原，昌耀把飞鹰、牧人、高车，一遍遍地呼喊，这些形象已经内化成了昌耀的诗歌意象，在他的心头怦然跳动，他只是用笔把这些怦然心动的形象记录下来：

从地平线渐次隆起者

是青海的高车

从北斗星宫之侧悄然轧过者

是青海的高车

而从岁月间摇撼着远去者

仍然是青海的高车呀。

高车的青海于我是威武的巨人。

青海的高车于我是巨人之轶诗。

——《高车》

青海,高车!青海,高车!青海,高车!昌耀就这样不停地在呼喊着他命中的青海。青海,你听到了吗?"从地平线渐次隆起者/是青海的高车"吗?从岁月的遥感中远去的,是青海的高车吗?青海的高车是威武的巨人和巨人的轶诗吗?平淡的意象,平淡的结构,为什么会创造这样不平凡的诗歌意境呢?难道这不需要我们今天沉思吗?

在昌耀的心中,青海是那隆起的高山,高车是那永久的部族,而不是一个地理的区域,不是一个滚动的轮子。昌耀对青海的爱,是那种骨痛心热的爱,所以他的诗歌每每在触及青海的时候,总是高远、苍凉和惨烈的:

大漠落日,

是日神之揖别。

这片原野,马兰草的幽香里,

有他紫色的流苏。

无限慷慨。拱手相让——

天涯的独轮车只剩半轮金环了。

亚西亚大漠

一峰连夜兼程的骆驼。

——《驿途·落日在望》

有人说,昌耀是一个挑战的旅行者,步行在上帝的沙盘。我感到他像一个独行的侠客,在大漠落日,提着诗剑,看着落日的金环,想着马兰草和心上温暖的女人。

在我的心中,昌耀那特立独行的脚步,总是"咚咚,咚,咚咚,咚"地在西部回响。这时,我又想起风马的原话:"流浪与冒险,死亡与凯旋,孤寂与恋情,它们就这样将昌耀挟持而去,从而注定了一个悲剧的诞生,一个诗人的诞生。"风马是为昌耀动了真性情的。他还说:"昌耀是当代诗歌的一个象征,他与任何人都不能混淆"。

昌耀也这样感动过我。所以我说:昌耀所修炼的真身,是苦行五十年的果位,岂止是罗汉、菩萨?对于诗歌的苦行僧昌耀来说,我们显然是无法超越的。我们耐力不够,诚意不够!诗人周涛曾说"一个人一生只能做一件事情"。但诗歌这件事对昌耀来说,实在是有点太沉重了。因为他把诗歌看得比生命还重,这样诗歌就伤着他了。我们诗人如果能够坚守住今日文学的凄凉,能有昌耀的那一点点的真诚,那么文学明天的辉煌,将会是我们残阳如血的景观。

是的,在善恶的角力中
爱的繁衍与生殖
比死亡的戕残更古老、
更勇武百倍。
我,就是这样一部行动的情书。
我不理解遗忘。
我不理解麻木。
我不时展示状如兰花的五指
朝向空阔弹去——
触痛了的是回声。
……

——《慈航·爱与死》

《慈航》是昌耀的一组长诗,也是他在苦难岁月结束后 1980 年写的一部力作。在诗中,昌耀对历史的反思和批判,强烈而节制。诗人向空阔的天空弹出的兰花指触痛历史了吗?昌耀在思考生与死的轮回,思考比死亡的戕害更古老勇武百倍的爱。在春回大地的时候,昌耀也感到爱的温暖了,因此他把长诗命名为《慈航》。

而他——
摘掉荆冠

从荒原踏来

走向每一面帐幕。

他忘不了那雪山,那香炉,那孔雀翎。

他已属于那一片天空。

他已属于那一方热土。

他应是那里的一个没有王笏的侍臣?

　　——《慈航·极乐界》

《慈航》的终极目标是人生境界的一种大悟:他从荒原走来,不要王冠,不要王笏,有一片天空和热土,有雪山、香炉和孔雀就行。昌耀是智者,昌耀一生都没走错过路,而是我们国度错误的路扭曲了他狭小的路,才让他一生走得艰辛而痛苦。我不停地咀嚼昌耀,是因为在中国当代诗坛,昌耀是用自己的语言风格和思想火光,道破天象,照亮荒原仅有的那么几个诗人之一。

昌耀还写下过长诗《划呀,划呀,父亲们!》,这是对改革者的颂歌,是对中国的希望,诗人看到了这种希望。

据我所知,在中国诗坛像他这样特立独行,在政治和艺术上,从不屈从于任何制度和个人的,没有几个。昌耀传奇的诗歌孤旅,似穿越大漠的西风。但他照亮了我们诗歌的黑夜。昌耀的诗歌和人格,让我振奋和敬慕。我们已无归去的路,我们走上了诗歌之路,就走上了一条艰辛的人生之路。

昌耀像一个独行在青海高原上的西部刀客:孤傲,清贫,勇敢,特立独行。对不义不公,他总是拔剑前行。

马在《马影远去》的遐想里兀立

王　峰

一

　　马影远去的时候,与《马影远去》为伴,于之前之后寻找马,于之间思考马。

　　马,是地球上的高级动物,就像人在人的位置上是高级的一样。

　　马,在法国自然科学家布封的《自然史》中显美:"在所有的动物中间,马是身材高大而身体各部分又配合得最匀称、最优美的;因为,如果我们拿它和比它高一级或低一级的动物相比,就发现驴子长得太丑,狮子头太大,牛腿太细太短,和它那粗大的身躯不相称,骆驼是畸形的,而最大的动物,如犀牛、如象,都可以说只是些未形成的肉团。"

　　马,动物之美;美是和谐;马的美预示着大地上千变万化的事物和谐,暗合着世界上千头万绪的事物联系;马使生活姹紫嫣红,光怪陆离。

　　马,适应所有的事物:山因为马而矗立,河因为马而奔腾,坡地因为马而凸凹,草原因为马而辽阔,人类因为马而驰骋;所有事物仿佛为了顺服马。

　　马,令空间变得立体:逻辑的方向和思维的方向打破了二维空间,向多维度和无限度扩展。

二

　　一个部族的牧民看着马群渐远渐去。

　　胡玛尔看着马群渐远渐去。

　　巴音查汉看着马群渐远渐去。

　　布罗斯基看着马群渐远渐去。

　　一个牧民看着渐远渐去的马群,直到马群虚无成被草尖顶起的光团,斑斓跳闪,从地平线上消失。他追影而去,他的瞳孔里辉映着鳞次栉比的高楼大厦,还有持续不断仰卧起坐的采油树。这是一座草原、石油和贸易混合的城市。马背是高榻,悠然自得。一层薄薄的金钱将马鞍与马背隔开,使他在马背上摇摇欲坠。他终于落马,喝尽酒囊里的酒,迷津于草与城的接合部,他不但闻到了滚滚的肉香、奶香和酒香,也看到了阔佬富姐携带声色犬马地招摇过市。他翘望草原,垂询城市,嗅着石油的气味踏上了城市大地。

　　把他彻底与马背与草原分离的就是这片深厚的、高耗的、硬化的大地,他成为这个草原城市的市民,坐在酒店喝酒。在皮草的气息与石油的气息交混的时代,他来到草原,站在自己的卧车跟前:望雪山飞瀑镜湖流霞、看长风扬鬃骏马奔驰、品酒肉之美茶奶之香、听牧歌豪迈琴声悠扬,而后捶胸顿足、歌哭笑骂,灵肉就与草原交叠在一起,难分难解。

　　如果马的双肋能长出翅膀,还要飞机干吗? 如果马的左右能长出水鳍,还要航船干吗? 石油工业和游牧草原的理论分歧在此。石油工业是现代文明;游牧草原是古代文明。石油工业和游牧草原的具体实践在于通过牧民定居而失去马却利用机器。定居是石油工业的必然产业。定居的结果在于《马影远去》和失去马:"有马,人与人就有地理距离,无马是因为已经没有地理距离。"有地理距离就有感性的牵挂,没有

284

地理距离就有理性的对峙。定居的结果在于得到摩托车和汽车；车使距离更加短，车使故乡更加遥远；牧民减少感性，增强理性。牧民定居是对石油工业的顺服，也是对现代文明的理性支持；游牧草原是对石油工业的对峙，也是感性世界的最后彷徨。

马的响鼻和马舌的舔舐令他惊醒？马的蹄声和马尾的擦刷使他振奋？

三

马蹄甩出的泥片和草籽，落地生根，碧接天涯。

马蹄甩出的露珠和花瓣，五光十色，漫天飞舞。

马的微笑使草原激荡。

马的瞳孔里闪烁着"镜像"：他的过去、现在和未来。

马的行为使他敏感、警觉和怯弱，过去、现在和未来都一样：所以才可以领悟到马影远去和《马影远去》的忧患；马的失去，是趋势。

马，无翼而飞？马存在于空气与风，马存在于生老病死，马存在于天灾狼祸；马是仙怪，腾空天堂，趟踩地狱；马在"60后"、"70后"的眼里，是一个时代时隐时现的闪电光弧。马在画家姚迪雄的画中，是回乡的游子，他生于伊犁，青年时代定居澳大利亚，晚年时远涉重洋回到新疆，在天池冰封的池面开卷画马，适逢雪霁快晴，阳光喷薄，傲立长啸的马，跃然天山。马在周涛的《过河》里，是熠熠闪光的博格达雪峰，是精神印证。真实的马，插翅难飞：在成吉思汗时代，饮马血、食马肉、佩马靴是贵族和英雄的特权，非常人所能。马业是石油工业利用马的身体为目的的工业，马皮、马肉、马血、马骨和马脂成为深加工的原料，美誉为造福人类。马术是人利用马的智慧胁迫马完成的全能技术，是人的全能通过马实现的荣誉和财富，马的身价超过了亿元，持马者的身价又是多少？电影《青松岭》里"富农分子钱广"驾驭马车，马就陷入资本主

285

义的泥潭,而"贫下中农东山大叔"扬鞭催马,马就沿着社会主义道路奔前方,马何去何从?

四

元物质、物质和次物质的转换关系,是草原和人和羊的存在关系,终归是动植物的存在关系——如果用曲线连接:马（或羊）吃草,人吃马（或羊）,草吃人;马（或羊）吃人,人吃草,草吃马（或羊）;如果用直线连接:马（或羊）吃马（或羊）,草吃草,人吃人;或者一部分马（或羊）吃掉另一部分马（或羊）,一部分草吃掉另一部分草,一部分人吃掉另一部分人。草和人和马（或羊）,不断地成为元物质、物质和次物质,不断地转换各自关系的格局,它形成一条自然关系链,是生存链,是生命链。

牧民需要草权:牧民所有的运动都围绕静止的草,他们迁徙转场、牲畜交易和传宗接代,都是为了获得草;草负责牛肥羊壮马欢、负责人丁兴旺和安家定邦,也负责改朝换代。农民需要土权:农民以土造田,巩固粮食产量增加人丁数量;以土构城,建立国家稳定政治;田和城,稳固了社会秩序,发展了经济,开创了文化。它们形成的是一条社会关系链,是权益链,是文明链。

马,确立了生命、民族和国家的存亡。

马,踏文明;马,立文明。

五

假如能将"海洋生物进化学"的原理进行到底,那么,可知世界上的所有生物都诞生于海洋,并依次按照大陆架（和海拔）,向平原、丘陵、草原和山地繁衍、分流、进化。海洋是所有生命的摇篮。如果生物进化到达极端程度,它们会退回海洋,重新组合能量,依然按照大陆架（和海拔），向平原、丘陵、草原和山地进行第 N 轮的繁衍、分流、进化。

人与马隶属海洋进化的过程和结果；海洋消化了人与马，也按新一轮的进化标准进化了人与马。

就像牧民需要草权、农民需要土权一样，渔民需要海权。

人中的"渔民"是全面的"人民"，他以大陆架为攻守的营盘，进退两便：既可以是扩张陆地的农民，也可以是占据草原的牧民，还可以是席卷海洋的渔民。获得海权的渔民是人类回归大海的先锋，他负责将生命回归到海洋。当地球往返的周期到达它的混沌时代，陆地沉降海中，海面崛起诺亚方舟的生活图景，不久人类埋入海洋，进化为海族而后生。在钢蓝色的海水中（抑或在蔚蓝色的梦幻中），原形毕露的马，和着海浪澎湃的节奏，与人共同畅游、翻转、滑翔，永不分离；马将在海洋中等待下一轮的进化，伺机上岸，成为驰骋的英雄。

生命从哪里来？生命从海洋里来。

生命要到哪里去？生命最终要到海洋里去。

六

马，如果在《马语者》里宣读了马对世界伦理学的贡献，那么，在《马影远去》里是对马笼头、马鞍、马镫、马鞭、马掌、马刀和马骨架建立的手术室。

马，在《马影远去》之前，是"马琥珀"，琥珀是真空里的骨肉相连。

马，在《马影远去》之后，是"马化石"，化石是腐朽到石头里而成为石头的骨骼。

马，在《马影远去》之间是当代马文化的博物馆。

在生长枸杞的土地上

陈晓波

"陟彼北山,言采其杞。"(摘自《诗经·小雅·杕杜》)

——题记

我幸运地生活在一片生长枸杞的土地上,在很长的一段时期和枸杞有过肌肤之亲。这种肌肤之亲为我的身体注入了血性,也滋养着我对这片乡土的感情。

其实,在我与枸杞相遇之前,它们已经存在很久了,我对于它们来说只不过是无数匆匆过客中的一个。它们生长在自己的诗意里,变成了历史和文化。所有路过的人都被它们惠泽,继续演绎着永远也发生不完的故事。

诗意的枸杞

我曾经把出生在农村看成是一种很无奈的宿命。从记事起,农田里所有的活儿我都干过,在劳动中长大。

"吃大锅饭"那会儿,我还小。那时干的农活还不太重,也不复杂,也就是薅猪草、放牛羊、拾麦穗什么的，常常在玩耍时就把活干了。包产到户后，我已经长成了一个半大的劳动力了。这时，人们不只是种植小麦、玉米等农事相对简单的庄稼，而开始尝试种植能来钱的经济作物了。不久，周围所有的承包地里不约而同地长出了枸杞。从此，过去那种比较闲适的农耕生活就一去不复返了。人们不再是听到生产队的钟声出工、收工。而是闻鸡鸣而下地，披星戴月归来。包产到户把父母们劳动积极性充分调动起来了，这种劳动积极性不仅仅表现在他们自己以身作则起早贪黑地干活中，更体现在他们对家庭劳动力的组织和安排上，最大限度地带领一家老小投入到发家致富热潮中。

不久，枸杞被我们的汗水催红了。枸杞采摘下来，就是钱，就是富裕的生活。这个简单的道理谁都明白。但采摘枸杞的辛劳却把我对农活的忍耐性考验到了极限。当我常常在40度高温的枸杞地里，弓着被似火的骄阳晒得褪去几层皮后变得乌黑的脊背采摘枸杞时，我有些怨恨这红得没完没了的小果实了。闷热难耐时，甚至不怀好意地盼望一场突如其来的冰雹，把这磨人的东西砸个稀烂。

虽然得益于枸杞的收入，家里很快就盖了新的砖瓦房，添置了电视机、收录机等在当时最现代化的家用电器，连我们穿的衣服也光鲜了，但我却对枸杞没有一丝好感，只想躲在阴凉处好好念书，尽快逃脱这炼狱般的枸杞地。

终于，在熬过了一个枸杞红透的夏季后，我接到了大学录取通知书。临行的那一天，母亲正在院子里晾晒新采下来的枸杞，当父亲把卖枸杞的钱作为学费交到我手上时，我不禁动容了，在对不辞辛劳养育我的父母感激的同时，也对换取了我学资的枸杞有了一点感恩的情愫。

或许是因为在枸杞地里受煎熬的时间太久、感触太深刻了。离开家乡后不久，我对父母、对家乡的思念之情竟常常伴随着那赤日蒸腾和晚风摇曳的枸杞地里的情景。思念让我忘却了在枸杞地里所吃的苦头，却咀嚼出了枸杞甜丝丝并带有田野清香的味道，第一次对这红滴滴的果实产生了一丝怜爱。原来,这曾让我苦不堪言的枸杞已在不知不觉中潜入到我的心底,裹挟在乡情、亲情里了。人的感情很奇妙,生活中再苦再累的事情也能发酵出诗情画意,验证它们的是时间。

在城里念书,只半年工夫,我就从一名采摘枸杞的"黑小子"变成了白面书生。在一堂古代文学课上,老师讲解《诗经》,当他讲到《小雅·杕杜》时,我举手问老师:"诗中'陟彼北山,言采其杞',这个"杞"就是今天的枸杞吗?"得到老师的肯定后,我有点自豪地说:"我的家乡精河县就盛产枸杞,我还种过枸杞呢!"许多城里的同学都笑了,老师没有笑,他乘机借枸杞这个话题引伸开来,把这堂课讲得非常生动。他说《诗经》凡305篇里,有7篇提到过枸杞。这些诗篇把枸杞与贤明的君子、忠贞的爱情、美好的情感等精神向往紧密联系起来,任意比兴,纵情歌咏,生动感人。除了枸杞,《诗经》里写到的植物有130多种,《诗经》简直就是一个植物王国,这些植物在诗中虽然大都是用作比兴之物,但充分揭示了先人与自然永恒的缠绵,许多浪漫而动人的故事就发生于乡野民间,发生在与生活最直接的劳动中。一方水土养育一方人,也养育了一方文化,我们民族灿烂辉煌的文化就是这样起源的。

听了老师一席话,课后我认真研读了《诗经》中写到枸杞的这7篇诗文。那原本读起来晦涩难懂的诗句带着两千多年前优美的意境穿越了时空,渗入我的心里,是那么亲切可人,让我感到与先人们的距离并不遥远,他们的情感似乎也在我的心灵中延续呢!

"桃李不言,下自成蹊"。大凡世间美好的事物总会形成良好的口碑,入得诗画。枸杞的珍贵,体现在它与人的生活质量的关联上,人们很早就知道枸杞全身自上而下都是滋补养人的上品。从刀耕火种到进入现代文明,人们在生存和发展中,从来没有放弃对美好生活的向往与追求,始终是把健康和长寿摆在第一位的,而枸杞的特性正好遂了人们的心愿,所以将枸杞冠了一个很别致的名字:"却老子"。明代医圣李时珍在《本草纲目》中说:"春采枸杞叶,名天精草;夏采花,名长生草;秋采子,名枸杞子;冬采根,名地骨皮。枸杞使气可充,血可补,阳可生,阴可长,火可降,风可祛,有十全之妙用焉"。因此,自古就被誉为生命之树的枸杞,以神奇的药力和保健功能,不卑不亢地普济着众生。我们这个热爱生活、懂得浪漫的民族怎能不将它融入文化中呢?

从《诗经》朝前追溯,在甲骨文中可找到枸杞的踪迹。甲骨卜辞中的"杞"字,就是枸杞,先人以杞树作为植物图腾,正是源于对人的生命具有神奇作用的枸杞的崇拜。以至以后还演变为姓氏、地名、国名。在记述中国古代神话、地理、物产、巫术、宗教、古史、医药、民俗、民族等方面内容的《山海经》中也多处记载了枸杞。

从《诗经》往后探寻,在唐诗宋词里也有众多名家的溢美之词:唐代诗人孟郊写过《井上枸杞架》:"深锁银泉甃,高叶架云空。不与凡木井,自将仙盖同。影疏千点月,声细万条风。进子邻沟处,飘香客位中。"诗文兼擅,被白居易称为诗豪的刘禹锡,也写过一首《枸杞井》:"僧房药树依寒井,井有香泉树有灵。翠黛叶生笼石甃,殷红子熟照铜瓶。枝繁本是仙人仗,根老新成瑞犬形。上品功能甘露味,还知一勺可延龄。"这两首诗都是源于古人深知枸杞的药用价值,有意把枸杞种植在井边,以期望健康长寿的习俗。

特别是北宋大文豪苏东坡生平得益枸杞养生健体的种种好处,曾写了四首咏赞枸杞养生益寿的诗篇,传于后世。他还在庭院中种植枸杞,自己服食及宴请宾客,有诗《小圃枸杞》为证:"根茎与花实,收拾无弃物。大将玄吾鬓,小则饷吾客。"想来他那光耀千秋之著述,也未尝不是得助于枸杞的灵性妙用,方能文思涌动,流光溢彩。

在唐宋时代,人们还将枸杞和菊花组合在一起,象征着吉祥。唐代诗人陆龟蒙在家前屋后广种枸杞与菊花,一为观赏,二作食养,曾写下一篇清新隽秀的《杞菊赋》,称赞道:"惟杞惟菊,偕寒互绿。"

此外,黄庭坚、杨万里等诗家词人也都留下了写枸杞的墨宝。

受到中国古代文化的熏陶后,我才发觉,自己曾经是多么奢侈啊!

守着一方诗意的田园,采摘着浸透了几千年的文化的果实。不禁对自己在采摘枸杞时所怀的怨毒之意而深感愧疚。

为了忏悔当年对枸杞的亵渎,也为了深入探寻那几千年红在枸杞里的文化底蕴,我每年都要回乡下参加与枸杞相关的劳动。现在家乡枸杞的种植面积扩大了,产量品质也在不断提高,父老乡亲们依然像从前那样顶着烈日采摘枸杞。他们已经从枸杞中收获到了富足幸福的生活,也让世上更多的人维护了生命,改善了生活的质量。而我却在这充满诗意的枸杞里享受到了文学创作的快乐,近几年来,写了上万字与枸杞相关的诗文,发表在各类报刊上。

稼穑之苦曾使我一度离弃了生长枸杞的乡土,文学的引力又重新把我拉了回来。先前,我在乡下种植枸杞时,从不吃枸杞,种枸杞的劳动已经强健了我的身体。而现在,我在城里做了文化人,为了不让自己用羸弱的身体去写苍白的文字,开始吃一点枸杞了,我吃的枸杞都是自己自返回乡间采摘的,从身体到文字都补充了营养。

其实,我从来就没有丢失这片生长枸杞的乡土,它就在我的骨子里,它本来就是我的源泉 。

吉祥的枸杞

曾经看过一期中央电视台的《鉴宝》节目。节目中,有人拿出一幅近代书画大师吴昌硕的《杞菊延年图》请专家鉴定,专家们一致给出了不菲的价格。具体多少钱,我记不得了,但我对画的内容产生了极大的兴趣,画面上金菊绽放,枸杞枝蔓蟠屈,求神似而不求其形的中国画艺术特点跃然纸上。原来,枸杞和菊花相配,含延年长寿之意。

吉利喜庆、安乐祥和、健康长寿是中华民族千百年来永恒不变的追求和向往。无论是帝王将相还是平民百姓,无不祈盼自己能够“长命百岁”、“寿比南山”。在中国民俗文化中,有许多植物被人们赋予吉祥的寓意,其中有花草有树木也有果实,它们多以组合图案构成吉祥意义。枸杞就是中华民俗文化八大吉祥植物之一,枸杞的传说神奇迷人,一说远古时期王母用七粒红耳坠变成枸杞树;又一说释迦牟尼在牛首山传经时佛指变化为枸杞树,为人间医病抗疫。

除了吴昌硕,清代画家刘德六、近现代画家金梦石、齐白石、陈半丁、钱松岩、朱文侯、谭少云、陶瓷美术家刘雨岑等众多艺术家们都留下过"杞菊延年图"墨宝。此外,杞菊与起居同音,即起居延年的意思,杞菊延年也常作为向长者祝贺寿辰的吉祥颂语。

枸杞和菊花这两种植物,我都很熟悉。枸杞生长在乡下父母的田园里,菊花养在城里我家的阳台上。这两种吉祥之物切实给我带来吉祥健康的生活。过去,我由于长时间坐在电脑前从事写作,常常饱受眼睛疲劳之苦,严重时眼球布满血丝,变得"老眼昏花",后来我从一位中医朋友那里讨到喝枸杞菊花茶的方子,治疗眼睛疲劳的症状很有效。每每坐到电脑前时,先将枸杞和杭白菊泡在茶杯里,滚烫的开水冲进茶杯,菊花绽开了,枸杞盈润了,一杯菊花枸杞茶,还原了大自然的鲜艳色彩,让人赏心悦目,心情也开朗了。

自古以来,在我们中国人的审美意识里,红色是最吉祥的颜色。过节过年,要张贴大红对联;男婚女嫁要披红挂彩;生了孩子要送红喜蛋;开张奠基,要剪红绸缎。甚至,一个高寿的老人仙逝了,他(她)的孙辈们披麻戴孝中都要带着红。总之,在中国一切与喜庆、吉祥有关的活动,都离不开红色。在所有吉祥寓意的植物中,枸杞是表里如一的。

在我的家乡精河县,枸杞被称作"红色产业"。从上个世纪九十年代初期,家乡的枸杞就在种植面积、总产量、出口量和有效营养含量四方面雄踞前列。家乡的枸杞素有"红玛瑙"之称,干果以其果实鲜红、粒大饱满、皮薄肉厚、含糖丰富和药用价值高等显著特点,远销日本、欧美、东南亚各国和港、澳、台地区,赢得了"精河枸杞甲天下"的美誉。每年从盛夏到暮秋,枸杞红透了家乡的田野,那万亩溢香的枸杞田园,就像一幅铺开的万米画卷,蓝天、白云与成片的枸杞树相映成辉,鲜红的枸杞像一颗颗红色的宝石挂满了枝头,家家户户的院子里晾满了枸杞,整个院落,屋顶也是通红一片。这红的海洋,红的世界,昭示着火红的事业,红红的祝福。

吉祥的枸杞给家乡人民带来了吉祥富裕的生活,通过种植枸杞,家乡的父老乡亲近年来生活水平得到了极大改善。自 2006 年以来全县有 5000 余户农牧民住进了新建的抗震房,这些新建的抗震安居房大都在 100 平方米以上,其设计结构、装修不亚于城里的住宅楼,就连暖气、卫生间、抽水马桶也设计在内,成为新农村建设的一大亮点。手机、电脑、数码摄像机、照相机如今在农牧区已不再是什么稀罕物了。田间地头停放的摩托车、农用机车你可能见惯了,但如果你哪天看到还停着小轿车,也不必惊奇,它的主人此刻就在地里采摘枸杞呢!

随着现代农业生产的高速发展,我们捧了几千年的饭碗开始丰盈了,但里面也被添加了化肥、生长激素、农药等不吉祥的东西。向往吉祥、健康生活的人们最关注最青睐的就是绿色农业、生态农业的发展。而我的家乡在发展枸杞这个红色产业中,又把枸杞吉祥的另一面展现了出来:2001 年 9 月,精河县被批准为国家级枸杞农业标准化示范区,《精河县无公害枸杞栽培技术规程》被批准成为地方农业生产标准;"精河枸杞"被认定为"新疆农业名牌产品";2002 年 3 月,精河县生产的"寿国"牌枸杞被中国经济林协会认定为中国名优经济林产品,同年,精河枸杞荣获国家原产地证明商标,成为精河枸杞产业发展史上的一个新的里程碑;2003 年,精河枸杞的发源地托里乡 5000 亩枸杞示范园顺利通过自治区"无公害农产品生产基地"资格认证,其示范园生产出的枸杞也通过了无公害农产品认证;精河县国家级枸杞农业标准化示范项目也顺利通过国家质量监督总局的验收,现已在全县全面推广。

吉祥的颜色、吉祥的内涵、吉祥的产业,家乡的枸杞将给更多的人们带来吉祥的生活。

春采枸杞头

很喜欢听《北国之春》这首歌,但一直对歌词里"城里不知季节已变换"这句话闹不明白。在城里生活久了,才发觉城里人对季节变换的确没有乡下人那么敏感。第一场秋霜、第一抹春绿肯定是最先被乡下人看到的,因为他们最贴近自然。

周末一大早,母亲打来电话叫我回乡下去采枸杞头。到了枸杞地,我才发觉春天真的来了,枸杞树最先把春的绿意带进了我的视野。

家乡虽然种植枸杞很多年了,但并没有人去食用枸杞的嫩芽,我比乡亲们多读了几本书,知道了枸杞的嫩芽就是"枸杞头",是一种很有文化气息的乡野菜,便"附庸风雅",也想采食枸杞头了。当我头一次告诉母亲要吃枸杞的嫩芽时,她很诧异:"现在又不闹饥荒,那东西有什么好吃的?"我便给她讲了一大通吃枸杞头的典故。母亲没有文化,但她很尊重文化,虽然听得一头雾水,但还是按我说的做了:采来鲜嫩的枸杞芽洗净后,放进烧开的盐汤里焯熟后捞出,淋点麻油,再佐以酱油、醋、葱花、辣椒。这样,一盘清香爽口的小菜就做成了。母亲一尝味道果然不错,便说:枸杞子本来就是大补的东西,相信它的嫩叶也不会对人有害的。母亲这种朴素的论断固然很可笑,但从此,每年春天我都能在母亲那里吃到鲜嫩的枸杞头了。

其实,我是读了汪曾祺先生的散文集《人间草木》后,才萌生了采食枸杞头的想法的。汪曾祺先生是我推崇备至的文化大师。生活中的寻常小食一经汪老的点睛之笔,无不令人垂涎,让人感慨中国美食文化的博大精深。世人皆爱美食,而懂美食、食出心得却难。而汪老深谙个中三味,在他的笔下,食不再是寻常的果腹,而是一种文化,一种境界。最令人难以释怀的,当数书中一篇回忆他故乡美食的文章《故乡的野菜》,他在此文中写枸杞头,不啻色香味俱全地写,更是写出了诗意、道出了乡情："卖枸杞头的多是附近村郭的女孩子,声音很脆,极能传远:"卖枸杞头来!"枸杞头放在一个竹篮子里,一种长圆形的竹篮,叫做元宝篮子。枸杞头带着雨水,女孩子的声音也带着雨水。读到这段文字,不由得让人感受到陆游的诗:"小楼一夜听春雨,深巷明朝卖杏花"里的优美意境。

我回乡间采枸杞头,就是为着采其春意。枸杞萌芽时,残冬还在作最后的挣扎,远方的树木仍旧裸露着枯槁的肢体,畏缩在冬的残梦里。而在枸杞树虬然的枝条上,一簇簇新绿已悄然炸开。一个芽苞从襁褓中剥离,就立刻分化出四、五片叶子,在不经意间颇有规矩的依次延枝排开,各就各位。老枝低垂,新蔓丛生,一扫清冷空寂的苍凉,把生命的活力释放在乍暖还寒的早春里。

一般结果实的树木在春天都是先开花,再长出新叶,先把生命中最美的一瞬绽放出来。而枸杞必须是先要萌发出绿芽来,待绿芽长成新的枝条后再开花结果。枸杞头含有肌甙、谷氨酸、门冬氨酸、精氨酸等,营养成分十分丰富。唐代医学家孟诜所著《食疗本草》中记载枸杞头有坚筋耐老、除风、补益筋骨和去虚劳等作用。民间常用枸杞头来治疗阴虚内热、咽干喉痛、肝火上扬、头晕目糊、低热等。枸杞是一种很实在的东西,它从生命的一开始,奉献给人们的就是一种美味、一种补养、一种境界。

新疆的春天很短暂,几乎没有什么过渡,就进入了夏季。采了头茬枸杞头后不久,一朵朵淡紫色的玲珑小花儿,便漫不经心地散布在枝叶间,既错落有致,又疏密得当,似繁星初绽,大方地亮出婀娜的身姿。微风习习,千枝万叶涌起层层碧波,花儿在绿茵上行舟,在柔波里会心的微笑。笑容在最灿烂的刹那间凝固了,缤纷的落英里已探出一个个莹洁如翡翠的青果,和枝叶浑然一色,可谓是暗藏生机。哪天会突然发现,树上仿佛在一夜之间挂满了玉坠子,晶莹剔透、流光异彩。却又比真的玉坠儿,多了几分鲜活,几分生气,几分灵动。这一切都源自一只小小的嫩芽,它们勃发出富丽、高雅、热烈而又充满生命的激情。

科技和信息化时代将世间美好的事物发掘和传播了出来,走进人们的生活中。近年来,精河县天杞科技开发公司投资 500 万元完成了枸杞叶茶研发和深加工项目。将枸杞头、嫩叶制成可消暑解渴、清热解毒、明目安神、改善睡眠、润肤驻颜、增强人体免疫力的茶叶,并获得了国家专利。家乡的枸杞头把春天味道、春天的活力奉献给了更多的人。

血性的枸杞

我所在的农场有人开始种植枸杞的时候,我刚刚读初中。有天放学后,和几个同学路过一片枸杞地,看见枸杞树上挂着红艳艳的果实,令人垂涎欲滴。忍不住偷摘了几粒"禁果",一尝,甜丝丝的,便不管三七二十一,把枸杞当成水果,吃了个痛快。直到被主人发现,来轰赶我们,才惊慌逃散。

回到家里后,便觉浑身燥热、口鼻发干,不久竟流出了鼻血。母亲吓坏了,一问才知道我吃了很多枸杞。她赶紧找来几味败火的草药给我煎服了,这才消除了症状。大人们告诫我们说:枸杞是一味补药,性很烈,千万不能多吃。第一次接触枸杞子,我感到了它的血性。

没有多久,我家和大多数人家一样,也种植了枸杞,使我更加深刻地体验到了枸杞的血性。枸杞的生命力很顽强,既能在盐碱地、沙包里长得枝繁叶茂,也能在戈壁滩的石砾中落地生根;枸杞的繁育能力非常旺盛,既能用扦插繁殖,也能用种子育苗,它的根须很发达,露出地面便生出一窝幼苗,这些幼苗第二年就能异地栽种。成活的枸杞苗当年就能开花结果,三年后就进入了盛果期,盛果期长达 15 年以上。

种植枸杞不仅鼓起了乡亲们的腰包,还绿化了家乡的荒漠的土地,壮大了"三北"防护林建设体系,对当地防风固沙、调节气候、改善生态环境发挥了极其重要的作用,为新疆天山北坡经济带提供了生态屏障。

近年来,家乡积极响应国家退耕还林还草政策,向沙漠、戈壁要良田、要效益,在开荒地块、中低产田大面积推广枸杞。过去的不毛之地,变成了郁郁葱葱,硕果累累的枸杞林。枸杞和荒漠卫士胡杨、梭梭、红柳一样都是有血性的汉子,用绿色的肩背抵抗着干旱和风沙。

种植枸杞,最繁重的劳动是采摘枸杞。我曾经非常恐惧采摘枸杞这种活儿。在我干过的所有收获性劳动中,摘枸杞子是最磨人的,它的采摘期太漫长了,漫长得让人觉得没有尽头。每年端午节过后,随着炎热的夏季到来,枸杞便开始红了。红起来便一发而不可收,一直要红到入冬后下第一场雪。在这期间,除了采摘枸杞,其他所有的农活都变成了附带的。枸杞长在树上,那是你的血汗,采摘下来就是你的财富。一棵大的枸杞树上结的果实有成千上万粒,没有任何可以借助的机械、器具,只能用手一粒一粒采下来。采摘它们不像掰玉米、摘瓜果那样,很快就能看到堆得像小山一样的战果。一个双手灵巧的成年人起早贪黑一天,最多也只能采摘几十公斤,采摘时,手指既要快又要轻,稍用力就会挤破它们,晾干后颜色发黑,卖不出好价钱。从能晒得你冒油的酷暑到冷得让你手指僵硬的深秋,枸杞就一直红在树上,对你是一种诱惑,更是一种考验。

仿佛凝聚了太阳的火力,枸杞才能充盈着血性。它们有意要和人们作对,天气越是干热,它们生长得越旺盛。进入三伏,新疆典型的北温带大陆性干旱气候把干热天气发挥到了极致。枸杞地里密不透风,正午气温常常在 40℃ 以上。而越是这个季节,枸杞的产量越高、品质越好。每一个枝条上都是一边开着花,一边结着青果,一边挂着红熟的果实,一茬接一茬,不给人喘息的时间。红透的果实如不及时采摘下来,几天就发黑、变质、脱落了。除了抓紧时间采摘,你别无选择。

只要家里种植了枸杞,全家老少都逃避不了在枸杞地里的煎熬。在采摘枸杞的大忙季节,常常是一家老少齐上阵,三代人同在一块地里采摘枸杞。一户人家种植的枸杞只要在三、五亩以上,即使家里的劳动力再多,即使再起早贪黑,也无法及时采摘完,常常要雇佣外来打工者,采用人海战术来对付多得像海洋一般的枸杞。雇佣的外来打工者多为女子,女子也最受雇主的欢迎,因为她们采摘枸杞比男子更细心、更有耐性。

每天清晨进了枸杞地,人们就盼望天边飘来一朵云,遮住毒辣的太阳,但又怕阴雨天气,影响枸杞的产量、品质。这种矛盾的心理颇似白居易《卖炭翁》里的诗句:"心忧炭贱愿天寒。"痛并快乐着,父老乡亲们把美好生活的希望寄托在这红了一茬又一茬的枸杞上。

新鲜的枸杞很娇嫩,用手指轻轻一捏,就能将其揉碎。它像一滴滴奔流在我们血管里鲜红的血液,在火热的季节结晶成植物王国里的精灵。它不仅吸收了天地之精华,更凝聚了种植者的汗血、精气,才这般有血性,它可以为羸弱的躯体补气添精,它可以让昏花的眼睛变得清明。

年复一年,家乡的父老乡亲将这般用汗血凝成的红珠奉献给世界,为千万人健体强身。但他们却舍不得吃自己种植的枸杞。他们在与枸杞亲密接触中,苦其心志、劳其筋骨,躯体里注入了比枸杞本身更强的血性,这种血性增强了他们的忍耐性、强健了他们的肌体;他们正是用这充满血性的劳动走向了富裕,迈进了小康。这种血性是一种生命的活力、一种坚韧不拔、吃苦耐劳的精神。

枸杞姻缘

20年多前一个火热的夏季,高考落榜在家务农已经两年的表哥,从故乡贫瘠的泥土里很失望地拔出脚,背着亲人们期待的目光,把故乡的明月打入行囊,在滚滚西行的列车上一路抛撒着思念,只身来到了新疆谋生。

到了精河县境内,表哥就被田野里一片片红色的果实深深地吸引住了。找到我家后，还没顾得上洗去一路风尘，便迫不及待地央求我带他去地里看那种红色的果实。我告诉他那是枸杞，是我们这里的主要经济作物。时值枸杞采摘的大忙季节，这块枸杞地的主人以为我们是来打工的，便走上前来攀谈。表哥听说采摘一公斤枸杞能挣 2 毛钱的工钱，中午还管饭，二话不说，挽起袖子就干了起来，任我怎样强拉硬拽都不肯回去。我只好硬着头皮陪他一起采摘，从晌午一直摘到黄昏，我俩总共采摘 55 公斤，当表哥从主人手里接过 11 元工钱时，开心地笑了，他在老家打零工两天也挣不来这么多钱。

从此，表哥就同枸杞结下了不解之缘，他起早贪黑下地给人采摘枸杞，头一个月下来竟挣了 500 多元，他说在老家这是全家所有的水田一年种早稻的收入。表哥原本是抱着试试看的想法来新疆的，这回他终于下定决心在新疆扎根了。

表哥来新疆的第二年，当枸杞又红了的时候，他听说我们县托里乡种植枸杞最多，而且采摘工钱涨到了每公斤 3 毛钱，就来到托里乡给一个种枸杞的大户人家采摘枸杞。从小吃苦耐劳的表哥采摘枸杞又快又干净，还时常帮助主人家干一些晾晒、挑拣枸杞等杂活，很快赢得了主人家的信任。主人家便有意长期雇佣表哥，没想到这竟成就了一桩曲折而美好的姻缘。

雇主家有个独生女儿叫云凤，和表哥年纪相仿。这天下午她挎着满满一筐枸杞要送回家去晾晒，在跨过地边一条渠道时，把腰严重扭伤了，倒在地上动弹不得。表哥见状，背起她直奔乡卫生院。过了几天，表哥还像往常一样在地里采摘枸杞，玉凤的腰伤医好也下了地了。她在采摘枸杞时有意往表哥身边靠拢，采到一处时，见四下无人注意，飞快地将两只熟鸡蛋塞进表哥的怀里，低头走到一边，脸红得像娇艳的枸杞。或许是表哥勤劳与善良的品行打动了姑娘的芳心，也或许是因为表哥厚实的肩膀让姑娘感到可靠，从此，两颗年轻的心被这片成熟的枸杞渲染得通红而热烈。

男女之间一旦产生感情,总是无法遮掩的。不久,云凤的父母便看出了端倪,坚决要辞退表哥。那年月,当地人都把外来打工人员蔑称为"盲流",谁家有女儿也不愿嫁给这些无根无底"穷小子"。

在中国农村,旧的传统意识很浓厚的父母对于儿女的婚事往往固执得可怕。不论云凤怎样苦苦哀求,甚至以绝食来抗争,她的父母都毫不动容,铁下心来要棒打鸳鸯。为了撵走表哥,云凤的父亲还不惜请来了乡派出所的民警。无奈之下,表哥只好又回到了我家。

没过几天,云凤不顾父母的阻拦,偷着跑来我家与表哥相会,我母亲被这姑娘的执着和真情深深打动了,她说现在虽然是新社会婚姻自主,但传统的婚嫁礼数还是要走到的。她劝玉凤先回去,然后由她代表表哥的父母去姑娘家提亲。有我母亲撑腰,玉凤心里有了底,便含着眼泪依依不舍地回去了。

不久,我母亲择一吉日,领着表哥,带着礼品去玉凤家提亲。云凤的父亲知道我母亲的来意后,火冒三丈、破口大骂。我母亲本来也是性格刚烈直爽之人,但她还是遵循着"抬头嫁姑娘、低头娶媳妇"的习俗,强压着怒火,好话说了几大箩筐。见丝毫也说服不了云凤的父母,便领着表哥怏怏地回去了,表哥和云凤的婚事只好暂时告吹。

然而,"青山遮不住,毕竟东流去",云凤最终还是成了我的表嫂。表哥到新疆第三年的春天,我父母帮他在八家户农场落上了户口。云凤瞒着父母从乡里开出来证明后,俩人办理了结婚手续。表嫂的父母见事已至此,便有意为难表哥,向表哥索要一万元钱的彩礼,这在当时可是一笔不小的数目。但表哥和表嫂咬着牙应承下来了。表哥在新疆两年打工省吃俭用积攒的钱也只有3000多元,表嫂拿出自己多年积攒的私房钱,再加上我父母赞助了一些,终于勉强凑齐了一万元彩礼钱。当表哥抖抖索索地把这笔钱递到岳父手上时,老人家终于动了恻隐之心,把钱推了回来,故意板着脸骂道:"你个狗日的,把钱都给了我,让我丫头跟你喝西北风啊!到头来还让老子落个心狠的骂名"。表哥、表嫂同时给二老跪下了,岳母的眼圈顿时红了,说:"傻丫头,以后日子过得苦了可是你自找的"。

事情到了这个地步,生气也好,埋怨也罢,大家总要面对今后的生活。毕竟是自己的亲生骨肉,两位老人腾出了一间房子作了他俩的新房,并从家里承包的土地中划出了5亩给他俩耕种,从此表哥在岳父家正式扛起了"长活"。

表哥是个重情义知感恩的人,他坚定地认为自己一生中的好运是枸杞给他带来的,他和表嫂对枸杞的迷恋甚至到了有些痴的地步。有了儿子后,给他起名为:"杞生",后来他们日子富裕了,补婚纱照时都不忘捧着一束果实累累的枸杞枝条。20世纪90年代中后期以来,枸杞价格几经沉浮,周围许多人都把枸杞树都砍伐了,改种棉花等其他的作物,但表哥表嫂不改初衷,二十多年来,他一如既往地坚持种植枸杞,还开垦了20多亩荒地,扩大了种植面积。具有高中文化的表哥很早就懂得科学种田,他自己选育出了产量高,果实大,抗病性强的优良品种,逐渐淘汰掉品质差的,不仅收成好,也总能卖出好价钱。2006年,表哥将自己多年种植枸杞的经验、心得写成了一篇论文,发表在新疆一家农业科技杂志上,他成了当地远近闻名的枸杞种植专家。当年,光荣地被乡政府聘为他所在村的村委会科技副主任。

今年头茬枸杞又红了,适逢表哥的岳父七十大寿,表哥在前不久才乔迁的宽敞明亮的抗震房里,摆了几桌宴席,为岳父祝寿。当着众乡亲的面,表哥恭恭敬敬地把两个小红本递到岳父岳母手中说:"感谢岳父岳母当初收留了我,我才能有今天,为了报答二老,我给你们各自买了养老保险,就算是孝敬二老的一份特殊彩礼吧!"我母亲在一旁听了这话不禁百感交集,忍不住又犯了口无遮拦的老毛病,笑骂道:"你个老犟种,当初我说着好话,白送你个儿子,你还不想要,不然哪有今天的好事?"一席话引出满堂朗朗笑声,说得老汉满脸通红。正在这时,表哥的手机响了:原来乡里通知他明天去开科技例会,要他做科学种植枸杞的专题报告呢！

愿枸杞红在文化里

前年春天，我陪内地来的一位知名作家在精河县采风。活动只有一天的日程，但我和他结下了深厚的友情。他走后，我有些怅然，觉得除了文学交流外，自己没有尽地主之谊好好招待他，欠着一份人情。

前不久，我回乡下看望父母，正好看到母亲在园子里采摘今年的第一茬枸杞，我顿时有了一个想法，便抓紧时间帮忙采摘，晾干后，挑了一些色鲜、个大的邮寄给了那位作家朋友。没想到，他收到邮包后竟如获至宝，打来电话问我这么好的东西是从哪里搞到的？我说这东西在我们这里遍地都是的，这些枸杞里就有我亲手采摘的呢！

他很惊奇，说为什么他来采风时没有见到，我说那时节枸杞才刚刚发芽呢！他连呼遗憾，说你们守着这么大的一笔财富，怎么没有产生与之相关的文化作品呢？表示下次一定要再专程来采风写写枸杞。他还在电话里兴致勃勃说了一段文学轶事：大诗人陆游到了老年，因两目昏花，视物模糊，便常吃枸杞保健，因而写下了"雪霁茅堂钟磬清，晨斋枸杞一杯羹"的诗句。听了他一番话，我衷心祝愿他吃了我家乡的枸杞后耳聪目明、更加精神饱满投入到文学创作中，写出更多的华章。

放下电话后，我的心情久久不能平静。追根溯源，我的家乡精河县种植枸杞已经有半个多世纪的历史了。从最初托里乡一名赤脚医生为配药而将几棵野生枸杞种植在菜园子里发展到现在全县近万亩种植规模，形成了像"鸿锦枸杞实业有限责任公司"这种龙头企业、基地、农户联手的大型经济产业链。它自身也体现了市场经济的规律，价格几经沉浮，终于成为家乡的支柱产业。国家农业部于1998年曾命名精河县为中国枸杞之乡，国家工商总局也认定精河县托里乡为中国枸杞原产地。

改革开放以来,枸杞见证了家乡农村经济体制改革发展的历史,给我们带来了富足的生活,而我们本土的文化人却很少去关注这小小的红色果实,就是有一些关注,也往往是用实用主义目光去看待它们。多少年来,我们关心的仅仅只是枸杞的价格、收成。我们的心情随着枸杞的价格波动而起伏,而很少从历史、社会和文化的角度探究其蕴藏的价值和内涵。诚如那位内地作家说的,我们守着这么大一笔财富,却没有创作出与之相关的文化艺术作品。作为本土文化艺术工作者,我们应该感到愧疚。

古往今来,许多优秀的文化艺术作品往往产生于脚下最质朴的乡土,产生于最普通的劳动中。一年又一年,精河的枸杞红了一遍又一遍,看到勤劳的家乡人民一粒一粒地采摘着枸杞,收获着希望、也收获着幸福的生活,我们文化艺术工作者又该采摘到什么呢?收获着什么呢?我不禁想起了法国诺曼底的巴比松村,这是法国十九世纪现实主义画家米勒的故乡。在这片散发着麦子清香的土地上,他感悟到了平凡的劳动者的诗情画意,他用画笔饱蘸着对农村、对农民深厚的感情,创作出了展示人与土地、与生存息息相关的伟大的作品。米勒的艺术创作观,对我们每一个文化艺术工作者来说都应该有所启迪。

社会经济的发展,不仅给文化艺术提供了新内容,同时也应该促使新的文化艺术作品的产生。当今世界正逐步进入文化经济时代。在这个时代,文化与经济已经密不可分,文化对经济发展的推动、引导和支撑作用已越来越明显。发展文化经济,提高企业及其产品的文化含量,提升产业结构的文化层次和品位,已成为提高国民经济整体素质的重要途径,成为推动经济增长和生产力发展的内在动力。

我想:在新的历史时期,家乡的枸杞不应该仅仅只是一种物质财富,它也应该红火在我们的文化里,通过文化为产品注入的内涵越多,品牌的文化含量越大,附加值就越高,竞争力就越强。前不久,精河县委、县人民政府和新疆作家协会联合举办了"魅力精河"采风活动。邀请了一批新疆知名作家前来采风，在活动中，这些作家们参观了精河枸杞从采摘到深加工和销售的全过程后，感慨颇深，纷纷表示要用文学的笔来书写精河的枸杞。最近，精河县委宣传部、精河县林业局又联合主办"精河枸杞红"林业杯有奖征文活动，首次把地方名优特产和文化活动结合在一起。随着这样的文化活动深入开展，必将与时俱进地推动文化与经济的融合，相应养育出一批文化艺术作品，或者形成一种文化，把文化作为增强地方名优特产的竞争力、实现可持续发展的强大动力。

滴红流翠傲寒霜

一场秋雨一场寒。几场秋雨后，寒霜就降了下来，家乡的田野被秋风、秋雨洗刷得开始枯白了，只有大片枸杞树的枝叶还是翠绿的，枝头依然挂满了红艳欲滴的果实。虽然夜晚的寒霜将它们的枝叶打蔫了，但早晨的太阳一出来，它们又精神抖擞地舒展开了肢体，它们坚持要用绿色的生机和红彤彤的活力去迎接寒冬。

枸杞有足够的耐心等待人们去收获它们，同时也考验着人们的耐性和毅力。从初夏到入冬，枸杞将一年中的收获时间延续到极限。夏秋两季的庄稼还在生长期，枸杞就已经收获了，家乡的农人往往在收获完棉花、玉米等最晚的秋季作物后，还要再回过头来继续采摘枸杞。在入冬前，只要你不怕冷，能把手伸出来，枸杞就能让你继续有收获。直到第一场雪下来时，农人们只能遗憾地望着那些挂在树上来不及采摘的红果实，把手拢进衣袖，缩缩脖子，无奈地走开了。这时，枸杞便立刻抖落掉一身疲惫，进入休眠期。在漫长的寒冷和寂寞中，形如枯槁的身躯紧裹生命的胚芽，默默等待春的来临。

自古以来，文人墨客都十分钟情江南的"岁寒三友"：竹、梅、松。常常以"岁寒三友"为题材，吟诗作画，借物咏怀。当百花残落时，唯梅花能傲雪绽放,松、竹枝繁叶绿,怎能不让人生出一些感悟的情怀呢? 文人墨客们于诗情画意中赋予了它们不畏酷寒的坚毅品格。

而我更愿意把这种品格赋予家乡的枸杞。江南的冬季很短暂,即使最冷时也不过零下几度,江南的雪花也很温润,落地便溶化了,滋润着梅、竹。它们在这点寒冷中能开花展绿虽然可贵,倒也在情理中。而我们家乡的枸杞却在毫无遮拦中能抗过零下 40 度的酷寒。在这种酷寒面前,除了松柏,江南的梅、竹不要说开花展绿了,它们还能保住性命吗?

江南的梅竹常常被人精心培养在园子里,供人们观赏把玩,多少沾了些贵族之气。而我们家乡的枸杞生长在广袤的田野里,最贴近的是平民百姓,它们直接维系着父老乡亲的生计,它们贡献出来的是一种实实在在的财富,一种能给人添补生命活力的养分。

家乡的枸杞还分明体现着一种宠辱不惊的品性。在每一个生命的轮回里,它们把身体中最强的活力绽放得落落大方、从从容容;绿就绿得春意盎然,红就红得热情似火。它们遵循生命的规律,退却时干脆利索、无牵无挂,并不因为红颜的失落而忧伤,也不因为身处苦寒逆境而自卑低头。家乡的枸杞啊! 虽然已经骨瘦如柴了,依然在冰天雪地保持着刚毅的风骨,每一个枝杈都如旌旗伸向苍茫的天空。

其实,我拿家乡的枸杞与江南的梅、竹来对比,并不是刻意要去厚此薄彼。在我的审美观里,大自然中一切美好的事物都是值得去爱、去欣赏、去感悟的。它们有着不同的生存空间,有着自己的生存之道,它们以各自的形态和内涵组成了大自然千姿百态的风景。我们见仁见智,无论把怎样的思想和感情附着在它们身上,对它们或褒或贬,它们都是无辜的。

草木本无意,人却易生情。那些和我们最亲近的大自然的一切生命,它们所表现出来的生命迹象、生命内涵惠及我们的肉体和灵魂,撞击着我们的心灵、激活了我们的情感。家乡的枸杞原本生长荒野之地,几度花开无人赏,几度结果无人采,生长繁衍仿佛只是它们自己的事。后来我们的先人发现并认知了它们,终于在今天将它们耕耘出了一个火红的产业,这是它们的幸运还是我们的幸事呢？抑或两者都是,但我认为后者更甚。当我们低头弓背将汗水滴落在它们身上时,它们回报给我们的不仅仅是一种物质财富,它们注定要红在我们的血脉里、融进我们的精神世界。